Friedrich von der Trenck

Lebensgeschichte

Trenck, Friedrich von der

Lebensgeschichte

ISBN: 978-3-86267-275-2

Auflage: 1
Erscheinungsjahr: 2011
Erscheinungsort: Bremen, Deutschland

Europäischer Literaturverlag GmbH, Fahrenheitstr. 1, 28359 Bremen (www.elv-verlag.de).

Die Orthografie wurde an die neue deutsche Rechtschreibung angepasst und die Interpunktion behutsam modernisiert.

Cover: Ausschnitt aus dem Gemälde „Stadtschloss Potsdam, Gartenseite" (1773) von Johann Friedrich Meyer.

Lebensgeschichte

www.elv-verlag.de

Erstes Kapitel

Ich wurde geboren am 16. Februar 1726 in Königsberg in Preußen. Mein Vater starb daselbst im Jahre 1740 als königlich preußischer Generalmajor der Kavallerie, Ritter des Militärordens, Landeshauptmann und Erbherr auf Groß-Scharlach, Schakulack und Meicken, die seit 300 Jahren Trencksche Stamm- und Lehngüter sind. Er nahm achtzehn Narben in das Grab, die er für das Vaterland aufzuweisen hatte, und der große Friedrich ließ ihn mit den Ehrenzeichen eines Generalleutnants begraben.

Meine Mutter war eine Tochter des Königsberger Hofgerichtspräsidenten von Derschau. Einer meiner Vettern war der königlich preußische Staatsminister und Generalpostmeister in Berlin. Zwei andere Derschau waren Generale der Infanterie.

Sowohl von Vater- als Mutterseiten sind meine Ahnen in den preußischen Chroniken unter den alten deutschen Ordensrittern bekannt, welche ehemals Kurland, Preußen und Livland eroberten und unter sich in Ämter und Balleien verteilten. Eigentlich stammen die Trenck aus dem fränkischen Kreise.

Weit über die Vorurteile des adligen Pöbels erhaben, lache ich herzlich mit, wenn Menschen ohne persönliches Verdienst, ohne Adel des Herzens, sich mit ihrem hochadligen Stammbaume wie Schwammgeschöpfe aufblähen und durch bestaubte Diplome oder tausendjährige Geschlechtsregister eine besondere Achtung zu fordern sich berechtigt glauben.

Von meinen Kinderjahren sage ich gar nichts, denn dieses Buch soll kein Kinderroman werden: Nur ernsthafte Geschichten mit wirklich wunderbaren Vorfällen fordern Raum in diesen Blättern.

Mein Temperament war sanguinisch-cholerisch und erst im 54. Jahre ward das Cholerische herrschend.

Trieb nach Freuden und Leichtsinn waren folglich die angeborenen Fehler, welche meine Lehrer zu bekämpfen hatten; das Herz war biegsam, aber eine edle Wissbegierde, ein Nacheiferungsgeist, eine unruhige Arbeitsamkeit, ein bei allen Gelegenheiten angefächelter Ehrgeiz waren die Triebfedern, welche nach dem Entwurfe meines aufgeklärten Vaters einen brauchbaren Mann aus mir bilden sollten. Kaum war ich Jüngling, so keimte schon eine Art von Stolz in meiner Seele, welcher auf dem Gefühl des inneren Wertes Wurzel fasste. Ein einsichtsvoller Lehrmeister, welcher mich vom 6. bis in das 13. Jahr leitete, arbeitete aber unausgesetzt, um diesen empörenden Stolz in eine gemäßigte Eigenliebe zu verwandeln. Durch Gewohnheit, beständig mit Schulbüchern beschäftigt zu sein, durch Anfrischung, Erquickungsstunden und Lob ward mir die Arbeit ein Zeitvertreib, das Lernen eine Gewohnheit und die strengste Erziehung eine ungefühlte Bürde.

Wenn ein Jüngling einen geduldigen und wirklich gelehrten Lehrer hat, der ihn zugleich liebt und Freude an seinem Unterricht findet, wenn dieser Jüngling vom sechsten bis in das dreizehnte Jahr täglich von fünf Uhr früh bis sieben Uhr abends zur Arbeit angehalten wird und zugleich einen leichten Begriff, einen gesunden Leib, einen forschenden Verstand und ein großes Gedächtnis mit einer regelmäßigen Organisation besitzt, wenn seine Lehrer ihn bei seiner Schwäche zu lenken und sein Feuer so anzufachen wissen, dass es keine Funken in wachsende Leidenschaften aussprühen kann, dann allein ist es möglich, dass der Schüler, so wie ich, schon im dreizehnten Jahre alle Schulstudien gründlich absolvieren und zu den höheren Wissenschaften auf Universitäten schreiten kann. Die ganze Geschichte hatte ich nicht nur buchstäblich, sondern mit aufgeklärter Anwendung im Kopfe, so im Kopfe, dass ich heute noch in meinem sechzigsten Lebensjahre fast alle römischen Regenten und Kaiser, alle großen Männer und Gelehrten nennen und auch das Jahrhundert bestimmen kann, in dem sie lebten.

Mein Vater schonte kein Geld, wo Gelegenheit war, etwas zu lernen. Mit Fechten, Tanzen, Reiten und Voltigieren wurden meine Erquickungsstunden beschäftigt. Und wenn ich irgendwo müde wurde oder Ekel merken ließ, dann brauchte man mir nur versprechen, dass ich nach vollbrachter Lektion ein paar Stunden Vögel schießen, Fische fangen oder spazieren reiten durfte: So war im Augenblick alles gelernt, und Wonne und Freude verbreiteten sich bei der strengsten Kopfarbeit in meiner ganzen Seele.

Man blieb aber nicht allein bei den toten Büchern, die nur den Kopf anfüllen und den Gelehrten bilden, man arbeitete zugleich auf das Herz, auf das Sittliche und auf die moralischen Empfindungen des Jünglings.

Erholungsstunden durfte man mir wenig gestatten, denn überall waren Händel, wo ich mich einmischte. Und wo lustige Streiche gespielt wurden, wo man mit verkleideten Gespenstern das Gesinde schreckte, oder wo Zucker und Obst genascht wurden: Da war Fritz gewiss der Urheber, allezeit aber sicher in Verdacht. Hierdurch übte ich mich in listigen Ausflüchten und geriet durch Notlügen auf den Geschmack, andern Leuten eine Nase zu drehen, auch die Wahrheit listig zu bemänteln, denn gegen Gewalt hilft am sichersten der Betrug.

Meine Lebhaftigkeit war unbegrenzt. Durch liebreiche Worte aber war alles von mir zu erhalten, wogegen mich Schläge und niedrige Handlungen empörten und halsstarrig machten. Die ganze Grundlage meiner Erziehung war demnach auf Ehrgeiz, Lob und Tadel gegründet. Und weil geschwinde Begriffe und unausgesetzte Arbeit mich früher klüger machten als alle Jünglinge, die ich zum Umgang fand, weil ich mich von allen Menschen loben und von vielen bewundert sah, so geriet ich unbemerkt aus der Eigenliebe in einen Stolz, in eine gewisse Menschenverachtung oder Tadelsucht, die mir bis zum grauen Haar angeklebt und mir viel Händel in der Welt verursacht hat.

Mein Vater war durchaus Soldat. Tapfer und ehrgeizig sollten alle seine drei Söhne werden. Wenn demnach einer den andern schimpfte oder beleidigte, so durften wir nicht mit den Haaren raufen. Es geschah eine förmliche Aufforderung mit hölzernen Säbeln, die mit Leder überzogen waren. Und der Alte sah lächelnd zu, wenn wir uns herumsäbelten, eben hierdurch aber in den Fehler gerieten, Händel zu suchen, um bei jedem Siege gepriesen zu werden.

Nichts konnte mich mehr aufbringen, als wenn ich einen andern Jüngling loben hörte. Ich wollte mehr wissen als ein jeder, und gleich waren Händel da, wo wir zusammenkamen. Dieser nicht beizeiten gedämpfte Fehler und die Gewohnheit, dass ich bei allen öffentlichen Prüfungen allezeit der Erste blieb, haben einen so nachteiligen Eindruck in meinen Begriffen von mir selbst verursacht, dass ich in allen Begebenheiten meines Lebens lieber brechen als biegen, keinem stolzen gebieterischen Menschen nachgeben noch ausweichen wollte, einen jeden angriff und beleidigte, der mich zu verachten schien, und dass ich mich viel zu früh als vorwitziger Jüngling schon in die Klasse der großen Männer schwingen wollte. Hieraus erwuchs der Neid und alle Verfolgungen, die ich mir bei vielen Gelegenheiten durch Enthaltsamkeit und Mäßigung vom Halse halten konnte. Eben hieraus, weil ich weder nachzugeben noch den Mantel nach dem Winde zu hängen gelernt hatte, weil mein Lehrmeister nur ein in meine Talente verliebter Schulpedant und kein Mann war, der mein Feuer zu mäßigen und mich für die große Welt mit Arglist und verstellter Demut auszurüsten weder Kenntnis noch Fähigkeit besaß; weil mein Verstand zu früh reif und ich auf der Universität meiner eigenen Leitung überlassen wurde, eben deshalb wird man in meinen Lebensvorfällen Begebenheiten finden, die mich in den tiefsten Schlamm menschlichen Schicksals stürzten, weil ich mir selbst, meiner Fähigkeit, meinen Kräften zu viel zutraute, dem Neide nicht auszuweichen wusste und ihm vielmehr Waffen wider mich in die Hand gab, wenn ich den Widerstand gegen mächtige oder böse Menschen unter die Heldentaten rechnete, folglich den großen Haufen gegen mich aufbrachte, und dann auch eine der Staatsverfassung angemessene Subordination nicht von der Sklavenpeitsche zu unterscheiden gelernt hatte.

Auch das Amt hatte ich nie vom Manne unterscheiden gelernt. Ich wollte überall Gerechtigkeit, Großmut und Gelehrsamkeit finden, alles sollte nach meinen Schulbüchern angeordnet sein. Bei der edelsten und besten Fürsorge für meine Erziehung, um einen glücklichen Mann aus mir zu machen, entstand demnach durch eine Nachsicht oder Versäumnis in solchen Grundsätzen, die in despotischen Staaten unentbehrlich sind, eben das Gegenteil des Zweckes. Ein republikanischer, nach erhabenen Grundsätzen der edelsten Freiheit und Menschenliebe gebildeter Kopf sollte in Friedrichs Staaten mit großen Talenten zu großen Ehrenstaffeln gelangen? Welcher Widerspruch, welche verfehlte Grundanlage! Man erzog mich für den Dienst eines durch Eigenmacht beherrschten Vaterlandes mit den Grundsätzen, mit dem ganzen Enthusiasmus eines freigeborenen Menschen, man lehrte mich die Sklavenpeitsche weder kennen noch ihr ausweichen, sondern nur verachten. Was Wunder, wenn ich ihr Klatschen niemals um meine Ohren dulden wollte und dann als Rebell behandelt wurde. Die Reformatoren erhalten ihre Lorbeerkrone erst jenseits des Grabes, hier verschmachten sie meist in Gefängnissen oder seufzen im Narrenhause. Wunderbar und zugleich lehrreich ist aber mein Lebenslauf gewiss, weil man an mir ein Beispiel findet, wie ein junger Mensch, dessen Herz von der edelsten, biegsamsten Art war, dessen Erziehung alle möglichen Vorteile und Anwendungen erhielt, der gar keinem Laster ergeben war, der allein für die Wissenschaften, für Ehre und Tugend arbeitete, der sich niemals zu bösen Gesellschaften verleiten ließ, in seinem ganzen Leben nie berauscht war, nie das Spiel liebte, keine Stunde dem Müßiggang noch der tierischen Wollust aufopferte, um ein vorzüglich brauchbarer Mann zu werden ... dennoch in ein solches Schicksalslabyrinth verwickelt wurde, das sogar für einen Bösewicht, Erztaugenichts und Übeltäter noch zu grausam wäre.

* * *

Das gewöhnliche Jugend- oder Kinderjahreglück habe ich nie genossen. Der ganze Tag war mit Anstrengung und Lernen beschäftigt, sogar der Schlaf wurde mir deswegen abgebrochen, besonders weil mein Lehrer ein alter Mann war, der, weil er selbst wenig schlief, mir auch wenig Ruhe gestattete. Die Jünglingsfreuden genoss ich noch viel weniger, denn im achtzehnten Jahre war ich schon unglücklich und schmachtete ohne Verschulden im Gefängnis zu Glatz. Als Mann hatte ich mit tausend Widerwärtigkeiten zu ringen, erlebte zweimal die Konfiskation meines Vermögens und saß vom siebenundzwanzigsten Lebensjahre bis zum siebenunddreißigsten zu Magdeburg ohne Tageslicht gefesselt im Kerker. Seit meiner erhaltenen Freiheit hatte ich beständig Drangsale und Verfolgungen zu bekämpfen, und nun bin ich ein Greis. Des Alters Schwächen brechen hervor. Die Munterkeit des Geistes verschwindet, das Feuer erlöscht, der Gliederbau sinkt, die Kräfte zum Widerstand sind geschwächt, Krankheiten brechen hervor und fordern eine neue Art von Geduld, die mir bisher unbekannt war. Ich fühle, dass ich genug gelebt habe, und sehne mich nach Ruhe, die für Männer meiner Gattung erst jenseits des Todes zu hoffen ist.

Wer aus einem sanguinisch-cholerischen Jüngling einen strengen Wirt, einen Kassier, einen Rechnungsführer erzwingen will, der ist betrogen und befördert des Zöglings Unglück. Mein Hauptfehler war allezeit eine übertriebene Freigebigkeit und Offenherzigkeit. Ich gab mehr, als ich geben sollte, und vergaß mich selbst. Der Grund dazu steckte vielleicht in dem Stolze, welcher die Selbsterhaltung überwog. Ich verließ mich zu viel auf mich selbst, geriet in Mangel, hierdurch in allerhand Verdrießlichkeiten und war ein wirklicher Verschwender im Wohltun. Warum? Weil ich in meiner Kindheit den Wert des Geldes zu wenig kennenlernte.

* * *

Anno 1739, also in meinem dreizehnten Lebensjahre, fand mein Vater schon für notwendig, und mein Lehrer mich tüchtig, dass ich die Universitätsstudien anfing und wirklich immatrikuliert wurde. Man übergab mich dem berühmten Professor Kowalewski, der dem Vaterlande viele große Männer gebildet hat. Bei ihm war ich nebst vierzehn anderen Edelleuten aus besten Familien des Reiches in Kost und Wohnung. Der Zwang, die Ordnung, der strenge Fleiß in diesem Lehrhause gefiel zwar dem neugebackenen Studenten nicht. Ich war unter mehr als 3500 der jüngste an Jahren und wusste mehr als vierundzwanzigjährige Akademiker. Jedermann bewunderte meine Jugend und Fähigkeit, weil es fast ohne Beispiel ist, dass ein Jüngling von dreizehn Jahren schon auf lutherischen Universitäten Student wird, und Collegia juridica, auch alle erhabenen Lehrstühle zu besuchen imstande ist. Dies alles erhob meine Wissbegierde, zugleich aber auch meine Selbstschätzung.

Im Jahre 1740, im März, starb mein rechtschaffener Vater, und meine Mutter heiratete in zweiter Ehe den Grafen Lostange, Oberstleutnant des Kiowsschen Kürassierregiments, verließ Preußen und folgte ihrem Manne nach Breslau. Meine Schwester heiratete den einzigen Sohn des alten Generals der Kavallerie von Waldow, welcher quittierte und mit ihr auf seine Güter nach Hammer im Brandenburgischen reiste. Ich verlor also alles, was ich liebte; und mein zweiter Bruder Ludwig trat als Standartenjunker in das Kiowssche Regiment, den Jüngsten hingegen nahm meine Mutter nach Schlesien.

Nun war ich allein und mir selbst überlassen. Mein Vormund war der Hofgerichtspräsident von Derschau, mein Großvater, einer der gelehrtesten Männer im Lande. Dieser liebte mich unbegrenzt; ich musste ganze Tage bei ihm zubringen; er fand Freude in meiner Belehrung und viele Kenntnisse habe ich seinem Unterrichte zu danken. Er war stolz auf seinen Enkel, hingegen gestattete er mir liebreich alle kleinen Ausschweifungen und gab mir mehr Geld, als ich bedurfte.

In meinen Studien versäumte ich nichts, hörte die Collegia Juridica, Physica, Mathematica und Philosophica zugleich, repetierte sie alle in Privatstunden bei meinem Professor zu Hause, und war wegen meines geübten und außerordentlichen Gedächtnisses der Liebling und die Bewunderung aller meiner Lehrer. Auch in der Ingenieurkunst war ich bald einer der geschicktesten im Zeichnen. Und die italienische und französische Sprache hatte ich zu Hause gelernt.

Am Ende des Jahres 1740 geriet ich in Händel mit einem gewissen Herrn von Wallenrodt, der mit mir in einem Hause studierte. Als ein baumstarker Mann verachtete er meine Jugend und gab mir eine Ohrfeige. Ich forderte ihn als Student auf die Klinge. Er erschien nicht und spottete meiner; deshalb wählte ich mir einen Sekundanten und griff ihn auf der Straße mit dem Degen in der Faust an. Wir schlugen uns, und ich hatte das Glück, ihn am Arm und zuletzt an der Hand zu verwunden.

Der Doktor Kowalewski, mein Hausherr, verklagte mich bei der Universität. Ich wurde mit drei Stunden Arrest bei dem Pedell bestraft. Mein Großvater aber, dem mein Feuer gefiel und der mein Betragen bei beleidigter Ehre rühmte, nahm mich sogleich aus diesem Hause und übergab mich dem Professor Christiani von dem Grabenschen Stipendienkollegium.

Hier genoss ich nun die vollkommenste Freiheit, und diesem Manne habe ich alle meine physischen Kenntnisse und viele Wissenschaften zu danken. Er liebte mich väterlich; unterhielt sich zuweilen bis Mitternacht mit mir allein in gelehrten Unterredungen und brachte mir den wahren Geschmack für die Literatur und die erhabenen Wissenschaften bei. Er gab mir die ersten Grundsätze von der Menschenkenntnis, von Physiognomik und Anatomie, und unter seiner Führung hielt ich im Jahre 1742 eine öffentliche Rede und zwei Disputationen mit allgemeinem Beifall: Denn im sechzehnten Lebensjahre hatte vor mir noch keiner die Ehre genossen, diese Proben abzulegen.

Drei Tage nach der letzten Dissertation ward ich von einem gewissen Händelsucher und Renommisten gereizt und fast gezwungen, mit ihm zu duellieren. Ich brachte ihm einen Stoß in die Hüfte bei, und gleich erschien ich mit Stolz auf der Universität mit einem großen Haudegen und mit Renommisten-Handschuhen.

Das waren schon Folgen meiner Erziehung, die mich gewiss zum Händelsucher gemacht hätten, wenn ich nicht ein gutes, gefühlvolles Herz von der Natur erhalten hätte und noch im lobenden Jugendfeuer in das tiefste Unglück geraten wäre, welches mich zum Tugendwege zurückzwang.

Kaum vierzehn Tage nach dieser Geschichte beleidigte ein Leutnant von der Garnison meinen Freund, der ein verzagtes Herz im Busen trug. Ich übernahm seine Sache, suchte Gelegenheit, fand sie; wir schlugen uns unweit des Schlossplatzes, und mein Gegner ging mit zwei Wunden nach Hause.

Im November 1742 schickte der König[1] seinen Generaladjutanten, den Baron Willich von Lottum, in Geschäften nach Königsberg. Er war ein Verwandter meiner Mutter. Ich aß mit ihm zu Mittag bei meinem Großvater; er ließ sich mit mir in Unterredung ein, prüfte mich durch verschiedene Fragen. Endlich brachte er scherzend vor, ob ich nicht mit ihm nach Berlin reisen und für das Vaterland den Degen, wie alle meine Vorfahren, führen wollte? Bei der Armee sei bessere und ehrwürdige Gelegenheit zum Raufen als auf der Universität. Soldatenblut rollte in meinen Adern; gleich sagte ich ja und reiste in wenigen Tagen mit ihm nach Potsdam.

Am Tag nach unserer Ankunft wurde ich gleich dem Könige vorgestellt, welcher mich schon vom Jahre 1740 her kannte, da ich von der Universität als einer der geschicktesten Zöglinge vorgestellt wurde. Gnädig, liebreich wurde ich empfangen. Einige richtige Antworten auf Friedrichs erleuchtete Fragen, mein vorzüglicher Wuchs, mein ganz freies, unerschrockenes Wesen gefielen ihm, und sogleich erhielt ich die Uniform der Garde du Corps als Kadett, mit der Versicherung meines künftigen, meinem Verhalten angemessenen Glücks.

Die Garde du Corps war damals die Pflanz- und Lehrschule der preußischen Kavallerie. Sie bestand nur aus einer Eskadron auserlesener Leute von der ganzen Armee. Die Uniform war die prächtigste in Europa, und die Ausstattung eines Offiziers kostete 2000 Reichstaler, weil sogar der Kürass mit massivem Silber überzogen war und mit seinen Beschlägen und Reitzeug allein 400 Reichstaler kostete.

Die Offiziere dieses Korps sind die ausgesuchtesten Talente im ganzen Staate. Der König selbst bildet sie; dann werden sie gebraucht, der ganzen Kavallerie Manöver zu lehren, und sind entweder in kurzer Zeit

---

[1] Friedrich der Große

glücklich oder durch den mindesten Fehler kassiert, oder sie werden unter die Garnisonregimenter versteckt. Sie müssen zugleich alle Mittel von Hause haben und solche Eigenschaften besitzen, dass sie bei Hofe sowohl als in der Armee vorzüglich zu brauchen sind.

Kein Soldat auf Erden ist wohl mehr geplagt als ein Garde du Corps; in Friedenszeiten habe ich oft in acht Tagen nicht so viele Stunden zur Ruhe übrig gehabt. Früh um vier Uhr geht schon das Exerzieren an. Alle Versuche, die der König mit der Kavallerie machen will, geschehen hier. Man springt über Gräben von drei, dann vier, dann fünf und sechs Fuß, dann weiter, bis einige im Probieren die Hälse brechen. Man setzt über Zäune, macht Karriere-Attacken von einer halben Meile: Und oft kamen wir vom Exerzieren mit einigen toten und invaliden Menschen, auch Pferden zurück. Und in Potsdam wurde zuweilen in einer Nacht zweimal Alarm geblasen.

Kaum war man zu Hause im Bette, so ward wieder geblasen, um die Wachsamkeit der Jugend zu üben; und in einem Jahre habe ich im Frieden drei Pferde verloren, die im Exerzieren und Gräbenspringen Beine brachen oder überritten wurden. Kurz gesagt: Die Garde du Corps verlor damals im Friedensjahre mehr Menschen und Pferde als im folgenden vor dem Feinde in zwei Bataillen.

Wir hatten damals dreierlei Quartiere. Im Winter bei den Hoffesten und Opern in Berlin; im Frühling zur Exerzierzeit in Charlottenburg, und den Sommer hindurch in Potsdam oder da, wo der König war. Alle sechs Offiziere hatten die Tafel bei dem Könige; an Galatagen bei der Königin. Folglich kann wohl auf Erden keine bessere Lehrschule für den Soldaten, auch für den Weltmann sein als diese.

Nun war ich kaum drei Wochen Kadett, da mich der König nach der Kirchenparade auf die Seite rief und mich wohl eine halbe Stunde lang in allen Fächern examinierte. Er befahl mir, folgenden Tages zu ihm zu kommen.

Er stellte mein ihm so wunderbar gerühmtes starkes Gedächtnis auf die Probe. Er legte mir fünfzig Soldatennamen vor, und innerhalb fünf Minuten waren sie memoriert. Er gab mir Stoff zu zwei Briefen, die ich in französischer und lateinischer Sprache zugleich verfertigte, einen selbst schrieb, den andern in die Feder diktierte. Und in der Geschwindigkeit musste ich mit dem Bleistift eine Gegend aufnehmen.

Auf der Stelle ernannte er mich zum Kornett der Garde du Corps, und jeder Ausdruck seiner königlichen Beredsamkeit war ein Feuerfunken, der meine ganze Seele für ihn, für seinen Dienst und für das Vaterland in hellen Flammen brennen ließ. Er sprach als König, als Vater und zugleich als Kenner und Schätzer großer Talente; er sah und empfand, was von mir zu erwarten war, und von diesem Augenblick an war er selbst mein Lehrer, mein Freund und mein Monarch.

Mein Kadettenstand hatte also kaum sechs Wochen gedauert, und wenige können sich rühmen in meinem Vaterlande unter des weisen Friedrichs Zepter ein solches Glück erlebt zu haben.

Nun war ich Offizier von der ersten Garde. Der König schenkte mir zwei Pferde aus seinem Stalle, auch 1000 Reichstaler zum Beitrag der kostbaren Equipierung; und nun war ich ein Hofmann, ein Gelehrter und Offizier in der schönsten, ehrwürdigsten und lehrreichsten Soldatenschule von Europa. Meine Anstrengung im Dienste hatte keine Schranken, so dass mich im August 1743 der König schon wählte, der schlesischen Kavallerie die neuen Manöver zu lehren, welche Ehre vor mir noch keinem Jünglinge im achtzehnten Jahre widerfahren war.

Wir hatten im Winter unsere Garnison in Berlin, wo die Offiziere die Tafel bei Hofe genossen. Und da der Ruf meiner außerordentlichen Gedächtnisfähigkeit mich bald beliebt und bekannt machte, so lebte niemand auf Erden angenehmer als ich.

Bis dahin hatte ich noch gar nichts von Liebe, von Zärtlichkeit empfunden. Der fürchterliche Anblick der Spitäler in Potsdam schreckte mich von allen Ausschweifungen zurück.

Im Winter 1743 war aber das Beilager der Schwester des Königs in Schweden[2], Ich hatte dabei als Offizier der Garde die Ehrenwache und auch das Glück, die königliche Braut bis nach Stettin zu eskortieren. Bei diesem Beilager, wo das Gedränge im Saal zum Erstaunen war und ich die Inspektion hatte, wurde mir selbst als wachhabendem Offizier der hintere Teil der rotsamtnen Überweste mit der reichen Krepinarbeit von einem Spitzbuben weggeschnitten und zugleich die Uhr gestohlen.

Dies verursachte ein scherzendes Gespött mit dem gestutzten wachhabenden Offizier, und eine große Dame[3] sagte mir bei vorteilhafter Gelegenheit, sie würde mich über meinen Verlust beruhigen. Der Ausdruck war von einem Blicke begleitet, den ich gerne verstand, und innerhalb weniger Tage war ich der glücklichste Mann in Berlin. Es war unsere beiderseitige erste Liebe, und da sie meinerseits mit der tiefsten Ehrfurcht verbunden war, so reut mich ewig kein Unglück, welches aus so edler Quelle sich über mein ganzes Schicksal verbreitete – das Geheimnis folgt mir sicher zum Grabe. Und obgleich dieses Schweigen einen leeren Raum in dem wichtigsten Vorfalle meiner Lebensgeschichte verursacht, so will ich lieber für die Nachwelt einige Vorwürfe untreuer Erzählung dulden,

---

[2] Prinzessin Luise Ulrike vermählte sich 1744 mit dem damaligen Kronprinzen und späteren König Adolf Friedrich von Schweden.
[3] Prinzessin Amalie, die Schwester des Königs.

als an einer Freundin und Wohltäterin undankbar handeln. Ihrem Umgang habe ich die Politur meiner sittlichen und persönlichen Eigenschaften zu danken. Auch im Unglück hat sie mich nie verachtet, nie verlassen, und meinen Kindern allein werde ich sagen, wem sie für meine Erhaltung Dank schuldig sind.

Nun war ich in Berlin auf allen Seiten glücklich. Ich war geachtet; mein König zeigte mir Gnade bei allen Gelegenheiten. Meine Freundin gab mir mehr Geld, als ich brauchte, und bald war meine Ausrüstung die prächtigste bei der Garde. Mein Aufwand fiel in die Augen, denn von meinem Vater hatte ich nur das Stammgut Groß-Scharlach geerbt, das etwa 1000 Taler eintrug; ich brauchte aber in manchem Monat mehr. Man fing an zu raten, zu mutmaßen – wir waren aber beiderseits so vorsichtig, dass sicher niemand etwas entdecken konnte als der Monarch selbst, der mir, wie ich hernach erfuhr, nachspähen ließ, wenn ich aus Potsdam oder Charlottenburg heimlich ohne Urlaub nach Berlin sprengte, bei der Wachtparade aber wieder gegenwärtig war. Ein paarmal wurde meine Abwesenheit verraten, und mir gebührte Arrest; der König war aber mit der Entschuldigung zufrieden, ich sei auf der Jagd gewesen, und lächelte gnädig bei dem Pardon.

Angenehmer, glücklicher und wirklich blühender, auch nützlicher hat nun wohl kein Mensch in der Welt zugebracht, als ich die feurigsten Jugendjahre in Berlin.

Zweites Kapitel

Anfang September 1744 brach abermals das Kriegsfeuer zwischen Preußen und Österreich aus, und wir marschierten eilfertigst und ungehindert durch Sachsen nach Prag.

Diesmal ergriff Friedrich das Schwert gewiss ungern, hiervon war ich Augenzeuge. Die Wiener Drohungen, ihm auf den Leib zu fallen, sobald man die Franzosen zum Frieden gezwungen haben würde, und die grausame Misshandlung des Kurfürsten von Bayern hießen ihn das Prävenire spielen. Wenn ich nicht irre, so stand die Armee bereits am 14. September vor Prag, wo Schwerin einen Tag später jenseits der Moldau eintraf.

Der Ziskaberg, der die Stadt beherrscht, war auch nur mit ungefähr vierzig Kroaten besetzt; folglich ward er fast ohne Widerstand sogleich erstiegen, und die Batterien am Fuße desselben spielten schon am fünften Tage in die Stadt und steckten sie mit glühenden Kugeln und Bomben in Brand. Der General Harsch fand für gut zu kapitulieren und ergab sich fast ohne Gegenwehr nebst 18 000 Mann als Kriegsgefangene.

Mangel und Hunger zwangen uns zum Rückmarsch, weil hinter uns im Durchmarsch alles verzehrt oder zugrunde gerichtet war. Die raue Witterung im November machte den Soldaten unwillig, und in sechs Wochen verloren wir 42 000 Mann. Das Trencksche Pandurenkorps[4] saß uns überall auf dem Nacken, verursachte große Unruhen und Schaden, ohne dass sie jemals auch nur dem Kanonenschusse nahe kamen. Endlich ging der Trenck über die Elbe und verbrannte und vernichtete unsere Magazine in Pardubitz. Die gänzliche Retirade aus Böhmen ward also beschlossen.

Diesen ganzen Feldzug könnte niemand besser noch aufrichtiger schildern als ich, weil ich Adjutantendienste beim König verrichtete und zum Lagerabstecken und Rekognoszieren gebraucht wurde, auch über vier Wochen die Fouragierung für das Hauptquartier zu besorgen hatte, weshalb ich beständig mit berittenen Jägern im Lande herumschwärmte, die ich nach Gutdünken fordern konnte, weil der König mir nur sechs Mann Freiwillige von der Garde mitzunehmen gestattete. Hingegen habe ich im ganzen Feldzuge nur wenige Nächte im Zelte geschlafen, und mein unermüdlicher Diensteifer brachte mir die vollkommenste Gnade

---

[4] Der Vetter unseres Trenck stand in der österreichischen Armee.

des Monarchen und sein ganzes Zutrauen zuwege. Öffentliches Lob erhitzte mich zum Enthusiasmus, wenn ich zufällig das Glück hatte, an solchen Tagen mit 60 oder 80 Fouragewagen glücklich im Hauptquartier einzutreffen, wogegen alle unsere anderen Fouriere versprengt, verlaufen und leer nach Hause kamen, wo Mangel und Hunger einzureißen anfing und niemand wegen der umherwimmelnden Panduren und Husaren einen Schritt vor die Front wagen durfte.

Bei Groß-Beneschan ritt ich mit 50 Husaren und 20 Jägern auf Fouragierung. Ich kommandierte die Husaren in ein Kloster und rückte selbst mit den Jägern in ein herrschaftliches Schloss, wo wir Wagen zusammentrieben und im Meierhofe Heu und Stroh zu laden anfingen.

Ein österreichischer Husarenleutnant mit 36 Pferden hatte mich und meine Schwäche aus einem verdeckten Gebüsche beobachtet – meine Leute waren alle im Aufladen begriffen, meine unvorsichtige Wache wurde überrumpelt, und auf einmal war der Feind im Meierhofe und alle meine Leute gefangen. Ich selbst aber saß ruhig im Schlosse bei der gnädigen jungen Frau und sah mit Schrecken, aber wehrlos aus dem Fenster dem Spektakel zu.

Unentschlossen und schamrot über meine Unvorsichtigkeit wollte mich eben die gute schöne Frau verstecken, da ich im Hofe auf einmal feuern hörte: Meine Husaren, die ich in das Kloster detachiert hatte, hatten von einem Bauern Nachricht erhalten, dass ein österreichisches Kommando im Busche lauere. Sie sahen uns von weitem auf meinen Meierhof schleichen, sprengten mit verhängten Zügeln nach und überfielen uns kaum zwei Minuten, nachdem jene mich überfallen hatten.

Wie schleunig, wie freudig sprang ich hinunter; etliche Husaren entwichen zum Hintertore hinaus, wir machten aber 22 Gefangene nebst einem Leutnant vom Kalnockschen Regiment, zwei waren erschossen und fünf verwundet. Von meinen Leuten hingegen waren zwei Jäger, die wehrlos im Heustadel arbeiteten, niedergehauen.

Gleich wurde die Fouragierung mit mehr Vorsicht unternommen; die erbeuteten Pferde dienten uns teils als Vorspann, und nachdem ich in dem benachbarten Kloster 150 Dukaten abgeholt und diese unter meine Leute verteilt hatte, um ihnen das Maul zu stopfen, marschierte ich zur Armee, von der ich bei zwei Meilen entfernt war. Auf allen Seiten um mich herum hörte ich schießen, überall wurden Fouragierer angegriffen; ein versprengter Leutnant mit 40 Pferden schloss sich mir an; dies stärkte meine Bedeckung, hinderte mich aber in das Lager zu kommen, da ich Nachricht erhielt, dass mehr als 800 Husaren und Panduren vor mir herumschwärmten. Ich zog mich seitwärts, nahm einen Umweg und kam mit meinen Gefangenen und 23 beladenen Wagen glücklich im Hauptquartier an. Der König saß eben bei der Tafel, da ich in das Zelt trat. Weil ich aber die Nacht ausgeblieben war, hatte jedermann geglaubt, ich wäre gefangen worden, wie es verschiedenen an demselben Tage ergangen war.

Gleich beim Eintritt fragte der König: »Kommt Er allein?« – »Nein, Ew. Majestät! Ich bringe 25 beladene Wagen und 22 Gefangene mit ihren Pferden und Offizieren.« – Gleich musste ich mich neben ihn zu Tisch setzen; er wandte sich zu dem neben ihm sitzenden englischen Gesandten Lyndford und sagte, indem er mir auf die Schulter schlug: »C'est un matador de ma jeunesse.« Er stellte nur wenige Fragen, wo ich bei einer jedweden zitterte und mich mit großer Müdigkeit entschuldigte. Nach etlichen Minuten stand er vom Tische auf, besah die Gefangenen, hing mir eigenhändig den Orden »Pour le Mérite« an den Hals, hieß mich ruhen und ritt davon.

Wie mir dabei zumute war, ist leicht zu erachten. Ich hatte wegen grober Unvorsichtigkeit bei dieser Begebenheit die Kassation verdient – und wurde belohnt. Ist das nicht ein sichtbares Vorbild unserer gewöhnlichsten Weltbegebenheiten? Der rechtschaffene Unteroffizier, der mich aus dem Labyrinthe riss, verdiente eigentlich, was ich erhielt.

Bei vielen Vorfällen meines Lebens, wo ich Ruhm und allgemeinen Beifall, Ehre und Achtung erwarten sollte, waren Schmach und Fesseln mein Lohn. Und der Monarch, dem ich mit Herz und Seele diente, wurde durch Verleumdung und Wahrscheinlichkeit hintergangen; er übereilte sich im Urteil und strafte mich als einen treulosen Übeltäter.

Indessen war die Furcht, dass die Wahrheit, wobei so viele Zeugen reden konnten, bekannt werden und mich öfters beschimpfen würde, eine Folter, dir mir alle Ruhe und Freude raubte.

An Geld fehlte es mir nicht. Ich gab jedem Unteroffizier zwanzig und jedem Gemeinen einen Dukaten aus meinem Beutel, um Verschwiegenheit zu erwirken. Die Leute liebten mich und versprachen alles; indessen nahm ich mir vor, bei der ersten Gelegenheit dem König die Wahrheit zu sagen.

Dies ereignete sich binnen zwei Tagen.

Wir marschierten; ich führte als Kornett den ersten Zug, und der König ritt neben der Paukenwache. Er winkte mir und redete mich an: »Trenck! Jetzt erzähl' Er mir, wie hat Er seinen letzten Coup gemacht?« Ich glaubte mich schon verraten. Der Monarch machte aber bei der Frage eine so gnädige Miene, dass ich frischen Mut fasste und ihm alles trocken vortrug, wie es wirklich geschehen war. Ich bemerkte Verwunderung in seinen mir bereits bekannten Gesichtszügen, aber auch, dass ihm meine Offenherzigkeit gefiel: Diesen Augenblick benutzte ich dergestalt durch einen reuerfüllten Vortrag, dass er mir nicht einmal einen Verweis gab.

Er sprach eine halbe Stunde lang nicht als König, sondern als Lehrer und Vater, lobte meine Offenherzigkeit und schloss mit den Worten, die ich ewig nicht vergessen werde: »Folg' Er meinem Rate – vertraue Er sich mir ganz an – ich will aus Ihm einen Mann machen.«

Wer Gefühl hat, der urteile, welchen Eindruck eine so königliche Handlung in meiner Seele hinterließ. Von diesem Augenblick an war mein ganzer Wunsch, mein Ziel die Ehre, für meinen König zu arbeiten, für mein Vaterland zu bluten. Das ganze Vertrauen dieses scharfsichtigen Monarchen war von diesem Augenblicke an für mich gewonnen, und ich empfand den Winter hindurch tägliche Beweise davon in Berlin, wurde meist mit in seine gelehrten Gesellschaften gezogen, und meine Aussicht in die Zukunft war beneidenswürdig. Überdies erhielt ich in diesem Winter mehr als 500 Dukaten in Geschenken; und der Neid fing zugleich an, seine Tücke an mir auszuüben, weil ich zum Hofmanne eine zu redliche, zu offenherzige Seele besaß.

Noch einen Vorfall muss ich von diesem Feldzuge bekanntmachen, der in der Geschichte Friedrichs merkwürdig ist.

Bei der Retirade aus Böhmen war der König selbst nebst der Garde zu Pferde, zu Fuße, den Pickets der Kavallerie, mit dem ganzen Hauptquartier und dem 2. und 3. Bataillon Garde in Kolin; wir hatten nur vier Feldstücke bei uns; unsere Eskadron lag in der Vorstadt. Gegen Abend wurden unsere Vorposten in die Stadt getrieben; die Husaren sprengten einzeln hinein – die ganze Gegend wimmelte von feindlichen leichten Truppen, und mein Kommandeur schickte' mich zum König, um Befehl zu holen.

Nach vielem Suchen fand ich den König auf dem Kirchturme mit dem Perspektive in der Hand. Nie habe ich ihn aber so unruhig, so unentschieden gesehen als an diesem Tage. – Der Befehl war: Wir sollten sogleich retirieren, durch die Stadt marschieren und in der anderen Vorstadt gesattelt und gezäumt bereitstehen.

Kaum waren wir in derselben, da fiel ein Regen ein, und die dickste Finsternis brach an. Gegen neun Uhr abends erschien der Trenck mit seinen Panduren und mit Janitscharenmusik, zündete etliche Häuser an – man ward uns gewahr und fing an, aus den Fenstern zu feuern.

Die Verwirrung ward allgemein – die Stadt war so voll, dass wir nicht hinein konnten; das Tor gesperrt, und über demselben feuerten unsere kleinen Feldstücke. Der Trenck hatte das Wasser abgraben lassen, und um Mitternacht standen wir mit den Pferden bis an den Bauch in der Flut, wirklich wehrlos. Wir verloren sieben Mann, und mein Pferd wurde am Halse verwundet.

Gewiss ist es, dass in dieser Nacht der König und wir alle gefangen wären, wenn mein Vetter seinen vorgesetzten Sturm (wie er mir in der

Folge selbst erzählte) hätte ausführen können. Es ward ihm aber durch eine Kanonenkugel der Fuß zerschmettert. Man trug ihn zurück, und das Pandurenfeuer hatte ein Ende. Tags darauf erschien das Nassauische Korps zu unserer Unterstützung. Wir verließen Kolin, und während des Marsches sagte mir der König: »Sein sauberer Herr Vetter hätte uns heute Nacht einen garstigen Streich versetzen können; er ist aber laut Deserteursnachrichten erschossen worden.« Er fragte mich, wie nahe ich mit ihm verwandt sei – und hierbei blieb es.

In der Mitte des Dezember trafen wir in Berlin ein. Hier war ich nun wieder der glücklichste Mensch und wurde mit offenen Armen empfangen. Ich war aber weniger vorsichtig als im vorigen Jahre, vielleicht auch mehr beobachtet. – Ein Leutnant griff mich wegen meiner geheimen Liebe mit Stichelreden an. Ich hieß ihn einen – *et cetera* – wir griffen zum Degen, und ich brachte ihm einen Hieb im Gesicht bei. Bei der Kirchenparade am nächstfolgenden Sonntage nach dieser Begebenheit sagte mir der König im Vorbeigehen: »Herr! Der Donner und das Wetter wird Ihm aufs Herz fahren – nehm' Er sich in acht!« – –

Und hierbei blieb's.

Wenige Zeit hernach kam ich einige Augenblicke zu spät auf die Parade. Der König, der mich schon beobachtet und vermisst hatte, schickte mich nach Potsdam zur Garde zu Fuß in Arrest, wo ich auf der langen Brücke mein Zimmer erhielt. Nachdem ich vierzehn Tage gesessen, kam der Oberst Graf Wartensleben zu mir und riet mir, ich sollte bitten. Ich war noch zu unerfahren in Hofränken, merkte folglich nicht, dass ich mit einem Kundschafter sprach, und stellte mich unwillig über den langen Arrest, für einen Fehler, der gewöhnlich mit drei, höchstens sechs Tagen abgebüßt wird. – Ich blieb also sitzen. –

Abermals verflossen acht Tage – der König kam nach Potsdam. Ich ward vom General Bork, Generaladjutanten des Königs, ohne den Monarchen zu sehen, mit Briefen nach Dresden geschickt. – Bei meiner Zurückkunft meldete ich mich bei dem Monarchen auf der Parade – und da die Eskadron in Berlin stand, fragte ich: »Befehlen Ew. Majestät, dass ich zur Eskadron nach Berlin reite?« – Die Antwort war: »Wo kommt Er her?« – »Aus Dresden.« – »Wo war Er, eh' Er nach Dresden ritt?« – »Im Arrest.« – »So gehe Er wieder hin, wo Er gewesen ist.«

Und hiermit war ich wieder Arrestant und blieb es wirklich bis auf drei Tage vor dem Ausmarsche, da wir Anfang Mai aufbrachen und nach Schlesien mit schnellen Schritten zum zweiten Feldzuge marschierten.

Nun muss ich einen Hauptvorfall umständlich erzählen, woraus in eben diesem Winter die eigentliche Quelle aller meiner in der Welt erlittenen Drangsale entsprang.

Franz Freiherr von der Trenck,[5] der die Panduren in kaiserlichen Diensten kommandierte, wurde 1743 in Bayern schwer verwundet; er hatte meiner Mutter nach Preußen geschrieben und ihr gemeldet, dass er ihren ältesten Sohn zum Universalerben ernannt habe. Diesen Brief schickte mir meine Mutter sogleich nach Potsdam. Ich ließ ihn aber unbeantwortet, weil ich damals mit meinem Zustande, mit meinem Monarchen so zufrieden war, so zufrieden zu sein Ursache hatte, dass ich mein Glück nicht mit Mogulsschätzen vertauscht hätte.

Nun war ich den 12. Februar 1744 in Berlin bei meinem Garde du Corps-Kommandanten, dem Rittmeister von Jaschinski, der in der Armee Oberstenrang hatte, nebst dem Leutnant von Studnitz und meinem damaligen Zeltkameraden, dem Kornett von Wagenitz, in Gesellschaft.

Hier fiel nun die Rede auf den österreichischen Trenck, und Jaschinski fragte mich, ob ich mit ihm verwandt sei?

Die Antwort war ja, und zugleich erzählte ich ihm, dass er mich zum Universalerben eingesetzt habe. – – – Er fragte, was ich ihm geantwortet habe? – – – Gar nichts. – – – Hierauf munterte mich die ganze Gesellschaft auf, ich sollte bei einem so wichtigen Glücke weder gleichgültig noch undankbar sein, wenigstens danken, und die gute Gesinnung für die Zukunft zu erhalten suchen.

Mein Chef setzte hinzu: »Schreiben Sie ihm, er soll Ihnen gute ungarische Pferde zur Equipierung schicken! Geben Sie mir den Brief, ich will ihn durch den sächsischen Legationsrat von Bossart bestellen lassen, mit der Bedingung, dass ich auch ein ungarisches Pferd erhalte. Es ist keine Staats-, sondern eine Privatfamilienkorrespondenz; die Verantwortung nehme ich auf mich – – –«

Sogleich setzte ich mich nieder; schrieb, folgte dem Rate meines Vorgesetzten. Und wäre mir jemals ein Verhör über diesen Vorfall gestattet worden, so hätten die vier gegenwärtigen Zeugen, die den Inhalt des Briefes gelesen, meine reine Unschuld sonnenklar gerechtfertigt.

Jaschinski übernahm also diesen Brief offen, versiegelte ihn selbst, und hat ihn auch wirklich zu meinem Unglücke befördert.

In der Kampagne 1744 wurde unter vielen anderen auch mein Reitknecht mit zwei Handpferden von den Trenckschen leichten Truppen gefangen.

Ich sollte an eben dem Tage, da wir in das Lager rückten, mit dem Könige rekognoszieren reiten. Mein Pferd war müde; ich meldete mein Unglück, und sogleich gab er mir einen Engländer.

---

[5] Dieses Trenck Vater und mein Vater waren leibliche Brüder.

Einige Tage nachher kam mein gefangener Reitknecht nebst meinen Pferden und einem feindlichen Trompeter zurück, mit einem Billett, ungefähr dieses Inhalts:

»*Der österreichische Trenck hat keinen Krieg mit dem preußischen Trenck, seinem Vetter. Es ist ihm ein Vergnügen, dass er zufällig von seinen Husaren die ihm weggenommenen Pferde zurück erhalten konnte, welche er ihm hiermit überschickt usw. usw.*«

Da ich mich noch an eben dem Tage bei dem Monarchen meldete, machte er mir eine finstere Miene und sagte: »Da Sein Vetter Ihm Seine Pferde zurückgeschickt hat, so braucht Er das meinige nicht.«

Nun weiter zum Zusammenhange der abgebrochenen Geschichte.

Wir marschierten also zum zweiten Feldzuge nach Schlesien, der ebenso blutig als siegreich für uns war.

Zu Kloster Kamenz war des Königs Hauptquartier; daselbst standen wir vierzehn Tage ruhig, und die Armee kantonierte; da aber Prinz Karl die Torheit beging, dass er, anstatt uns in Böhmen zu erwarten, in die Ebene von Striegau mit seiner Armee rückte, war er auch so gut als geschlagen.

Eilfertig brach also die kantonierende Armee auf. Binnen 24 Stunden stand alles in Schlachtordnung. Den 4. Juni lagen schon 18 000 Tote bei Striegau und die kaiserliche Armee nebst den alliierten Sachsen war total geschlagen.

Wir hatten mit der Garde du Corps den rechten Flügel. Ehe wir attackierten, rief der König der Eskadron selbst zu: »Kinder! Zeigt heute, dass ihr meine Garde du Corps seid – – – und gebt mir keinem Sachsen Pardon!« – – Wir hieben dreimal in die Kavallerie und zweimal in die Infanterie ein; nichts widerstand einer solchen Eskadron, die gewiss in Leuten, Pferden, Mut und Geschicklichkeit und Ehrgeiz die erste auf Erden war. Wir allein hatten sieben Standarten und fünf Fahnen erbeutet, und in weniger als einer Stunde war alles entschieden.

Ich bekam einen Pistolenschuss durch die rechte Hand. Mein Pferd war stark verwundet, und bei dem dritten Angriff musste mir mein Reitknecht ein anderes geben.

Am Tage nach der Schlacht erhielten alle Offiziere den Orden »*Pour le Mérite*«, ich aber blieb vier Wochen unter den Verwundeten in Schweidnitz, wo gegen 16 000 Menschen auf der Folterbank von Feldscheren gemartert und viele erst am dritten Tage verbunden wurden.

Meine Hand konnte ich zwar drei Monate lang nicht brauchen; dennoch kehrte ich zur Eskadron zurück und tat in allen Vorfällen meine Schuldigkeit, war täglich beim Monarchen und bei allen Rekognoszierungen mit ihm gegenwärtig. Seine besondere Gnade und vorzügliche

Achtung vermehrte sich täglich, und mein Enthusiasmus für ihn, mein Diensteifer stiegen bis zur Ausschweifung.

Hierher gehört noch eine Begebenheit, die des großen Friedrichs Charakter und besondere Art, Jünglinge für seinen Dienst zu bilden und sie sich ganz zu eigen zu machen, schildert.

Ich liebte besonders die Jagd, und ungeachtet sie auf das Schärfste verboten war, so wagte ich dennoch, mich ohne Erlaubnis aus der Armee zu entfernen.

Mit Fasanen beladen kam ich zurück: Wie erschrak ich aber, da die Armee indessen aufgebrochen war und ich kaum die Nachhut erreichte!

Wie mir dabei zumute war, ist leicht zu erachten. Kurz, ein Husarenoffizier lieh mir ein Pferd, und so kam ich zu meiner Eskadron, die allezeit den Vortrab machte, setzte mich auf mein Pferd und ritt zitternd vor meinen Zug hin, den ich führen musste.

Eben, als wir in das Lager rücken wollten, ritt der König daher, erblickte mich und winkte mich zu sich heran. – – Er sah meine Verwirrung und fragte mit lächelnder Miene: »War Er schon wieder auf der Jagd?« – – –

»Ja, Ew. Majestät! ... Ich bitte ...« Er ließ mich aber nicht ausreden, sondern sagte: »Diesmal hat Er's noch zugute, wegen Potsdam – – nehm' Er sich aber in acht, und denk' Er besser an Seine Schuldigkeit.«

Hiermit war alles vorbei – – – wo ich Kassation verdient hätte. Ich muss aber den Leser erinnern, dass der König eigentlich damit sagen wollte: Er habe mich den vorigen Winter in Potsdam zu hart für ein kleines Versehen bestraft und sähe mir deswegen jetzt durch die Finger.

Kann ein König größer denken, größer handeln? Ist das nicht die erhabenste Art, Gemüter zu gewinnen, Fehler zu bessern und große Männer zu bilden? Er kannte meine gefühlvolle Seite und wirkte durch diese zu rechter Zeit angebrachte Gnade gewiss mehr, als wenn ein gebietender General fünfzig junge Offiziere bei Temperamentsfehlern mit Ketten oder Profosen bedroht oder nach Kriegsartikeln, ohne Unterschied des Gegenstandes, misshandelt.

Wenn ich nicht irre, so war der 14. September der Tag, an welchem die merkwürdige Schlacht bei Soor oder Sorau vorfiel. Der König hatte so viele Korps nach Sachsen, auch hin und wieder nach Schlesien und Böhmen detachiert, dass wirklich nicht mehr als 26 000 Mann bei seiner Hauptarmee blieben. Prinz Karl, der trotz aller Erfahrung dennoch allezeit seinen Feind nur materiell nach der Zahl abwog und den Kern der preußischen Macht nicht kannte, hatte den kleinen Haufen der pommerschen und brandenburgischen Regimenter mit einer Macht von 86 000 Mann eingeschlossen, wollte dieses Häuflein überfallen und uns alle gefangen nehmen.

Gegen Mitternacht kam der König persönlich in mein Zelt und weckte auf diese Art alle Offiziere aus dem Schlafe. Er befahl, sogleich in aller Stille zu satteln, alle Bagage zurückzulassen und sich auf den ersten Wink zur Schlacht zu richten.

Ich und Leutnant von Pannewitz mussten mit dem König reiten. Der Monarch selbst brachte seine Befehle durch die ganze Armee, und so erwartete man den Anbruch des Tages mit Sehnsucht.

Gegen das Defilee, wo der König im Voraus wusste, dass der feindliche Angriff geschehen sollte, wurden in möglicher Stille acht Feldstücke hinter einem kleinen Hügel verborgen. Folglich muss er ja den österreichischen Plan im Voraus gewusst haben. Sogar die Vorposten gegen das Gebirge wurden zurückgezogen, um den Feind in seiner Mutmaßung zu stärken, dass er uns alle im Schlafe wehrlos fangen würde.

Kaum brach der Tag heran, so brach rings herum das Artilleriefeuer von allen besetzten Anhöhen los, beschoss das ganze Lager, und die feindliche Kavallerie stürzte durch das Defilee herein – – –

Im Augenblicke standen wir in Schlachtordnung, und in weniger als zehn Minuten sprengten wir schon mit unsern wenigen Eskadrons (wir hatten nur fünf Regimenter Kavallerie bei der Armee) in den Feind hinein, der sich erst vor dem Defilee ganz gravitätisch zu formieren anfing und keine Gegenwehr, viel weniger einen so überraschenden Angriff vermutet hatte. Wir warfen ihn in das vollgestopfte Defilee zurück; sogleich war der König selbst mit den acht Feldstücken bei der Hand und machte in diesem gedrängten Haufen, wo niemand mehr vorwärts konnte, ein Blutbad. – – – Hiermit war in einer halben Stunde der feindliche Plan vereitelt und die Bataille gewonnen.

Radasky, Trenck und die leichten Truppen, die uns im Rücken angreifen sollten, hielten sich im Lager mit Plündern auf; niemand konnte die raubsüchtigen Kroaten abhalten, wir aber schlugen unterdessen den Feind. Merkwürdig ist hierbei Folgendes: Man brachte dem Könige Nachricht, dass der Feind in das Lager gefallen sei und plündere. – – »Desto besser!«, gab er zur Antwort. »So haben sie was zu tun und hindern mich an der Hauptsache nicht.« – –

Wir behielten also den vollkommensten Sieg, hatten aber alle unsere Bagage verloren. Das ganze Hauptquartier, das ohne alle Bedeckung zurückblieb, war gefangen, geplündert, und der Trenck hatte des Königs Zelt und silbernes Tafelservice davongeführt.

Diese Begebenheit habe ich hier deshalb eingerückt, weil im Jahre 1746, da eben der Trenck, mein Vetter, in Wien der Gewalt seiner ärgsten Feinde überlassen und in einen sogenannten Kriminalprozess verwickelt war, einige nichtswürdige Bösewichte ihn beschuldigt hatten: Er habe bei der Schlacht zu Sorau den König selbst im Bette gefangen genommen und durch Bestechung wieder freigelassen.

Was das anbetrifft, so bin ich Augenzeuge, dass der wachsame König nicht überfallen werden konnte, besonders da er wusste, dass man ihn überfallen wollte. Ich selbst bin von Mitternacht bis gegen vier Uhr früh mit ihm im Lager herumgaloppiert, wo die Anstalten, den Feind zu empfangen, gemacht wurden. Und um fünf Uhr sprengten wir schon zum Einhauen heran. Der Trenck konnte folglich den König nicht im Bette fangen. Die Schlacht war bereits entschieden, da er erst mit seinen Panduren in das Lager fiel und des Königs Equipage erbeutete.

Drittes Kapitel

Wenige Tage nach der Schlacht bei Sorau kam der Feldpostbriefträger in mein Zelt und brachte mir einen Brief.

Er war von meinem Vetter, dem Pandurenobersten Baron Trenck, in Esseg datiert und vier Monate alt. – Der Inhalt war kürzlich dieser:

»Aus Dero Schreiben de dato Berlin, den 12. Februar ersehe ich, dass Sie gerne ungarische Pferde von mir haben möchten, um sich gegen meine Husaren und Panduren herumzutummeln. Ich habe bereits in voriger Kampagne mit Vergnügen erfahren, dass der preußische Trenck auch ein guter Soldat ist. Zur Bezeugung, dass ich Sie schätze, habe ich Ihnen Ihre von meinen Leuten gefangenen Pferde zurückgeschickt. Wollen Sie aber ungarische reiten, so nehmen Sie mir im nächsten Feldzuge die meinigen im offenen Felde ab oder kommen Sie zu Ihrem Vetter, der Sie mit offenen Armen empfangen und als seinem Sohn und Freund Ihnen alle Zufriedenheit verursachen wird usw.«

Ich erschrak und lachte beim Durchlesen dieses Briefes, dann gab ich ihn meinen Zeltkameraden zu lesen. Wir lachten über den Inhalt, und gleich ward beschlossen, ihn dem Eskadronkommandanten von Jaschinski bei der Parole zu lesen zu geben.

Dies geschah auch kaum eine Stunde nach dem Empfange.

Der Leser wird sich zu erinnern wissen, wie ich oben erzählt habe, dass eben dieser Oberst Jaschinski am 12. Februar mich in Berlin zum Schreiben bewog und meinen Brief offen empfangen, auch an den Trenck bestellt hatte – – worin ich scherzend ungarische Pferde forderte und dem Jaschinski eines davon versprach, wenn sie ankommen würden.

Kaum hatte er den Brief mit einer gewissen Art von Verwunderung gelesen, so entstand ein Gelächter unter uns allen. Und da das Gerücht eben bei der Armee lief, wir würden nach dieser gewonnenen Schlacht mit einem Korps in Ungarn einbrechen, so sagte Jaschinski: »So wollen wir jetzt die ungarischen Pferde selbst in Ungarn holen.« Und hiermit ging ich mit ruhigem Gewissen in mein Zelt.

Vermutlich aber war es also eine Falle, die der in seiner Art böse und falsche Mann mir gelegt hatte. Die Zurückschickung meiner Pferde in der vorigen Kampagne hatte Aufsehen gemacht. Vielleicht hatte Jaschinski Befehl vom Könige, mich zu beobachten. Vielleicht überredete er mich zum Schreiben, um mir durch eine falsche untergeschobene Antwort eine

Falle zu stellen. Denn gewiss ist es, dass der Trenck in Wien bis zu seinem Tode standhaft beteuerte, dass er nie einen Brief von mir empfangen, auch niemals einen beantwortet habe. Ich glaube also noch, dass es ein Uriasbrief war. Jaschinski war damals ein Liebling des Monarchen, ein armeekundig falscher und boshafter Mann, ein Kundschafter und heimlicher Zuträger auf Rechnung akkreditierter Verleumdung; wie er denn auch einige Jahre nach dieser Begebenheit deshalb vom Könige kassiert und aus seinem Lande gejagt wurde.

Er war damals der Liebhaber der schönen sächsischen Residentin von Bossart in Berlin, und durch sie kam der falsche Trencksche Brief in Sachsen oder Österreich auf die Post, um unter meiner Adresse befördert zu werden. Indessen hatte Jaschinski alle Tage Gelegenheit, mich bei dem Könige verdächtig zu machen und seinen Entwurf gegen meine Unschuld auszuführen.

Hierzu kam noch, dass er mir 400 Dukaten schuldig war, die ich ihm bar geliehen hatte, weil es mir niemals an Geld fehlte. Dieses Geld war seine Beute, da ich ohne Verhör arretiert und ins Gefängnis gesperrt wurde; und von meiner Ausrüstung hatte er sich auch den größten Teil angeeignet.

Gott weiß, was er dem Monarchen bei allen Gelegenheiten für Stoff zum Argwohn gegen mich eingeflößt hat, denn sicher ist es unglaublich, wie Friedrich mich bei seiner weltbekannten Gerechtigkeitsliebe ohne alle Untersuchung, ohne Verhör noch Kriegsrecht verdammen konnte. Hier steckt demnach der Knoten, den ich nie auflösen konnte. In so wichtigen Übereilungen muss der Schwache allezeit Unrecht behalten, und ich bin in unserm Jahrhundert das überzeugende Beispiel dieses Grundsatzes in despotischen Staaten gewesen. Sicher aber ist es, dass man einen Mann meiner Gattung, der reden und schreiben kann, dessen ganzer Lebenswandel ohne Tadel ist, entweder für so große ertragene Drangsale groß belohnen oder ihn im Gefängnis heimlich hätte hinrichten sollen, weil seine nicht mehr zu vertilgende Geschichte allezeit der Biographie Friedrichs des Großen als ein Beispiel wirklicher Grausamkeit ankleben wird.

Unbegreiflich aber bleibt es allezeit, wie der scharfsichtige Monarch, der mich täglich um sich sah, der als Menschenkenner mich ganz kannte, der wusste, dass mir gar nichts fehlte, weder Ehre noch Geld noch Hoffnung für die Zukunft -- dass er, sage ich, sich jemals einen Argwohn gegen meine Treue konnte einflößen lassen.

Gewiss ist es, und ich nehme noch heute Gott und alle Menschen zu Zeugen, die mich in Glück und Unglück gekannt haben, dass ich nie einen untreuen Gedanken gegen mein Vaterland empfunden habe.

Ich war meinem Könige ebenso mit Leib und Seele ergeben als mein Vetter, der Pandurenchef, seiner Kaiserin; und beide waren wir dennoch die schimpflichsten Opfer der Verleumdung und Missgunst.

Wie war es auch möglich, gegen mich damals zu argwöhnen? Im achtzehnten Lebensjahre war ich schon Kornett der Garde du Corps, tat Adjutantendienste bei dem Könige und besaß seine Achtung, Gnade und sein Vertrauen im höchsten Grade.

In einem Jahre hatte er mir mehr als 1500 Reichstaler geschenkt. In Berlin hatte ich eine Freundin, die ich verehrte und liebte, die ich für keine Krone, viel weniger für eines Pandurenführers Versprechen verlassen hätte, und die mir gewiss mehr gab, mehr geben konnte als alle Panduren der Erde, die ich im Herzen verabscheue.

Sollte mir wohl in meiner Lage ein vernünftiger Mensch einen solchen verfluchten und niederträchtigen Gedanken zumuten wollen, dass ich die brillanteste Aussicht bei dem Könige der Weisen, die Ehre, in seiner Schule ein Meister zu werden, einem Panduren aufopfern würde, der mir etliche elende ungarische Pferde antrug?

Ich hatte sieben Pferde in meinem Stalle zu Berlin und vier Leute in Livree, war geliebt, geschätzt und ausgezeichnet, in Zivil wie in der Armee hatten meine Blutsfreunde die wichtigsten Ehrenstellen. Mein ganzes Herz war lautere, bis zum Fanatismus getriebene Vaterlands- und Königsliebe, und mir fehlte gar nichts, was der junge Mensch auf Erden wünschen, auch von Gott erbitten kann.

Das Meisterstück meines Feindes, um mich zu stürzen, bestand allein in der Kunst, die Rolle bei dem Monarchen so zu spielen, dass ich alle Gelegenheit verlor, mich zu rechtfertigen. Und dieses geschah wirklich.

Denn am folgenden Tage, nach Empfang dieses Briefes, wurde ich ohne Verhör, ohne Kriegsrecht, ohne dass mir jemand ein Verbrechen vorhielt, arretiert und mit einer Bedeckung von fünfzig Husaren als ein wirklicher Delinquent aus der Armee nach Glatz auf die Festung geführt. Drei Pferde und meine Bedienten durfte ich mit mir nehmen; meine ganze Equipage aber blieb zurück, und ich habe sie nicht wiedergesehen. Sie ist eine Beute des Herrn von Jaschinski geworden. Meine Stelle war sogleich durch den Standartenjunker Herrn von Schätzel ersetzt; und ich war kassiert, ohne zu wissen, warum, auch ein Arrestant auf der Festung Glatz, ohne Untersuchung noch Recht, sondern durch Machtspruch des Königs.

Hier saß ich zwar in keinem Kerker, sondern bei einem wachhabenden Offizier im Zimmer, durfte auch in der Festung herumspazieren gehen und behielt meine Leute zur Bedienung.

Weil es mir an Geld nicht fehlte und in Glatz auf der Zitadelle nur ein Kommando vom Mütschevalschen Garnisonregimente die Dienste verrichtete, wo die Offiziere alle arme Ritter waren, so hatte ich bald Freunde und Freiheit genug, und alle Tage war offene Tafel bei dem reichen Arrestanten.

Was aber mein Herz dabei empfand, kann nur der entscheiden, der mich im Jugendfeuer auf der Ehrenbahn gekannt, in Berlin in meinen Glücksumständen gesehen und jemals empfunden hat, was ein ehrgeiziges Herz in meiner dermaligen Lage empören kann.

Ich schrieb an den König und bat trotzig um Verhör und Kriegsrecht, ohne Nachsicht und Gnade, wenn ich schuldig erkannt würde. Dieser pochende Ton eines beleidigten feurigen Jünglings gefiel dem Monarchen nicht; ich erhielt also keine Antwort. Und dies war genug, mich zu allen Staffeln verzweifelter Entschließungen zu erheben, nachdem ich mich nunmehr mir selbst überlassen glaubte.

Durch einen Offizier war die Korrespondenz mit dem Gegenstande meines Herzens bald in Ordnung und Sicherheit gebracht. Dort war man überzeugt, dass ich nie einen untreuen Gedanken gegen mein Vaterland gehegt hatte noch zu bergen imstande war. Man tadelte die Übereilung, den falschen Argwohn des Königs, versprach mir gewisse Hilfe und schickte mir 1000 Dukaten, damit es mir im Arrest nicht an Geld fehlte.

Hätte ich in diesen kritischen Umständen einen aufgeklärten und redlichen Freund gefunden, der mein auflodern des Feuer dämpfen konnte, so wäre nichts leichter gewesen, als den Monarchen durch gelassene Demut und gegründete Vorstellungen von meiner Unschuld zu überzeugen und auch meiner Feinde Anschlag zu vereiteln. Die Offiziere der damaligen Glatzer Garnison gossen aber alle Öl in meine Glut. Sie glaubten, mein Geld, das ich unter sie so freigebig austeilte, käme alles aus Ungarn aus der Pandurenkasse, und jeder munterte mich auf, nicht lange im Arrest zu warten, sondern mir, dem König zum Trotz, meine Freiheit eigenmächtig zu verschaffen.

Nichts war leichter, als dieses auszuführen und einem Menschen einzuflößen, der noch nie unglücklich war und folglich schon das erste Übel für unübersteiglich hielt. Noch war meinerseits gar nichts entschieden noch beschlossen, weil ich mich nicht entschließen konnte, mein Vaterland und besonders Berlin zu verlassen.

Endlich, nachdem ich ungefähr fünf Monate im Arrest zugebracht hatte, und der Frieden erfolgte, auch der König in Berlin und meine Stelle bei der Garde besetzt war, erboten sich ein gewisser Leutnant von Piaschky, vom Foquéschen Regiment, und der Fähnrich Reiz, der oft bei mir die Wache hatte, sie wollten Anstalten machen, dass ich aus Glatz entweichen und sie beide mitnehmen könnte.

Es saß aber eben damals ein gewisser Rittmeister von Manget vom Natzmerschen Husarenregiment, ein geborener Schweizer, neben mir in den Glatzer Gefängnissen. Er war kassiert, auf zehn Jahre zum Arrest verurteilt und hatte monatlich nur vier Reichstaler zu verzehren.

Diesem Manne hatte ich viel Gutes getan. Aus Mitleid wollte ich ihn mit mir befreien; es ward verabredet, beschlossen und ihm vorgetragen.

Gleich waren wir durch diesen Schurken verraten, der dadurch Gnade und Freiheit erhielt.

Piaschky erhielt in Zeiten Wind, dass Reiz bereits Arrestant war, und rettete sich durch Desertion. Ich leugnete, ward aber mit Manget konfrontiert, und weil ich den Auditeur mit 100 Dukaten gewinnen konnte, kam Reiz mit Kassation und einem Jahr Gefängnis davon. Ich hingegen ward nunmehr als ein Verführer der Offiziere des Königs in ein enges Gefängnis eingeschlossen und scharf bewacht.

Mein Schicksal war nun in Glatz unendlich verschlimmert und der Monarch in seinem Argwohn bestärkt, auch äußerst gegen mich aufgebracht, dass ich zu entfliehen gesucht hatte.

Ich war also mir selbst überlassen und sann nur auf Mittel zur Flucht oder zu sterben, weil das enge Gefängnis meinem feurigen Temperamente auf die Dauer unerträglich war.

Die Garnison hatte ich immer auf meiner Seite; folglich war es unmöglich, mir Freunde und Beistand zu verhindern. Man wusste, dass ich Geld hatte; und bei einem armen preußischen Garnisonregiment, wo ohnedies die Offiziere alle unzufrieden leben und meist zur Strafe von den Feldregimentern dahin versetzt werden, war mir alles zu unternehmen möglich. Der erste Anschlag war folgender:

Mein Fenster war an der Lärmschanze bei 15 Klafter hoch gegen die Stadtseite zu gelegen. Ich konnte also nicht aus der Zitadelle kommen und musste zuvor in der Stadt einen Zufluchtsort suchen.

Dieser ward mir zuvor durch einen Offizier bei einem ehrlichen Seifensieder gesichert. Dann schnitt ich zuvörderst mit einem Federmesser, das schartig gemacht war, drei eiserne Stangen durch, die von ungeheurer Dicke waren. Da aber dieses zu lange aufhielt und acht Stangen durchgearbeitet werden mussten, ehe ich zum Fenster hinaus konnte, so steckte mir ein Offizier eine Feile zu, mit der ich sehr vorsichtig arbeiten musste, um nicht von den Schildwachen gehört zu werden.

Sobald dieses fertig war, schnitt ich mein ledernes Felleisen in Riemen, nähte sie zusammen, wozu ich einen aufgelösten Zwirnstrumpf brauchte; nahm mein Bettlaken zur Hilfe und ließ mich von dieser erstaunlichen Höhe glücklich hinunter.

Es regnete, die Nacht war finster, und alles ging glücklich. Ich musste aber durch die Senkgrube der öffentlichen Kloake durchwaten, ehe ich die Stadt erreichen konnte, und das hatte ich nicht vorhergesehen. Ich sank nur bis über die Knie hinein, war aber nicht imstande, mich herauszuarbeiten: Alles, was möglich war, geschah; ich steckte aber so fest, dass ich zuletzt alle Kräfte verlor und der Schildwache auf der Lärmschanze zurief: »Melde dem Kommandanten, dass der Trenck hier im Drecke steckt.«

Nun war zur Vergrößerung meines Unglücks damals der General Fouqué Kommandant in Glatz. Er war ein weltbekannter Menschenfeind, hatte sich mit meinem Vater als Hauptmann duelliert, wurde von ihm verwundet, und der österreichische Trenck hatte ihm seine Bagage anno 1744 weggenommen, auch die Grafschaft Glatz in Kontribution gesetzt. Er war also ein Hauptfeind des Trenckschen Namens, ließ es mich bei allen Gelegenheiten empfinden und mich bei dieser bis gegen Mittag zum öffentlichen Schauspiel der Garnison im Unflat stecken, dann aber erst herausziehen, wieder in mein Gefängnis einsperren und mir den ganzen Tag kein Wasser geben, um mich zu reinigen. Niemand kann sich vorstellen, wie ich aussah; meine langen Haare waren bei der Arbeit gleichfalls in die Pfütze geraten, und mein Zustand war wirklich erbarmungswürdig, ehe man mir ein paar Arrestanten gestattete, die mich reinigten.

Nun wurde mein Arrest auf alle mögliche Art verschärft. Achtzig Louisdore hatte ich aber bei mir im Sacke, die mir bei der schmutzigen neuen Einfahrt in einen anderen Kerker nicht abgenommen wurden, und diese taten mir in der Folge gute Dienste.

Nun stürmten auf einmal alle Leidenschaften über mich her, und das jugendliche Blut empörte sich gegen alle Vernunftschlüsse. – Die Nächte wurden schlaflos und die Tage unerträglich. Ruhmbegierde folterte meine Seele, und das Bewusstsein meiner Unschuld war im wehrlosen Kerker ein reizender Trieb, diesem mich nur quälenden Bewusstsein ein Ende zu machen.

Bücher zum Zeitvertreib wurden mir allezeit gestattet. Im Glatzer Arrest habe ich demnach sehr viel gelesen und meine Kenntnisse im gelehrten Fache erweitert. Die Zeit wurde mir auch nicht lang, wenn aber der Freiheitstrieb erwachte, wenn mich Liebe und Sehnsucht nach Berlin riefen und mein Ehrgeiz meinen schimpflichen Zustand mit verächtlichen Farben schilderte, wenn ich betrachtete, dass mich mein geliebtes Vaterland nunmehr wirklich als einen niederträchtigen Verräter der Wahrscheinlichkeit gemäß beurteilen müsste, dann war ich in jeder Minute bereit, mich in tausend Säbel und Bajonette meiner Wächter zu stürzen, die ich nunmehr als meine Feinde betrachtete, weil sie mir den Weg zur Freiheit verriegelten.

Mit solchen Gedanken schwanger, waren nicht acht Tage seit der letzten fehlgeschlagenen Unternehmung zur Flucht verflossen, da sich schon ein Vorfall ereignete, der in den Geschichtsbüchern unwahrscheinlich wäre, wenn ich ihn nicht selbst öffentlich zu einer Zeit schriebe und bekannt machte, wo ich als der Hauptakteur bei dieser Rolle noch wirklich lebe und ganz Glatz, die ganze preußische Armee als Augen- und Ohren-, auch Lokalzeugen auffordern kann.

Ich tat vielleicht eben das, was der tollkühne schwedische Karl der Zwölfte in Bender unternahm.

Unsere Absicht war aber verschieden; er suchte Ruhm, ich hingegen Freiheit oder Tod.

Der Platzmajor Doo kam in mein Gefängnis, von dem Adjutanten und wachhabenden Offizier begleitet, visitierte in allen Winkeln und ließ sich mit mir in eine Unterredung ein, wobei er meine Unternehmung zur Flucht ein doppeltes Verbrechen hieß, das des Monarchen Ungnade gegen mich anfachen müsste. Das Wort Verbrechen brachte schon mein Blut in Wallung; er sprach von Geduld. – Ich fragte, auf wie lange mich der König verurteilt habe? – Er antwortete, ein Verräter seines Vaterlandes, der mit dem Feinde korrespondiert, habe keine bestimmte Zeit und nichts als die Gnade des Königs. – In eben dem Augenblicke riss ich ihm den Degen von der Seite, auf den ich schon lange mein Augenmerk gerichtet hatte, sprang zur Türe hinaus, warf die erschrockene Schildwache die Stiege hinunter – fand am Stockhaustore die Wache unterm Gewehr, die eben zufällig zur Ablösung herausgerufen hatte, lief ihnen mit dem Degen in der Hand auf den Leib: Alles erschrak, war überrumpelt, machte Platz, ich hieb rechts und links, verwundete vier Mann, lief mitten hindurch, sprang auf die Brustwehr des Hauptwalles und gerades Wegs von der erstaunlichen Höhe hinunter, ohne allen Schaden, behielt auch sogar den Degen in der Hand. Auch den zweiten niederen Wall sprang ich ebenso glücklich hinunter. Niemand hatte ein geladenes Gewehr, niemand wollte nachspringen, und um mich zu verfolgen, musste man zuvor durch Umwege in die Stadt, dann aber erst zum Tore hinaus, folglich hatte ich eine halbe Stunde im Voraus, ehe mir jemand folgen konnte.

Bei einer engen Passage an einem Außenwerke lief mir eine Schildwache entgegen und widersetzte sich meiner Flucht. Bald war sein Gewehr mit dem Bajonette ausparieret, und er erhielt einen Hieb über das Gesicht. Die andere Schildwache vom Außenwerke kam mir von hinten auf den Leib, ich sprang schleunigst über die Palisaden, blieb aber mit dem Fuße zwischen denselben stecken, ward mit einem Bajonettstoße in der Oberlippe verwundet, dann aber bei dem Fuße festgehalten, bis andere zu Hilfe kamen, die mich mit Kolben zerstoßen und übel zugerichtet in mein Gefängnis trugen, weil ich mich wie ein Verzweifelter verteidigte.

Mein Arrest ward verschärft, man gab mir einen Unteroffizier mit zwei Mann in das Zimmer, die mit mir eingeschlossen und von draußen wieder bewacht wurden. Ich war elendiglich mit Kolbenstößen zugerichtet, mein rechter Fuß war verrenkt, ich spie Blut, und meine Wunde war erst nach vier Wochen geheilt.

Nun habe ich in der Folge erst erfahren, dass mich der König nur auf ein Jahr auf die Festung geschickt hatte, um mich zu probieren, ob sein Argwohn begründet wäre. Meine Mutter hatte für mich gebeten und zur Antwort erhalten: ... Euer Sohn muss sein Jahr als eine Strafe für seine unvorsichtige Korrespondenz aushalten ... Dieses wusste ich aber nicht, und in Glatz hieß es, ich sei lebenslang verurteilt. – Ich hatte also nur noch drei Wochen zu warten, um meine Freiheit mit Ehre zu erhalten, da ich diese verzweifelte Unternehmung ausführte. Mein widriges Schicksal lenkte aber alles zu meinem Nachteil – und eine Wahrscheinlichkeit türmt sich in solcher Verbindung auf eine andere, dass ich endlich mit der reinsten Seele einem Übeltäter vollkommen ähnlich scheinen musste.

Viertes Kapitel

Nun war ich wieder im Kerker und fand, da ich suchte, auch bald neue Gelegenheit zu einer neuen Unternehmung. Ich lernte die Soldaten kennen, die mich bewachten; an Geld fehlte es mir nicht, und mit diesem, auch durch erregtes Mitleid kann man bei dem missvergnügten preußischen Soldaten alles ausrichten. Bald hatte ich also ein Komplott von 32 Mann auf meiner Seite, die auf meinen Wink bereit waren, alles zu unternehmen. Keiner wusste vom andern, außer zwei oder drei, folglich konnten sie alle nie verraten werden. Und der Unteroffizier Nikolai war mein gewählter Anführer.

Die Zitadellgarnison bestand damals nur aus 120 Köpfen vom Garnisonregiment, das in der Grafschaft Glatz verteilt war, und vier Offiziere wechselten die Hauptwache ab, wovon drei in meinem Verständnis waren. Alles war veranstaltet, und die scharfen Patronen lagen bereits mit Pistolen und Degen für mich in einem Ofenloch an meinem Kerker versteckt. Wir wollten alle Arrestanten befreien und mit klingendem Spiel nach Böhmen marschieren.

Ein österreichischer Deserteur verriet aber die ganze Sache, und der Gouverneur schickte seinen Adjutanten auf die Zitadelle mit dem Befehl, der wachhabende Offizier sollte sogleich den Unteroffizier Nikolai arretieren und die Kasematten mit seiner Kameradschaft bewahren.

Nikolai war eben auf der Hauptwache, und der Leutnant, der mein Freund war, auch das Geheimnis wusste, gab ihm ein Zeichen, dass alles verraten sei. Er allein kannte das ganze Komplott, einige davon waren mit ihm auf der Wache. Im Augenblicke war dieses braven Mannes Entschluss gefasst. Er sprang in die Kasematte, rief: »*Brüder, zum Gewehr! Wir sind verraten!*« Alles folgte ihm nach der Wache des Stockhauses. Der wachhabende Offizier behielt nur acht Mann bei sich, die kein geladenes Gewehr hatten. Meine Anhänger nahmen die scharfen Patronen und drohten alles niederzuschießen, sprengten an meiner eisernen Türe, die aber zu stark, die Zeit hingegen zu kurz war, um länger zu arbeiten, er rief mir zu – ich sollte mir heraushelfen – es war unmöglich. – Und so marschierte der beherzte Mann nebst 19 Köpfen, die ihm folgten, mit geschultertem Gewehr nach dem Feldtore. Der dort mit sechs Mann wachhabende Unteroffizier wurde gezwungen, sich mit ihm zu vereinigen. Und auf diese fast unglaubliche Art kam er glücklich bis nach Braunau in Böhmen. Denn ehe Lärm in der Stadt wurde, und ein starkes Kommando ihn zu verfolgen ausrücken konnte, hatte er gewiss schon den halben Weg gewonnen.

Diesen seltsamen Mann habe ich zwei Jahre später nach dem Vorfalle in Ofen mit unbeschreiblicher Freude entdeckt. Er trat sogleich in meine Dienste, war zugleich mein Freund, starb aber nach etlichen Monaten in Ungarn an einer hitzigen Krankheit in meinem Quartier. Ich habe ihn beweint, und sein Andenken ist mir noch so schätzbar als empfindlich.

Nun schlugen alle Wetter über meinem Kopf zusammen. Man wollte mir als einem Komplottmacher und Verführer der königlichen Soldaten und Offiziere den Kriminalprozess machen. Ich sollte die Zurückgebliebenen nennen, gab aber auf alle Fragen keine Antwort und blieb standhaft.

Die Wache wurde mir wieder aus dem Zimmer genommen; das größte Übel aber blieb, dass mein Geld ausgeteilt war, und mir meine Freundin aus Berlin, mit der mir die geheime Korrespondenz nie gehindert werden konnte, schrieb:

»*Ich traure mit Ihnen. Ihr Übel ist aber ohne Hilfe. Dies ist mein letzter Brief. Ich darf weiter nichts mehr für Sie wagen. Retten Sie sich, wo möglich! Ich bin für Sie allezeit und in allen Vorfällen die alte Freundin, wenn es nur möglich ist, Ihnen nützlich zu sein. Leben Sie wohl, unglücklicher Freund! Sie verdienen ein besseres Schicksal.*«

Das war der härteste Schlag, der mich noch treffen konnte. Noch war mein Trost, dass man gar keinen Verdacht auf die Offiziere hatte; und da diese laut ihrer Instruktion täglich einige Mal zu mir gehen mussten, um zu visitieren, ob ich ruhig sei, – so verlor ich die Hoffnung nicht, mich selbst zu retten.

Da nun alles unmöglich schien, ereignete sich folgender merkwürdige Zufall, der wirklich unter die alten Abenteuer gerechnet werden sollte.

Ein gewisser Leutnant von Bach, ein geborener Däne, der alle vier Tage die Wache bei mir hatte, war der Schrecken der ganzen Garnison und ein Erzhändelmacher, der sich mit allen Kameraden raufen musste und sie alle zeichnete, weshalb er auch bereits von zwei Regimentern gewechselt und endlich an das Garnisonbataillon nach Glatz zur Strafe versetzt wurde. Dieser saß bei mir auf dem Bette und erzählte, dass er tags zuvor einem gewissen Leutnant von Schell in den Arm gehauen habe. Scherzend gab ich ihm zur Antwort: »Wenn ich frei wäre, würdest du mich doch schwerlich verwunden; ich verstehe meinen Degen auch.« – Gleich stieg ihm das Blut in die Höhe; wir machten in der Geschwindigkeit ein paar Rappiere von einer alten gespaltenen Tür, die mir zum Tisch diente, und ich stieß ihn auf die Brust. – Zier geriet er in Wut; lief hinaus – wie erstaunte ich aber, da er mit zwei Musketiersäbeln unter dem Rocke in mein Gefängnis trat, mir einen übergab und zu mir sprach: »*Jetzt zeige, was du kannst, Großsprecher!*« – Ich protestierte, wollte ihm seine Gefahr vorstellen – nichts half – er ging mir auf den Leib, und ich verwundete ihn an dem rechten Arm.

Gleich warf er den Säbel weg – fiel mir um den Hals, küsste mich und blieb weinend an mir hängen. Endlich nach einigen recht konvulsivisch fröhlichen Blicken sagte er: »Freund! Du bist mein Meister! – Und du sollst, du musst durch mich deine Freiheit erhalten, so wahr ich Bach heiße.« Wir verbanden den Hieb im Arme, der ziemlich tief war; er schlich hinaus, ließ heimlich einen Feldscherer holen, der ihn ordentlich verband, und abends war er wieder bei mir.

Hier machte er mir nun den Vorschlag, es sei kein anderes Mittel in der Welt mich zu retten, als wenn der wachhabende Offizier mit mir ginge. Er selbst wollte gern sein Leben für mich aufopfern, aber einen Schelmenstreich könne er nicht für mich vollziehen und von der Wache desertieren. Indessen gab er mir sein Ehrenwort, mir meinen Mann in wenigen Tagen zu verschaffen, auch zu allem behilflich zu sein.

Abends kam er schon wieder zu mir und brachte den Leutnant von Schell mit. – Das erste Wort war: »*Hier ist dein Mann!*«

Schell umarmte mich, gab mir sein Wort; der Handel war also abgeschlossen, und hiermit war ich meiner Freiheit versichert.

Nun kam es nur auf Abrede und Anstalten an. Schell war erst aus der Garnison von Habelschwert nach Glatz gekommen und sollte in ein paar Tagen die erste Wache in Glatz bei mir auf der Zitadelle verrichten. Bis dahin ward alles verschoben. Weil ich aber, wie oben erwähnt, kein Geld mehr von meiner Freundin erhielt und meine heimliche Kasse nur etwa noch in sechs Pistolen bestand, so ward beschlossen, dass Bach nach Schweidnitz fahren und mir von einem gewissen Freunde daselbst etwas bringen sollte.

Schell war ein Mensch von ganz außerordentlichen Talenten, sprach und schrieb sechs Sprachen und besaß den Kern aller schönen Wissenschaften. Er hatte bei dem Fouquéschen Regimente gestanden. Sein Oberst, der ein Pommer war, hatte ihn schikaniert. Fouqué konnte keinen gelehrten Offizier leiden und hatte ihn zum Garnisonregimente versetzt. Er forderte zweimal den Abschied, und der König drohte ihm mit Festungsarrest. Deshalb allein beschloss er zu desertieren und sich zu rächen, wenn er mich, Fouqué zum Trotze, aus dem Gefängnisse befreite.

Wir verabredeten, dass bei seiner nächsten Wache alles veranstaltet werden sollte, um sodann bei der folgenden den Anschlag auszuführen. Alle vier Tage zog er auf die Wache, folglich sollte die Flucht binnen acht Tagen bewerkstelligt werden.

Nun war indessen wegen des einen und anderen Verdachts, dass die Offiziere zu vertraulich mit mir umgingen, ein Befehl ergangen, laut welchem meine Tür allezeit verschlossen blieb und mir das Essen durch ein Fenster in der Mitte derselben hereingebracht wurde. Den Schlüssel hatte der Major, und bei Kassation war verboten, mit mir zu essen.

Die Offiziere hatten aber einen Nachschlüssel machen lassen und saßen den halben Tag und Nächte bei mir.

Mir gegenüber war das Gefängnis eines gewissen Kapitäns von Damnitz. Dieser schlechte Mensch, der dennoch durch Protektion nach zweijährigem Arrest nicht nur die Freiheit erhielt, sondern sogar bei seines Vetters Regiment Oberstleutnant wurde, war nun damals der vom Platzmajor aufgestellte heimliche Kundschafter über die Arrestanten und hatte berichtet, dass, ungeachtet des scharfen Verbots, die wachhabenden Offiziere die meiste Zeit bei mir zubrachten.

Nun zog Schell den 24. Dezember auf die Wache, kam gleich zu mir hinein, blieb lange bei mir, und alles sollte an diesem Tage verabredet werden, wie wir bei seiner nächsten Wache entfliehen wollten.

Der Leutnant von Schröder war an eben diesem Tage bei dem Kommandanten zum Essen eingeladen und hörte zufällig vom Adjutanten desselben, er habe Order, den Leutnant Schell von der Wache ablösen zu lassen und sogleich zu arretieren.

Schröder, der von unserm Geheimnis wusste, glaubte nicht anders, als dass wir verraten wären; ungeachtet es nicht anders war, wie ich nachher erfahren habe, als dass der Spion Damnitz gemeldet hatte, dass Schell eben bei mir im Zimmer sitze.

Schröder läuft mit vollem Schrecken auf die Zitadelle zu Schell und sagt: »Freund! Rette dich, alles ist verraten, du wirst sogleich arretiert werden«.

Schell hätte sich allein ohne Gefahr in Sicherheit setzen können, denn Schröder trug ihm an, sogleich mit ihm Pferde zu nehmen und nach Böhmen zu reiten.

Was tut aber der rechtschaffene Mann in diesem Falle für seinen Freund?

Auf einmal tritt er in mein Gefängnis, zieht einen Unteroffiziersäbel unter dem Rocke hervor und sagt: »Freund! Wir sind verraten. – Folge mir, und lass mich nur nicht lebendig in die Hände meiner Feinde fallen.«

Ich wollte mit ihm sprechen – er nahm mich eilfertig bei der Hand und sagte: »Folg! Es ist keine Minute zu verlieren.« – Gleich warf ich meinen Rock über die Schultern, zog die Stiefel an und hatte nicht einmal Zeit, mein noch weniges verborgenes Geld mitzunehmen.

Wir gingen heraus. Und er sagte zur Schildwache: »Dein Arrestant geht mit mir in die Offizierstube. Bleibe hier stehen.«

Wir gingen auch wirklich hinein; gleich aber seitwärts hinaus; und mein Freund war willens, mit mir unter dem Zeughaus vorbei bis an die äußersten Außenwerke zu gehen, dann über die Palisaden zu steigen und uns weiter zu retten, wie wir könnten.

Kaum hatten wir hundert Schritt gemacht, als uns Major Quadt nebst dem Adjutanten begegnete.

Schell erschrak, stieg auf die Brustwehr und sprang vom Wall hinunter, der dort eben nicht so sehr hoch ist. – Ich folgte, sprang nach und kam glücklich hinunter, außer dass ich mir die Schulter an der Abdachung abgeschunden hatte. Mein Freund hatte aber das Unglück, den Fuß am Knöchel aus dem Gelenke zu fallen. – Sogleich zog er seinen Degen und bat mich, ihn zu durchbohren und mir zu helfen, wie ich könnte. Er war ein kleiner schwacher Mensch, ich nahm ihn um den Leib, half ihm über die Palisaden, dann auf meinen Rücken, und lief geradezu mit ihm davon, ohne zu wissen, wohin.

Die Sonne war eben untergegangen, da wir entflohen; dabei war die Luft nebelig und Glatteis. Niemand wollte nachspringen. – Der Lärm hinter uns her war gewaltig – jedermann kannte uns – ehe aber jemand aus der Zitadelle in die Stadt und von da das Tor erreichen und uns verfolgen konnte, hatte wir eine gute halbe Stunde voraus.

Die Alarmkanonen wurden, wie bei Desertion gewöhnlich, schon abgefeuert, ehe wir hundert Schritt entfernt waren. Dieses schreckte meinen Freund noch mehr, weil er wusste, dass von Glatz fast kein Gemeiner glücklich durchgekommen war, der nicht wenigstens zwei Stunden voraushatte, ehe die Kanonen brummten, indem die sogleich alle möglichen Passagen besetzenden Bauern und Husaren viel zu geübt, auch zu wachsam waren.

Unter den zum Nachsetzen kommandierten Offizieren war der Leutnant Bach, mein Freund; und dem Hauptmann von Zerbst, vom Fouquéschen Regiment, der mich allezeit brüderlich liebte, begegneten wir unweit der böhmischen Grenze, wo er mir zurief: »Bruder mach', dass du weiter links gegen das dort liegende einzelne Haus kommst; dort ist die Grenze, – die Husaren sind soeben rechts geritten.« Er ritt seitwärts, als ob er uns nicht gesehen hätte. Von den Offizieren hatten wir demnach nichts zu besorgen: Ein jeder half gewiss durch, wie er konnte. Denn damals war im preußischen Dienste die Bruder- und Kameradenliebe noch so groß und das Ehrenwort galt noch so viel, dass ich wirklich im Glatzer Gefängnisse nebst zwei Offizieren auf der Jagd und 36 Stunden abwesend war. Leutnant von Lunitz war indessen an meiner Stelle im Bette Arrestant, auch der Major wusste davon. So verließ sich damals einer auf des andern Ehrenwort; und so gut kannte man den Trenck in Glatz, dass man ihn aus dem Kerker auf die böhmische Grenze mit auf die Jagd nahm.

Ich hatte meinen Freund kaum 300 Schritte getragen, so setzte ich ihn auf die Erde, sah mich um und konnte Stadt und Zitadelle nicht mehr sehen, die Luft war zu trübe, folglich konnten wir auch nicht mehr gesehen werden.

Ich fragte also meinen Freund: »Wo sind wir, Schell? Wo liegt Böhmen? Wo fließt die Neiße?« – Der gute Mann konnte sich nicht fassen; wusste sich nicht zu besinnen und verzweifelte an aller Rettung, bat nur, ich sollte ihn nicht lebendig zurücklassen, – zur Flucht sei keine Möglichkeit.

Nachdem ich ihm heiligst versprochen, ihn vom schimpflichen Tode am Galgen zu retten, – falls kein Mittel übrig wäre – und ihn durch meinen Mut aufgemuntert hatte, sah er sich um und erkannte an einigen Bäumen, dass wir unweit des Feldtores waren. – Nun fragte ich: »Wo ist die Neiße?« Er wies sie seitwärts. – »Freund!«, sagte ich. »Alles hat uns gesehen gegen das böhmische Gebirge laufen; dort ist es unmöglich durchzukommen; dort ist der Kordon gezogen, und alles von Husaren und nachsetzenden Feinden folgt uns dorthin.« Ich nahm ihn hiermit auf den Rücken und trug ihn rückwärts an die Neiße. Hier hörten wir nun schon in allen Dörfern Sturm läuten; auch die Bauern, die den Desertionskordon ziehen, auf allen Seiten laufen und Lärm machen.

Ich kam also an die Neiße; sie war nur wenig gefroren. Ich nahm meinen Freund, führte ihn durch, so weit, als ich waten konnte. – Bei der Tiefe, die eben nicht drei Klafter breit war, musste er sich an meinem Haarzopfe festhalten, und so kamen wir glücklich an das andere Ufer.

Man urteile, wie wohl es tat – am 24. Dezember zu schwimmen und dann noch 18 Stunden unter freiem Himmel zu bleiben! Nebel und Glatteis hörten gegen sieben Uhr abends auf, dann folgte Mondlicht und Frost. Ich hatte meinen Freund zu tragen und ward warm, aber müde. Er hingegen litt alles, was ein Mensch leiden kann, – Kälte, Schmerzen am verrenkten Fuße, an dem ich viel vergebens arbeitete, um ihn in die Junktur zu bringen, und dabei Gefahr und Tod bei jedem Schritte vor Augen hatte.

Sobald wir das andere Ufer der Neiße erreichten, waren wir außer Gefahr der Verfolgung, weil uns niemand auf dem Wege nach Schlesien suchte. Ich ging also eine gute halbe Stunde neben dem Ufer fort; sobald ich aber die ersten Dörfer im Rücken hatte, wo der Alarmkordon gezogen wird, fanden wir zufälligerweise einen Fischerkahn am Ufer, sprengten das Schloss los, fuhren hinüber und gewannen in kurzer Zeit das Gebirge. Hier setzten wir uns in den Schnee. Der Mut wuchs, wir hielten Rat, was weiter zu tun wäre, schnitten einen Stock ab, womit Schell sich zuweilen, um mich rasten zu lassen, auf einem Fuße vorwärts half, das aber der tiefe Schnee im Gebirge mit seiner harten einbrechenden Rinde desto beschwerlicher machte.

So verfloss die Nacht, wo wir im Schnee bis an den Bauch herumwühlten, ohne viel vorwärtszukommen. Das unwegsame Gebirge war mir hin und wieder unübersteiglich. – Der Tag brach an. Wir glaubten schon nahe an der Grenze zu sein, die vier Meilen von Glatz entfernt ist, und hörten mit größtem Schrecken noch die Glatzer Uhr schlagen.

Müdigkeit und Kälte waren bei mir, und bei meinem Freunde waren die Schmerzen unausstehlich. Den Tag hindurch war es nicht möglich auszuhalten, der Hunger nagte zugleich schon gewaltig. – Nach gemachter Überlegung und etwa einem halbstündigen Vorwärtsarbeiten kamen wir an ein Dorf, das am Fuße des Berges lag. – Etwa 300 Schritt diesseits des Dorfes sahen wir aber zwei abgesonderte Häuser. Wir nahmen folgende Verabredung und führten sie auch glücklich aus:

Die Hüte hatten wir beide beim Herunterspringen vom Wall zu Glatz verloren. Schell halte aber seine Schärpe und seinen Ringkragen als wachhabender Offizier am Leibe, was ihm bei Bauern noch Ansehen geben konnte.

Nun schnitt ich mich in den Finger, bestrich Gesicht, Hemd und Rock mit Blut, wie ein schwer Verwundeter, und verband mir den Kopf.

So trug ich den Schell bis an das Ende des Gesträuches unweit der Häuser. Hier band er mir die Hände auf den Rücken, doch so, dass ich sie gleich frei machen konnte, tat sich Gewalt an, hüpfte mit seinem Stocke hinter mir her und schrie um Hilfe.

Zwei alte Bauern kamen herausgelaufen.

Gleich rief Schell: »Lauft in das Dorf, der Richter soll im Augenblicke einen Wagen anspannen – ich habe den Spitzbuben eingeholt – er hat mir das Pferd erstochen, wodurch ich ein Bein verrenkt. – Ich habe ihn dennoch zusammengehauen und gefangen – geschwinde einen Wagen, damit er noch gehenkt werde, ehe er krepiert.«

So ließ ich mich halb tot in das Zimmer schleppen. Ein Bauer lief ins Dorf. Ein altes Mütterchen und ein hübsches Mädchen hatten großes Mitleid mit mir, gaben uns Milch und Brot – wie erstaunten wir aber, da der alte Bauer den Schell beim Namen nannte, auch versicherte, dass er wüsste, wir wären selbst die Deserteure, weil schon abends vorher ein nachsetzender Offizier im Wirtshause gewesen, uns genannt, unsere Kleidung beschrieben, auch die ganze Geschichte der Flucht erzählt hatte. – Dieser Bauer kannte den Schell, weil sein Sohn unter der Kompagnie diente, und er öfters mit ihm in Habelschwert, wo er im Quartier lag, gesprochen hatte.

Hier war also nichts anders übrig als schleuniger Entschluss und Geistesgegenwart. Gleich sprang ich hinaus, lief in den Stall und Schell hielt den alten Bauer im Zimmer zurück, der aber ein ehrlicher Mann war und ihm sogar den Weg sagte, den wir zu nehmen hätten, um Böhmen zu erreichen. Wir waren nur einundeinhalbe Meile von Glatz weg und waren vielleicht sechs Meilen rückwärts und vorwärts im Gebirge herumgeirrt. Das Mädchen folgte mir, ich fand drei Pferde im Stalle, aber keinen Zaum. – Ich bat sie beweglich, mir zu helfen; sie war gerührt und wäre mir vielleicht auf der Stelle gefolgt. Gleich gab sie mir zwei Zäume. Ich führte die Pferde hinaus – rief den Schell; er erschien mit seinem lahmen Fuße, ich half ihm hinauf. – Der alte Bauer weinte und bat um seine Pferde, hatte aber zum Glück keinen Mut, vielleicht auch keinen Willen, uns zu hindern, denn mit einer Mistgabel hätte er uns, die wir fast wehrlos waren, wenigstens so lange aufhalten können, bis das Dorf herbeigeeilt wäre.

So ritten wir ohne Sattel noch Hut auf dem Kopfe davon. Schell in Uniform mit Schärpe und Ringkragen, ich aber in meinem roten Garde du Corps-Rocke.

Unser Glück war der Feiertag – alles war in der Kirche, und der von uns abgeschickte Bauer hatte sie erst rufen müssen. Es war etwa neun Uhr früh. Denn wenn die Leute zu Hause gewesen wären, so waren wir ohne Rettung verloren. Ich war müde und Schell lahm; wir hätten auch nicht davonlaufen können.

Unser Weg ging gerade nach Wünschelburg. Hier war kein Mittel, als durch die Stadt zu reiten. Schell hatte noch vier Wochen vorher dort in Quartier gelegen; jedermann kannte ihn, unsere Equipage stellte ohne Sattel noch Hut nichts anderes als Deserteure vor; die Pferde liefen aber ziemlich gut, und wir kamen glücklich durch, obgleich in der Stadt 80 Mann Infanterie und 12 Husaren zum Verfolgen der Deserteure in Garnison lagen. Schell kannte aber dort alles, folglich ritten wir um die Stadt herum durch die Vorstadt, und da er von da den Weg nach Bummern kannte, so kamen wir daselbst gegen 11 Uhr vormittags glücklich an, nachdem wir vorher dem Kapitän Zerbst, wie ich bereits erzählte, begegnet waren. Welche Wonne unsere Seele an diesem Tage empfand, kann nur der denken, aber nicht schildern, der sie wirklich empfunden hat.

Und doch – wäre damals mein künftiges grausames Schicksal vor meinen Augen aufgedeckt gewesen, ich hätte die Flucht aus Glatz gewiss nicht als ein Glück angesehen. Ein Jahr Geduld würde den aufgebrachten König besänftigt haben, und wenn ich alles mit gegenwärtig aufgeklärter Einsicht betrachte, so wäre es besser für mich, auch für den ehrlichen Schell gewesen, wenn wir uns nie gekannt hätten.

Fünftes Kapitel

Ich war also nunmehr in Freiheit, in Braunau an der böhmischen Grenze und schickte sogleich die zwei Pferde nebst dem mitgenommenen Unteroffiziersäbel dem General Fouqué nach Glatz zurück. Mein Brief dabei war ihm so empfindlich, dass er alle Schildwachen, die vor meiner Tür, unter dem Gewehr, auch an den Stellen, wo wir vorbeigingen, gestanden hatten, Spießruten laufen ließ, weil er am Tag vor meiner Flucht noch versichert hatte, dass es nunmehr unmöglich sei, etwas zu unternehmen, und sich dennoch betrogen fand.

Mein von meinen Voreltern mit Blut und Ehre erworbenes Vermögen wurde sogleich konfisziert und einer der edelsten, der brauchbarsten, der eifrigsten Jünglinge für die Ehre seines Vaterlandes und Königs, wie der gröbste Missetäter, Überläufer und Verräter auf Befehl des in seiner Gerechtigkeitsliebe hintergangenen Landesvaters misshandelt.

Ich schrieb an den König, trug ihm den eigentlichen Verlauf der ganzen Sache vor, erwies ihm meine Unschuld ohne Widerspruch und bat um Gerechtigkeit, erhielt aber keine Antwort.

In meinen Augen ist der Monarch hierfür entschuldigt. Ein böser Mensch, der sein Vertrauen erschlichen, der Oberst Jaschinski, hatte ihm einmal einen Verdacht gegen meine Treue eingeflößt, in meinem Herzen konnte er nicht lesen. Der erste Schritt zur Ungerechtigkeit war einmal übereilt gemacht; man hatte mich ohne Verhör, ohne Untersuchung noch Kriegsrecht zum Gefängnis verurteilt und erkannte, zu spät für die geglaubte Unfehlbarkeit des Monarchen, dass mir Gewalt und Unrecht geschehen war. Um Gnade bitten wollte ich nicht, weil ich kein Missetäter war, und der König wollte und konnte nicht öffentlich zeigen, dass er sich in einem so wichtigen Falle hatte hintergehen lassen. Mein Eigensinn reizte folglich den seinen, und mir fehlte Fürstenmacht, um den Prozess zu gewinnen.

Der Monarch, der mich wirklich liebte, hatte mich im Anfang nicht ganz verstoßen. Ich erfuhr aber leider zu spät, dass mein Arrest nur auf ein Jahr bestimmt war, um meine Treue zu prüfen. Das wurde mir aber nicht gesagt; auch dies ist ein Rätsel, das ich erst in der Folge aufgelöst habe. Nämlich:

Der Platzmajor Doo war ein Liebling des Generals Fouqué. Er war ein gewinnsüchtiger Mann; er wusste, dass ich Geld hatte, und wollte den

Protektor machen. Mir sagte er allezeit, ich sei auf Lebenszeit verurteilt, und lenkte die Unterredung auf den großen Kredit seines Generals beim König, auch des seinigen beim General. Für das Geschenk meines Pferdes, mit dem ich nach Glatz geritten war, erhielt ich die Erlaubnis, in der Festung spazieren zu gehen, und für ein anderes von 100 Dukaten rettete ich den Fähnrich Ritz, der mit mir entfliehen wollte und verraten wurde. Man versicherte mir, er sei an eben dem Tage, da ich ihm den Degen von der Seite riss und wie ein Verzweifelter von allen Glatzer Wällen heruntersprang, wirklich in meinen Kerker gekommen, um nach vielen drohenden Vorbereitungen mir erst die freudige Nachricht zu bringen, dass ich durch seine Bemühungen und des Generals Fürbitte nur ein Jahr in Arrest zu bleiben, folglich binnen etlichen Wochen meine Freiheit zu erwarten hatte. Welche verfluchte Schandtat eines eigennützigen Menschen, um Geld zu erschnappen! Nachdem ich nun die erste ganz rasende Art zur Flucht wählte, wurde gewiss dem König die Intrige des Platzmajors nicht gemeldet. Man schrieb ihm nur, ich hätte etliche Tage vor Abwartung der mir zum Arrest bestimmten Zeit eine so verzweifelte Art erwählt, um zu fliehen und zum Feinde überzugehen. Auf diese Art und durch solche widrig ausgeschlagenen Ränke böser Menschen hat sich mein Schicksal immer mehr verwickelt, endlich aber den allezeit hintergangenen Monarchen unempfindlich und sogar grausam gegen mich gemacht.

Ich war nun einmal in Böhmen als ein Fremdling ohne Geld, ohne Schuh noch Freund, auch meiner eigenen Führung schon im zwanzigsten Lebensjahre überlassen.

Anno 1747 hatte ich in Braunau bei einem Leinweber in Quartier gelegen und diesem Manne selbst Anschläge gegeben, auch mitgeholfen, seine beste Habseligkeit zu vergraben und vor Plünderung zu retten.

Dankbar und freudig empfing uns der ehrliche Mann in seinem Hause. Zwei Jahre vorher war ich in demselben unumschränkter Gebieter, mit neun Pferden und fünf Bedienten voller Hoffnung und mit der günstigsten Aussicht in die Zukunft. Jetzt hingegen erschien ich bei ihm als ein Flüchtling, der Schutz sucht, der alles auf einmal verloren hatte, was ein junger Mensch auf Erden verlieren kann.

Ich hatte nur einen Louisdor im Vermögen. Mein Freund Schell hatte 40 Kreuzer; und jetzt sollte er zuerst seinen ausgedrehten Fuß heilen lassen, dann aber in der Fremde Schutz, Brot und Ehre verdienen.

Meine Lage war nicht besser. Zum Trenck nach Wien wollte ich durchaus nicht gehen und lieber in Ostindien mein Glück suchen, um nicht mein Vaterland in dem Argwohne zu bestärken, als ob ich wirklich untreue Gedanken gehegt hätte. Ich schrieb nach Berlin an meine Freundin, erhielt aber keine Antwort, vermutlich, weil ich keinen sichern Weg, sie zu erhalten, anzeigen konnte. – Meine Mutter war vom allgemeinen Rufe eingenommen und hätte mir keine Hilfe geschickt; meine Brüder standen aber noch unter der Vormundschaft.

Innerhalb drei Wochen, die wir in Braunau zubrachten, war der Fuß meines Freundes geheilt, hingegen meine Uhr, seine Schärpe und Ringkragen verkauft, und unsere ganze Kasse bestand in weniger als vier Gulden.

Ich beschloss, den Weg bis nach Preußen zu meiner Mutter zu Fuß zu unternehmen, um von ihr Hilfe zu erhalten, dann aber russische Dienste zu suchen. Schell, dessen Schicksal von dem meinigen abhing, wollte mich nicht verlassen. Wir nahmen demnach Pässe als gemeine preußische Deserteure, mit umgekehrten Namen. Ich hieß Knert und Schell hieß Lesch. So gingen wir den 21. Januar abends, ohne gesehen zu werden, aus Braunau und richteten den Weg auf Bielitz nach Polen. Ein Freund aus Neurode gab uns ein paar Sackpistolen, mir eine Flinte und drei Dukaten, die noch in Braunau zurückblieben.

Die umständliche Beschreibung dieser Reise könnte mit allen ihren Begebenheiten einen ganzen Band anfüllen, ich werde aber nur einige davon erzählen; zugleich aber unser Reisejournal hier einrücken, das mein Freund Schell noch aufbewahrt und mir nach dreißigjähriger Trennung, da er mich im Jahre 1776 in Aachen besuchte, im Original hinterlassen hat.

Hier erscheint es treu kopiert, und mit ihm fängt der eigentliche erste Auftritt an, wo ich als ein Abenteurer auf der Weltbühne erscheinen musste. Vielleicht hatte ich in meinem abenteuerlichen Leben noch mehr Glück als Unglück, mich aus Vorfällen und Schlingen zu reißen, worin tausend andere sich auf ewig verwickelt hätten.

Journal

meiner Reise zu Fuß, von Braunau in Böhmen über Bielitz durch Polen nach Meseritz, und von da über Thorn nach Elbing: 169 Meilen ohne zu betteln noch zu stehlen.

Den 18. Januar 1747 gingen wir von Braunau über Politz bis Nachod drei Meilen. Die Kasse bestand in 3 fl. 45 kr.

Den 19. nach Neustädl. Hier vertauschte Schell seine Uniform gegen einen grauen Handwerksburschenrock und erhielt von einem Juden noch 2 fl. 15 kr. heraus. Von da kamen wir nach Reichenau, in allem drei Meilen.

Den 20. auf Leitomischel, fünf Meilen, wo ich ein warmes Brot, das erst aus dem Ofen kam, begierig aß und beinahe am Magenkrampf gestorben wäre. Wir mussten hier einen Tag liegen bleiben, und der Wirt ließ uns wenig Geld durch eine gottlose Rechnung im Beutel übrig.

Den 22. über Trübau nach Zwittau in Mähren, vier Meilen.

Den 23. bis Sternberg, sechs Meilen. – Dieser Marsch war dem armen Schell wegen seines noch schwachen Fußes zu stark – und dennoch musste er den folgenden Tag, den 24., bis nach Leipnik vier Meilen im tiefen Schnee und mit leerem Magen aushalten. Hier verkaufte ich meine Halsschnalle um 4 fl.

Den 25. bis nach Freiberg über Weiskirch nach Drachotusch fünf Meilen. Auf diesem Wege fanden wir früh morgens eine Violine im Futteral, die jemand verloren hatte. Der Wirt in Weiskirch gab uns 2 fl. dafür und versprach sie dem, der sich dazu legitimieren würde, zurückzugeben, weil sie wohl 20fl. wert war.

Den 26. nach Frideck in Oberschlesien zwei Meilen. Den 27. auf ein hanakisches Dorf viereinhalb Meilen. Den 28. über Scotschau nach Bielitz, drei Meilen.

Da dieses die Grenzstadt zwischen Polen und den österreichischen Staaten ist, so forderte uns der dort in Garnison liegende Hauptmann Cappi, vom Marschallschen Regiment, den Pass ab. Wir hatten andere Namen darin und waren gemeine preußische Deserteure. Ein aus Glatz desertierter Tambour kannte uns aber und sagte es dem Hauptmann. Dieser Dummkopf und grobe Menschenfeind ließ uns sogleich arretieren, auch mit despotischer Weigerung alles Gehöres nach Teschen zurück und noch dazu zu Fuß mit Verachtung führen. Es waren vier Meilen.

Dort kamen mir zum Oberstleutnant Baron Schwarzer, der ein rechtschaffener Mann war, uns bedauerte und das grobe Verfahren des Hauptmanns Cappi bei so sonnenklarer Rechtfertigung tadelte. Ich erzählte ihm mein ganzes Schicksal offenherzig. Er tat alles, um mich von der polnischen Reise abzuhalten und riet mir den Weg nach Wien an. Umsonst, mein guter Genius hielt mich damals noch von Wien zurück, und wollte Gott, dass ich mich ewig davon entfernt hätte!

Ich kehrte also nach Bielitz zurück, abermals vier Meilen. Schwarzer gab uns bis dahin seine eigenen Pferde und vier Dukaten auf den Weg, die ich ihm dankbar in der Folge bezahlt habe und ewig nicht vergessen werde, weil sie meinen Zweck beförderten und mir ein Paar neue Stiefel verschafften.

Indessen war mein ganzes Blut gegen den Cappi empört. Wir gingen sogleich durch Bielitz nach Biala, auf die polnische Grenze. Von da schickte ich ihm ein Kartell und forderte ihn auf Degen oder Pistolen; erhielt aber keine Antwort. Er erschien auch nicht und bleibt in meinen Augen ein Schurke in Ewigkeit.

Den 1. Februar gingen wir von Biala vier Meilen nach Oswiezin, weil ich beschlossen hatte, Zuflucht bei meiner Schwester zu suchen, die den Herrn von Waldow geheiratet hatte und zu Hammer im Brandenburgischen zwischen Landsberg an der Warthe und Meseritz an der polnischen Grenze auf ihren Gütern im Wohlstande lebte. Deshalb ging unser Weg neben der schlesischen Grenze auf Meseritz zu.

Den 2. nach Bobrack und Olkusch fünf Meilen. Auf diesem Wege, wo wir viel vom tiefen Schnee in leichter Kleidung auszustehen hatten, verlor Schell aus Nachlässigkeit unsere noch in 9 fl. bestehende Kasse. Mir aber blieben noch 19 Groschen. Den 3. nach Cromolow drei Meilen und den 4. nach Wlodowice-Janow abermals drei Meilen. Von da den 5. nach Czenstochau, wo das berühmte reiche Kloster prangt.

Wir kehrten am Fuße des Klosterberges in das Wirtshaus bei einem wahren Biedermanne namens Lazar ein. Dieser hatte als Leutnant in kaiserlichen Diensten gestanden, viele Schicksale erlitten und war endlich ein armer Gastwirt in Polen. Wir hatten keinen Kreuzer in der Kasse, forderten trockenes Brot, der rechtschaffene Mann ließ uns aber an seinem Tische essen. Ich vertraute ihm die reine Wahrheit unserer Umstände, auch die Absicht dieser Reise. Kaum hatten wir gegessen, so kehrte ein Wagen ein und drei Herren, die Kaufleuten ähnlich sahen, kamen in das Zimmer. Sie hatten eigene Pferde, einen Bedienten und einen Kutscher.

Diesen Wagen hatten wir schon in Olkusch angetroffen. Einer der Herren hatte den Schell gefragt, wohin unsere Reise ginge – der ihm Czenstochau genannt; mir waren aber ohne allen Argwohn bei einem Vorfalle, der uns doch alles mögliche Unglück drohte.

Die Herren blieben über Nacht in unserem Wirtshause, sahen uns ganz gleichgültig an und sprachen wenig. Wir gingen schlafen; in der Nacht weckte uns aber der rechtschaffene Wirt und erzählte mit Erstaunen: Diese Herren wären verkleidete Preußen und hätten gegen ein ihm angetragenes Geschenk von 50, dann gar von 100 Dukaten von ihm die Einwilligung verlangt, uns in seinem Hause zu überfallen, zu binden und nach Schlesien zu führen. Er halte es aber standhaft und großmütig ausgeschlagen, obgleich ihm noch überdies eine große Belohnung versprochen wurde – dann aber heilige Verschwiegenheit gegen uns versprechen müssen, wofür man ihm sechs Dukaten in die Hand drückte.

Hieraus sahen wir deutlich, dass es Offiziere und Unteroffiziere waren, die uns der General Fouqué auf den Fuß nachgeschickt hatte. In der ersten Empfindung einer solchen wider uns entworfenen Schandtat wollte ich sogleich mit dem Gewehr in der Faust in das Zimmer der Verräter einbrechen; Lazar und Schell hielten mich aber zurück; und der Erstere trug mir sogar an, so lange bei ihm zu bleiben, bis ich Geld von meiner Mutter erhalten könnte, um weniger Gefahr und Ungemach zu erdulden.

Früh mit Anbruch des Tages fuhren diese seinen Herren fort und nahmen den Weg nach Warschau. Wir wollten auch gehen – Lazar hielt uns aber zwei Tage fast mit Gewalt auf und gab uns die von den Preußen erhaltenen sechs Dukaten. Wir kauften uns jeder ein Hemd, auch noch ein paar Sackpistolen, Strümpfe und Leibesnotdurft, und gingen nach redlichster Umarmung des redlichen Wirtes, der uns die besten Lehren zur Vorsicht auf diesen Weg gab.

Den 6. Februar von Czenstochau nach Dankow, zwei Meilen. Unsere Abrede war für alle möglichen Fälle eines Angriffs auf der Straße genommen. Mir wussten durch Lazar, dass unsere Verfolger nur eine Flinte im Wagen hatten. Ich hatte auch eine Flinte, einen guten Säbel und jeder von uns ein paar Pistolen unter dem Rocke.

Den 7. gingen wir den Weg nach Parschimiechy. Kaum waren wir eine Stunde vorwärts, so sahen wir von weitem einen Wagen auf der Straße. Wir kamen näher und erkannten den Wagen unserer Verfolger, der im Schnee zu stecken schien, und die Herren alle herum. Sobald wir uns näherten, riefen sie uns zu Hilfe. Der Anschlag muss gewesen sein, uns heranzulocken, denn der Zweck war, uns lebendig zu fangen. Sogleich gingen wir seitwärts vorbei mit der Antwort: »Wir haben keine Zeit, euch zu helfen, meine Herren!« Gleich sprangen sie alle viere nach dem Wagen, rissen Pistolen heraus und liefen uns auf den Leib, mit Geschrei: »Halt! Steht Spitzbuben!« Wir fingen verabredetermaßen an zu laufen. – Auf einmal wandte ich mich kurz und schoss den Ersten, der mir ganz nahe kam, mit der Flinte auf das Herz. Er fiel; Schell gab Pistolenfeuer, ein paar Schüsse von den Letzteren fielen zurück, wodurch Schell eine Streifkugel am Halse bekam. – Ich griff den andern an, schoss mit beiden Pistolen. – Er lief davon. – Ich verfolgte ihn in der Wut auf 300 Schritte, holte ihn ein, und da er sich mit dem Degen in der Faust wandte, sah ich, dass er voll Blut war, fand wenig Gegenwehr und hieb ihn nieder. – Gleich wandte ich mich zurück und sah den Schell in der Gewalt der anderen beiden nach dem Wagen schleppen. – Rasend stürzte ich auf sie los: Kaum erblickten sie mich, da ich ihnen schon fast an dem Leib war, und liefen beide ins Feld. – Der Kutscher sah das Scharmützel, schwang sich auf den Wagen und fuhr davon.

Schell war also gerettet, hatte aber einen Streifschuss am Halse und einen Hieb in der rechten Hand, wodurch er den Degen verlor, mir aber versicherte, dass einer seiner Gegner einen Stoß in den Leib davongetragen habe. –

Was war nunmehr zu tun? – Der Erste, der auf der Walstatt lag, hatte eine silberne Uhr in der Tasche, diese riss ich heraus – wollte Geld suchen – Schell rief mir aber zu und zeigte mir einen Wagen, der mit sechs Pferden von der Höhe herunterkam. Sollten wir ihn abwarten und vielleicht gar als Straßenräuber arretiert werden? Die zwei Entsprungenen hätten gewiss gegen uns gezeugt; – in der Geschwindigkeit zum Entschlusse blieb die eilfertige Flucht zur Sicherheit. Ich erhaschte noch die Flinte des ersten Toten und seinen Hut. Hiermit eilten wir dem nahen Gesträuche und von da dem Walde zu, nahmen einen Umweg mit tausend Sorgen und kamen abends nach Parshemiechy.

Schell hatte sich sehr verblutet; ich verband ihn, so gut ich konnte. In polnischen Dörfern ist kein Feldscher, es wurde ihm also sehr hart, das Städtchen zu erreichen. Hier fanden wir nur zwei sächsische Unteroffiziere, die für die Garde in Dresden auf Werbung standen. Meine Größe von sechs Schuh und Person fiel ihnen in die Augen, gleich ward Bekanntschaft und Antrag gemacht; ich fand an beiden vernünftige Leute, – vertraute ihnen also ohne Rückhalt, wer wir wären, auch unsere Tagesgeschichte mit den straßenräuberischen Preußen, und fand redliche Männer. Schell wurde verbunden, und wir blieben sieben Tage mit diesen guten Sachsen in vertrauter Gesellschaft.

Am 19. gelangten wir nach Kobylin. Wir hatten kein Geld mehr und kein Brot; ich verkaufte an einen Juden meinen Rock und erhielt einen grauen Kittel an dessen Stelle, nebst 4 fl. bares Geld. Da wir uns dem vorgesetzten Ziele zu meiner Schwester näherten, achtete ich meinen Rock nicht, in der Hoffnung, bald equipiert zu sein. Schell ward aber täglich elender, seine Wunden heilten langsam und kosteten überall Geld. Die Kälte war ihm auch schädlich, und weil er überdies kein Liebhaber der Reinlichkeit war, so blieb sein Leib eine wirkliche fruchtbare Pflanzschule aller möglichen Gattungen polnischer Läuse. Oft kamen wir nass und müde in die Rauchstuben, mussten die ganze Reise hindurch in eben den Kleidern auf dem Stroh, öfter auch auf der Bank liegen; man kann sich folglich kaum denken, was für Ungemach und Elend wir ausstehen mussten. Im Winter durch das unwegsame Polen herumirren, wo Menschenliebe nicht einmal dem Namen nach bekannt ist, wo nur unbarmherzige Menschen dem armen Reisenden das Nachtlager verweigern, und er dabei Mangel an Brot, an Erquickung und Kleidung leidet. – Meine Flinte verschaffte uns dann und wann einen Braten, auch einige Mal zahme Gänse und Hühner, wo etwas zu erhaschen war; sonst haben wir nichts gestohlen. Hin und wieder fanden wir sächsische, auch preußische Werber; alles lief mir nach, weil ich sechs Fuß groß und in blühender Jugend war. Das verursachte mir manchen Zeitvertreib, wenn mir ein Werber das Glück vorstellte, ich könnte dereinst noch ein Korporal werden; oder wenn sie alles taten, mich zu berauschen und mit Met, Bier und

Branntwein hervorkamen. Indessen hatten wir hierdurch manche Gefahr auf der Straße zu besorgen, aber auch manche gute Mahlzeit umsonst.

Den 21. gingen wir von Kobylin dreieinhalb Meilen nach Punitz.

Den 24. vier Meilen durch Storchnest nach Schmiegel.

Hier traf mich ein wunderbares Los. Die Bauern tanzten bei einer elenden Violine; ich nahm sie dem Fiedler aus der Hand und geigte ihnen einen Tanz vor. – Dies gefiel; da ich aber aufhören wollte, ward ich gewaltsam und zuletzt gar mit Drohungen gezwungen, ihnen die ganze Nacht bis an den hellen Tag vorzugeigen, so, dass ich vor Müdigkeit fast ohnmächtig wurde. Endlich kam es unter ihnen zu Schlägereien. Schell schlief auf der Bank; sie fielen ihm auf die verwundete Hand – er fuhr rasend auf; – ich griff im Zorn zum Gewehr, schlug tapfer drein – und da alles durcheinander lag, eilten wir beide zur Tür hinaus und kamen ohne Schläge davon.

Nun ging den 23. Februar die Reise von Schmiegel weiter fort nach Rakonitz, und von da nach Karger-Holland viereinhalb Meilen. Hier verkauften wir ein Hemd und Schell sein Kamisol um 18 Groschen oder 9 Schostack, um nicht zu verhungern. Tages vorher schoss ich ein Haselhuhn, das wir vor Hunger roh verzehrten; und weil es gut schmeckte, folgte eine Krähe darauf, wobei Schell aber nicht anbeißen wollte. Junge Leute, die stark gehen müssen, essen viel – folglich waren unsere Groschen geschwinde verzehrt.

Den 24. Februar kamen wir über Benschen nach Lettel; vier Meilen, wo wir uns einen Tag aufhielten, um uns in das Brandenburgische nach Hammer zu meiner Schwester zu wagen. Wir fanden ein preußisches Soldatenweib, die in Lettel wohnte und eine Untertanin meines Schwagers, aus dem Dorfs Költschen war. Dieser vertraute ich mich in der Not ohne Misstrauen an, und sie führte uns glücklich nach Hammer zu meiner geliebten Schwester, wo wir am 27. abends um neun Uhr an die Tür klopften.

Ein Mädchen machte auf, und gerade war diese eine Bekannte, die Maria hieß und in unserm Hause aufgewachsen war. Sie erschrak, einen baumstarken Kerl in Bettelkleidung vor sich zu sehen. – Ich redete sie aber gleich an: »Mitsche, kennst du mich nicht?« – Sie sagte nein! – Ich entdeckte mich – fragte, ob mein Schwager zu Hause sei. – »Ja, aber er ist krank im Bette.« – »Sage meiner Schwester heimlich, dass ich hier bin.« Sie führte uns in ein Seitenzimmer, und gleich war meine Schwester bei uns.

Sie erschrak über meinen Aufzug und wusste noch nicht einmal, dass ich aus Glatz entflohen war, eilte zu ihrem Manne und kam nicht zurück.

Nach einer Viertelstunde kam die ehrliche Maria zu uns, weinte und sagte, der gnädige Herr ließe uns sagen, wir sollten sogleich sein Haus verlassen, sonst wäre er gezwungen, uns zu arretieren und auszuliefern. – Meine Schwester sah ich aber nicht wieder; ihr Mann hielt sie mit Gewalt zurück.

Nun urteile man, was ich in diesem Augenblicke empfand. Ich war zu stolz, zu aufgebracht, um Geldhilfe zu fordern; eilte wie ein rasender Mensch unter tausend Drohungen aus dem Hause. Das gute mitleidige Mädchen drückte mir weinend drei Dukaten in die Hand. – Und so waren wir hungrig, müde, matt und verzweifelt wieder in dem Walde, der nicht hundert Schritt vom Schlosse entfernt war, durften in kein Haus gehen, weil wir im Brandenburgischen waren, und mussten in dunkler Nacht in demselben bei Regen und Schnee herumsteigen, bis uns unsere Führerin gegen Anbruch des Tages erst wieder nach Lettel brachte. Sie selbst weinte über unser Schicksal und für ihre Mühe und ausgestandene Gefahr erhielt sie nur zwei Dukaten von mir. – Ich vertröstete sie auf die Zukunft – ließ sie auch im Jahre 1751 zu mir nach Wien kommen und habe sie gut gepflegt und versorgt.

Kaum waren wir aber vor dem Schlosse meiner Schwester im elendesten Zustande im Walde, so sagte ich im ersten Eifer zu Schell: »Bruder! Verdient eine solche Schwester nicht, dass ich ihr das Haus über dem Kopfe anstecke?« Die Mäßigung, die edle Seele, die wahre Gelassenheit war bei diesem Menschen eine wirklich bis zum Wunderbaren gestiegene Tugend.

In allen Fällen war er mein Mentor, mein treuer Führer, wo mein feuriges Temperament in Ausschweifungen losbrechen wollte. Ich verehre deshalb seine Asche, er verdiente ein besseres Schicksal als das, welches ihn bis zum Grabe begleitet hat.

Bei dieser Gelegenheit sagte er mir: »Freund! Deine Schwester kann unschuldig sein, ihr Mann wird sie zurückgehalten haben. Denke nach, wenn der König erführe, dass wir in seinem Hause gewesen wären, und dass er uns durchgeholfen hätte, so wäre ja deine Schwester ebenso unglücklich wie du. – Fasse dich! Denke größer! – Und handeln sie unrecht, vielleicht kommt noch eine Zeit, dass ihre Kinder deiner Hilfe bedürfen und du ihnen Böses mit Gutem vergelten kannst.«

Ewig denke ich an diesen treuen Rat. Es war eine wirkliche Weissagung. Mein reicher Schwager starb bald darauf. – Im russischen Kriege wurden alle ihre Güter in einen Steinhaufen verwandelt, und nach meiner Befreiung aus Magdeburg, also neunzehn Jahre nach dieser Begebenheit, ereignete sich wirklich der Fall, dass ich den Kindern eben dieser Schwester habe Dienste leisten können. So wechselt das Schicksal auf Erden, und so werden unwahrscheinliche Dinge möglich. Meine rechtschaffene Schwester hat sich bei mir gerechtfertigt und wirklich hatte Schell die Wahrheit erraten. Zehn Jahre nach diesem Vorfalle zeigte sie in meinem Magdeburger Gefängnisse, dass sie meine echte Schwester war; – sie wurde durch den kaiserlichen Gesandschaftssekretär Weingarten in Berlin schändlich verraten, verlor hierdurch einen Teil ihres Vermögens und endlich auch das Leben als ein unschuldiges Schlachtopfer für ihren redlichen Bruder.

Ich musste nunmehr meinen Entwurf ändern, weil ich keine Hilfe am ersten Zufluchtsorte fand, und mich entschließen, zu meiner Mutter nach Preußen zu fliehen, die neun Meilen hinter Königsberg auf ihrem Gute lebte.

Am 1. März brachen wir auf und kamen den 5. bis Rogosen; hatten aber keinen Heller, das Nachtquartier zu bezahlen. Der Jude trieb uns hinaus, und wir gingen die Nacht durch mit wütendem Hunger irrend herum, so dass wir uns bei Anbruch des Tages nur zwei Meilen außer der Straße befanden.

Wir gingen in ein Bauernhaus, wo ein altes Weib eben Brot aus dem Ofen zog; bezahlen konnten wir keins, und in eben diesem Augenblicke empfand ich wirklich, dass es möglich sei, eine Mordtat um ein Stück Brot zu begehen. Bei dem Gedanken, wovor ich zurückschauderte, gingen wir eilfertig zur Tür hinaus und noch zwei Stunden weit, bis nach Wongrofze.

Hier verkaufte ich in der äußersten Not meine Flinte, die uns manchen Braten verschafft hat, um einen Dukaten. Wir aßen uns satt, nachdem wir 40 Stunden lang keinen Bissen genossen, auch ohne Schlaf gegen zehn Meilen in Kot und Schnee herumgestiegen waren, rasteten den 6. dort und kamen am 7. durch Gerin auf ein Dorf vier Meilen im Walde.

Hier gerieten wir auf eine Bande von Zigeunern, die ungefähr 400 Mann stark war und mich durchaus mit in ihr Lager schleppte; die meisten waren preußische, auch französische Deserteure.

Am 9. gingen wir bis Lapuschin dreieinhalb Meilen und am 10. vier Meilen bis Thorn.

Sechstes Kapitel

Hier folgt abermals ein merkwürdiger Auftritt, der beweist, dass mich nunmehr mein Schicksal zum wirklichen Abenteurer bestimmt hatte, weil fast bei jeder möglichen Gelegenheit neue Widerwärtigkeiten zu bekämpfen vorfielen und fast unwahrscheinliche Feenmärchen in meinen Lebensvorfällen zu erzählen sind.

Es war eben Jahrmarkt in Thorn, da wir durch die Stadt gingen. Man stelle sich einen jungen baumstarken Menschen von meiner Größe vor, in einer elenden Kleidung, mit einem großen Pallasch an der Seite, mit ein paar Pistolen im Gürtel und von einem Kameraden begleitet, der Hals und Hand verbunden hat und mehr einem Gespenste als lebenden Menschen ähnlich sieht, gleichfalls mit Pistolen im Gürtel.

Wir gingen in ein Wirtshaus; dort fand ich einen preußischen Werbeoffizier, der auf mich wartete und mit allen möglichen Künsten mich gerne zum Rekruten haben wollte. Er trug mir sogar 500 Taler Handgeld und den Korporalstock an, falls ich schreiben gelernt hätte. Ich gab mich für einen geborenen Livländer aus, der aus österreichischen Diensten desertiert sei, um nach Hause zu gehen, eine Erbschaft anzutreten. Nach langen Überredungen brachte er endlich ein Geheimnis vor. – Ich sei ja ein Dieb, würde in wenig Augenblicken vom Magistrat arretiert werden, – sobald ich aber sein Rekrut wäre, könnte mich niemand mehr strafen.

Diese Sprache verstand ich gar nicht; in dem Augenblicke war ich Trenck, gab ihm eine Ohrfeige und zog den Säbel. Anstatt der Gegenwehr lief er aber zur Tür hinaus und befahl dem Wirt, mich nicht herauszulassen. Weil ich nun wusste, dass die Stadt Thorn Kartell hatte und dem Könige von Preußen die Deserteure heimlich auslieferte, ward mir bange. Ich stellte mich an das Fenster und sah gleich darauf zwei preußische Unteroffiziere in das Haus treten. Im Augenblick waren Pistol und Säbel in der Hand: Schell folgte, und wir begegneten den Preußen an der Stubentüre. Ich rief – mit gespannter Pistole: »Platz!« – Die Preußen erschraken, zogen die Säbel und sprangen zurück. – Vor der Tür rückte gerade der preußische Leutnant, von der Stadtwache begleitet, heran. – Ich fand überall Raum, die Pistole in einer und der Säbel in der anderen Hand schreckten jeden zurück; alles schrie: »Dieb! Dieb! Halt auf!« Der Pöbel lief nach; ich entkam glücklich in das Jesuitenkloster; mein Freund

Schell aber ward übermannt, gefangen und als ein Dieb und Räuber in das Stadtgefängnis geschleppt.

Ich war fast außer Fassung, weil ich ihn nicht retten konnte, und bildete mir schon ein, man würde ihn ausliefern. Ich sprach sogleich mit einem Pater, der ein freundlicher Mann war, sagte ihm in Kürze alles, was mich rechtfertigte, und bat, mir nur die Ursache dieser Arretierung zu entdecken. Er ging fort, kam nach einer Stunde zurück und brachte mir die Antwort, dass uns niemand kenne, es wäre aber tags vorher ein großer Diebstahl durch gewaltsamen Einbruch in die Kaufmannsläden auf dem Jahrmarkte geschehen; man arretierte alle verdächtigen Leute; wir wären in der Stadt in solcher Gestalt mit Pistolen im Gürtel gesehen worden. Deshalb allein sei unsere Arretierung beschlossen worden.

Wer war froher als ich? Unsern mährischen Pass, auch unser Reisediarium hatte ich in der Tasche, die uns in diesem Verdachte rechtfertigten. Kurz, ich überzeugte den Jesuiten, dass ich die Wahrheit sagte. – Er ging fort, kam wieder und brachte einen Stadtsyndikus mit; mit diesem sprach ich gründlich. Er examinierte den Schell im Arrest, fand alles einstimmig; unsere Schriften, deren man sich im Wirtshaus bemächtigt hatte, erwiesen, wer wir waren.

Ich blieb die Nacht hindurch im Kloster, schloss kein Auge bei immerwährenden Betrachtungen, wie tief mich das Schicksal hatte fallen lassen. Schell bekümmerte mich noch mehr, denn er wusste nicht, wo ich geblieben war, und hatte sich fest vorgestellt, wir würden beide nach Berlin geliefert werden, war auch schon gefasst, sich in diesem Falle zu erdrosseln.

Früh um zehn Uhr war meine Freude und Bestürzung aber ohne Schranken, da mein braver Jesuit zu mir eintrat, mir den Schell mitbrachte und meldete, wir wären im Verdacht unschuldig befunden worden und können frei hingehen, wo wir wollten, sollten uns aber vor den preußischen Werbern hüten, die uns nachstellten. Ihr Leutnant hätte gehofft, durch meine Arretierung als Räuber würde ich als Rekrut in seine Hände geraten; dies sei der Schlüssel zur gestrigen Begebenheit.

Ich umarmte den Schell, der bei der Arretierung erhebliche Stöße gelitten – weil er sich mit seiner linken Hand auch verteidigen und mir folgen wollte. Kurz gesagt, – der arme Mensch war außerstande, weiterzugehen; seine Wunde am Halse war vernarbt, aber die Hand noch gar nicht. Der Pater Rektor schickte uns einen Dukaten, ließ sich aber nicht sehen. Und der regierende Herr Bürgermeister gab uns für die unschuldige Arretierung einem jeden einen Laubtaler; hiermit waren wir expediert, gingen in unser Wirtshaus, nahmen unser Paket und wollten aus dem Tore eilen.

Mir fiel aber ein, dass wir, um nach Elbing zu kommen, preußische Dörfer auf dem Wege hatten. Wir erkundigten uns also in einem Laden, wo Landkarten zu finden wären? Ein altes buckliges Mütterchen stand gegenüber an der Türe: Der Ladendiener wies uns an sie und sagte, sie hätte Landkarten genug, weil ihr Sohn studiere, und könne sie uns sehen lassen. Wir redeten sie an. Mein Vortrag gefiel, da ich sagte, wir wären unglückliche Reisende, die auf der Landkarte den Weg nach Russland suchen wollten.

Sie führte uns in das Zimmer, trug einen Atlas auf den Tisch, stellte sich vor mich, da ich nachsuchte und meine schmutzigen Manschetten an den Händen vor ihrem forschenden Auge verbergen wollte. Sie betrachtete mich mit durchdringender Aufmerksamkeit – hub endlich mit weinender Stimme an: »Ach Gott! Wer weiß, wie es meinem lieben einzigen Sohne in der Welt geht! Ich sehe dem Herrn wohl an, dass er auch von guten Eltern ist. Mein Sohn ging mir auch in die Fremde; – nun habe ich in acht Jahren keine Nachricht; er soll bei den Österreichern Reiter geworden sein.« – Ich fragte: »Bei welchem Regiment?« – »Bei Hohenems – er sieht dem Herrn natürlich gleich.« – Ich fragte: »Ist er nicht beinahe von meiner Größe?« – »Ja, wohl ebenso groß.« – »Hat er nicht blondes Haar?« – »Ja, eben wie der Herr.« – »Wie heißt er denn?« – »Will.« – »O, liebes Mütterchen«, rief ich aus, »Will ist nicht tot, er lebt und ist mein bester Kamerad bei dem Regiment gewesen!« – Nun erstaunte mein Mütterchen, fiel mir um den Hals, hieß mich einen Engel Gottes, der ihr gute Nachricht brachte; tat tausend Fragen, die ich ihr leicht beantworten konnte, weil ihre voreilige Freude sie mir allezeit in den Mund legte. Ich war also diesmal ein Betrüger in der Not, und zwar durch besonderen Zufall.

Mein Vorteil war dieser: Ich sagte, ich sei gleichfalls Soldat bei Hohenems und reise nur mit Urlaub nach dem Ermland zu meiner Mutter, würde aber innerhalb vier Wochen zurückkommen, dann ihre Briefe mitnehmen und ihr den lieben Sohn nach Hause befördern, falls sie ihn loskaufen wollte.

Nun erzählte sie, der Stiefvater habe ihn vom Hause verdrängt und wünsche ihm nur den Tod, um ihrem kleinen Sohne, den er mit ihr gezeugt, alles Vermögen zuzuwenden. Er sei eben nach Marienburg verreist – usw. usw.

Hier ergriff ich nun den Vorteil und bat sie beweglichst, sie möchte meinen kranken, unterwegs von preußischen Werbern verwundeten Kameraden, der nicht weitergehen könnte, indessen bei sich behalten und versorgen, bis ich ihm sogleich Geld nachsenden oder ihn selbst mit Dankbarkeit auslösen könnte. Das Jawort folgte freudig; sie besorgte sogleich, dass Schell bei einem Bürger und Freunde in der Nachbarschaft verpflegt würde, damit ihr Mann nichts davon erführe. Wir mussten bei ihr essen, sie gab mir ein neues Hemd, Strümpfe, Provision auf drei Tage zu essen, auch sechs Lüneburger Gulden mit auf den Weg, segnete, küsste mich – und so schied ich abends von Thorn und meinem lieben Schell, der nunmehr versorgt war und sich in allem auf meine Hilfe ruhig verlassen konnte. Wir schieden mit Wehmut und Bruderliebe; ich ging also den 13. noch zwei Meilen bis nach Birglau.

Niemals kann ich aber die Unruhe, die Empfindungen, den sinkenden Mut lebhaft genug schildern, den ich fühlte, der meine ganze Seele aus der Fassung brachte, dass ich ganz allein, ohne Freund, vorwärts wanderte. – Diese Stunden waren gewiss unter die bittersten zu rechnen, die ich in meinen Lebenstagen gehabt habe. Ich war sogar schon im Begriff zurückzukehren, um ihn mit mir zu schleppen; die Vernunft ward aber Meister im Kampfe der Leidenschaft, ich war schon nahe am Ziele, und die Hoffnung trieb mich vorwärts.

Den 15. bis Neuenburg und Meve, folglich in zwei Tagen dreizehn Meilen. In Meve lag ich auf dem Stroh unter vielen Fuhrleuten; als ich aufstand, waren meine Pistolen, auch all mein Geld bis auf den letzten Heller aus der Tasche gestohlen, die Herren Schlafkameraden waren aber schon alle auf der Reise.

Was war zu tun? Vielleicht hatte mich auch der Wirt beraubt; ich hatte achtzehn polnische Groschen verzehrt und musste bezahlen. Der Wirt war noch grob und stellte sich, als ob er glaube, ich habe gar kein Geld in sein Haus gebracht. Ich musste ihm also mein vorrätiges Hemd und ein halbseidenes Tuch geben, das mir die alte Frau in Thorn geschenkt hatte, und ohne einen Heller weitergehen.

Am 16. kam ich nach Marienburg.

Auf dem Wege dahin war es aber unmöglich, sicher nach Marienburg zu kommen, ohne in preußische Hände zu fallen, wenn ich nicht die Weichsel passierte.

Ich hatte kein Geld, die Überfahrt zu bezahlen, die nur zwei polnische Schillinge kostete. – Betrübt und nachdenkend, wie ich's machen sollte, um hinüberzukommen, erblickte ich zwei Fischer in einem Kahne; ich trat hinzu, zog den Säbel und zwang sie, mich umsonst hinüberzufahren. Am anderen Ufer nahm ich diesen furchtsamen Leuten die Ruder weg, stieg hinaus, stieß den Nachen auf das Wasser zurück und ließ sie schwimmen.

In Marienburg fand ich sächsische, auch preußische Werber, hatte kein Geld, aß und trank mit ihnen, hörte ihre Vorträge an, machte Hoffnung auf morgen, und ehe der Tag anbrach, war ich zur Tür hinaus und ging am 17. März vier Meilen nach Elbing.

Hier fand ich meinen gewesenen lieben Lehrer Brodowsky als Hauptmann und Auditeur bei der polnischen Kronarmee, unter dem Goltzschen Regiment, der mir eben, da ich in die Stadt ging, entgegenkam. – Im Triumph folgte ich ihm in sein Quartier, und hier hatte meine gefahrvolle mühselige Reise ein Ende.

Dieser ehrliche Mann behielt mich bei sich, verschaffte mir sogleich alles Notdürftige und schrieb nebst mir an meine Mutter in solchem Tone, dass sie schon nach ungefähr acht Tagen wirklich selbst bei mir in Elbing eintraf und mir als eine echte Mutter Trost und Hilfe mitbrachte.

Sie besaß einen durchdringenden Verstand, ich aber eine gefühlvolle, dankbare Seele. Sie verschaffte mir sogleich eine Verbindung zur sicheren Korrespondenz mit meiner Freundin in Berlin. Diese schickte mir einen Wechsel auf Danzig von über 400 Dukaten und meine Mutter gab mir 1000 Reichstaler und ein diamantenes Halskreuz für den Notfall von etwa 500 Talern an Wert. Sie blieb vierzehn Tage bei mir und zwang mich aller Gegenvorstellungen ungeachtet, dass ich nach Wien reisen sollte, um dort mein Glück zu suchen. Ich wollte durchaus nach Petersburg, und alle meine Ahnungen waren gegen die Wiener Reise, die wirklich all mein folgendes Unglück verursacht hat. – Meine Mutter riet anders und versprach mir nur in diesem Falle Unterstützung. Ich musste gehorchen; sie verließ mich, reiste nach Hause, und seitdem habe ich sie nicht wiedergesehen. Sie starb im Jahre 1751, und ihr Andenken macht meine ganze Ehrfurcht rege.

Nachdem ich mich equipiert und meinen Wirt beschenkt hatte, reiste ich eilfertig nach Thorn.

Wie entzückend war meine Zusammenkunft mit dem ehrlichen Schell! Das alte Mütterchen hatte ihn mütterlich versorgt. Wie erschrak aber die gute Frau, da ich bei ihr als Offizier und von zwei Bedienten begleitet eintrat; ich küsste ihr im wärmsten Danke die Hand, bezahlte alles reichlich, was der Schell genossen, der sich indessen wie ein Kind im Hause bei ihr eingeschmeichelt hatte; erzählte ihr, wer ich eigentlich war; sagte ihr aufrichtig, wie ich sie mit der Geschichte ihres Sohnes hintergangen hätte, und versprach, sogleich bei meiner Ankunft in Wien ihr positive Nachricht von diesem verlorenen Sohne zu geben.[6] Binnen drei Tagen war der Schell equipiert, und so reisten wir von Thorn ab und kamen nach Warschau, von da über Krakau nach Wien.

Nach Abzug der Reisekosten und Equipierung für mich und meinen Freund Schell blieben mir noch ungefähr 300 Dukaten im Beutel; ich teil-

---

[6] Bei meiner Ankunft in Wien gab ich mir gleich alle Mühe, diesen Will zu erfragen; erfuhr aber durch die Kommissariatliste, dass er im Jahre 1744 desertiert, wieder gefangen und wirklich aufgehängt war. Ich erhielt durch einige Dukaten das Attest eines natürlichen Todes. Dieses schickte ich der guten Mutter mit einem Dank- und Trostbriefe begleitet.

te sie redlich mit ihm. – Er blieb nur vier Wochen in Wien, reiste nach Italien, wo er bei dem Pallavicinischen Regiment als Oberstleutnant angestellt wurde.

Ich fand meinen Vetter, den berühmten Pandurenobersten und Parteigänger Franz Freiherrn von Trenck, in Wien im Arsenalarrest und eben in den schwersten Prozess verwickelt.

Kaum war ich in Wien angelangt, so führte mich sein Agent Herr von Leber an den Hof zu Seiner Majestät dem Kaiser und dem Prinzen Karl. Beide kannten seine Verdienste, auch die boshaft gespielten Ränke seiner niederträchtigen Feinde; und sogleich erhielt ich offene Erlaubnis, ihn im Arrest zu besuchen, auch alle Aufmunterung, ihm auf alle mögliche Art beizustehen. Bei der zweiten Audienz sprach der Monarch mit mir auf eine Art, die mich ganz in das Interesse meines bedrängten Blutsfreundes verwebte, und befahl mir, bei allen Vorfällen Zuflucht bei ihm zu suchen. Gleich gewann die Sache eine andere Gestalt; die hintergangene beste Monarchin wurde aufgeklärt, Trencks Unschuld erschien im Revisionsprozess im vollen Lichte. Man erwies, dass sein angeordnetes Kriegsrecht, das 27 000 fl. gekostet, parteiisch und ungerecht verfahren sei, und dass sechzehn Offiziere, die er größtenteils wegen schlechter Handlungen von seinem Regiment kassiert, falsche Eide abgelegt hatten.

Merkwürdig ist es, dass man der Wiener Zeitung ankündigte: »Alle diejenigen, welche wider Trenck etwas zu klagen hätten, sollten sich melden, und täglich, solange der Prozess dauerte, einen Dukaten Diäten empfangen.«

Man kann sich leicht vorstellen, wie die Zahl der Kläger anwuchs, und aus was für Leuten sie bestand.

Diese Diäten haben 15 000 fl. gekostet.

Die Monarchin ließ dem Trenck antragen, er solle um Gnade bitten; in diesem Falle sollte alles abgetan sein und er sogleich seine Freiheit erhalten. Prinz Karl, der Wien kannte, riet mir, ich sollte meinen Vetter zu diesem Schritte bewegen. Umsonst! Er fühlte seinen Wert und seine Unschuld zu gut und forderte trockenweg Recht. Eben dieses erzwang sein Unglück.

Bald ward ich gewahr, dass mein Vetter das Opfer sein würde: Er war reich, seine Feinde hatten bereits über 80 000 fl. ausgeteilt: Das ganze Vermögen war durch Sequestration in ihren Händen. Man hatte ihn bereits zu grob misshandelt, und kannte ihn zu gut, um nicht alles von seiner Rache zu fürchten, sobald er seine Freiheit erhalten würde.

Mein Herz war über sein Schicksal gerührt, und da er bereits, seinem feurigen Temperamente gemäß, bei herannahendem Siege öffentliche Drohungen merken ließ, seine Gegner hingegen den Hofbeichtvater auf ihrer Seite hatten, Hofränke zu spielen wussten, auch alles für sich fürchten mussten, so machte ich ihm bei guter Laune den brüderlich gemeinten Vorschlag, er solle aus dem Arrest entfliehen und dann in der Freiheit sein Recht der Monarchin beweisen. Ich machte ihm den ganzen Plan dazu, der mir leicht auszuführen möglich war, und er schien vollkommen entschlossen.

Einige Tage nach dieser Unterredung ward ich zu dem Feldmarschall Grafen Königsegg, Gouverneur in Wien, gerufen. Dieser ehrwürdige Greis, dessen Asche ich noch verehre, sprach und handelte in diesem Vorfalle als Vater und Menschenfreund. Er riet mir, meinen Vetter zu verlassen, und gab mir deutlich genug zu verstehen, dass mein eigener Vetter mich selbst verraten, den ganzen Anschlag gemeldet hatte und mich seinem Ehrgeize aufopfern wollte, um hierdurch sein reines Gewissen zu rechtfertigen und zu zeigen, dass er nicht entweichen, sondern sein Recht und Schicksal abwarten wollte.

Bestürzt über die unedelste Handlung des Blutsfreundes, für den ich mein Leben freudigst gewagt hätte und den ich mit dem redlichsten Herzen von seinem Untergange zu retten suchte, beschloss ich, ihn zu verlassen; glücklich war ich noch, dass der rechtschaffene Feldmarschall die Sache mit einer väterlichen Vermahnung unterdrückte.

Ich erzählte diesen schwarzen Undank dem Prinzen Karl von Lothringen, der mich aber bewog, von neuem zu meinem Vetter zu gehen, mir nichts merken zu lassen und mich seiner Sache nach Möglichkeit anzunehmen.

Hier muss ich meinen Lesern eine kurze Schilderung von dem eigentlichen Charakter dieses Trenck beibringen.

Er war ein Mann von außerordentlichen Talenten; seine Ruhmsucht war unbegrenzt; sein Diensteifer für die Monarchin sogar fanatisch; seine Kühnheit im Unternehmen unnachahmlich, sein Verstand arglistig, sein Herz böse, rachgierig und unempfindlich, sein Geiz aber bis zum höchsten Gipfel glaubhafter Möglichkeit schon im 33. Lebensjahre, in welchem er starb, herangewachsen.

Verbindlichkeit wollte er niemals auf Erden haben, und wirklich war er fähig, seinen besten Freund in die Ewigkeit zu befördern, wenn er sich ihm verpflichtet glaubte oder sich seines Gutes bemächtigen konnte.

Kaum vierzehn Tage nach diesem mir gespielten Verräterstreiche geschah folgende merkwürdige Begebenheit:

Ich ging abends von ihm aus dem Arsenal nach Hause und trug einen Stoß Prozessakten unter dem Rocke, die ich für ihn ausgearbeitet hatte. Ungefähr 25 Offiziere, die gegen ihn klagten, waren damals in Wien, die mich alle als ihren ärgsten Feind ansahen, weil ich an seiner Verteidigung arbeitete. Folglich musste ich in allen Winkeln auf meiner Hut sein; man hatte ohnedies in ganz Wien ausgesprengt, ich sei heimlich vom König von Preußen geschickt, um meinen Vetter aus seinem Arreste zu befreien. Er hingegen hat bis zu seinem Tode standhaft behauptet, dass er niemals in seinem Leben an mich nach Berlin geschrieben habe, folglich war der Brief, der mich selbst unglücklich machte, unfehlbar untergeschoben und von meinem Feinde Jaschinski geschmiedet worden.

Nun ging ich aus dem Arsenal über den Hof spazieren; bald folgten mir zwei Leute in grauen Kapuzröcken auf dem Fuße nach; sie traten mir vorsätzlich auf den Fuß, sprachen laut und schimpften auf den hergelaufenen preußischen Trenck, und ich merkte deutlich genug, dass sie Händel suchten, wozu ich damals leicht zu bewegen war; denn niemals ist man aufgelegter zum Raufen, als wenn man nichts zu verlieren hat und mit seinem Zustande unzufrieden lebt. Ich sah sie beide für Trencksche kassierte Offiziere und von der Zahl seiner Kläger an, suchte ihnen dennoch auszuweichen und ging auf den Judenplatz zu.

Kaum war ich in der Straße, so folgten sie mir mit starken Schritten nach; ich wandte mich um, und in eben dem Augenblicke empfing ich einen Degenstoß auf die linke Brust, wo die Prozessakten, die ich unter dem Rocke trug, mir allein das Leben retteten. Der Stich ging durch das Papier und hatte nur etwas mehr als die Haut verletzt. Gleich sprang ich zurück, zog den Degen; die beiden Herren liefen aber davon. Ich folgte – einer strauchelte und fiel; ich packte ihn beim Kragen, die Wache kam herzu; er sagte, dass er Offizier vom Kollowratischen Regiment sei, wies die Uniform, ich hingegen musste in Arrest.

Der Platzmajor kam tags darauf zu mir und hielt mir vor, ich habe mutwillig Händel mit zwei Offizieren, dem Leutnant von F**g und dem Leutnant von K***n gesucht. Freilich hatten die feinen Herren nicht gesagt, dass sie mich meuchelmörderisch in die andere Welt schicken wollten.

Ich war allein, hatte keine Zeugen gegen zwei, musste also unrecht haben, und blieb sechs Tage im Arrest. Kaum war ich zu Hause, so ließen sich zwei Offiziere bei mir melden und forderten Satisfaktion für die ihnen zugefügte Beleidigung. Gleich war ich bereit und versprach binnen einer Stunde vor dem bestimmten Schottentore zu erscheinen. Da man mir nun die Namen nannte, erkannte ich zwei starke Fechter, die oft zum Trenck in das Arsenal kamen, wo fast täglich mit Rappieren gefochten ward. Ich ging also zu meinem Vetter, um Hilfe zu suchen, erzählte ihm den Vorgang, und weil ich meine Gegner kannte und folglich ernsthafte Auftritte erwartete, so bat ich ihn, mir 100 Dukaten zu geben, damit ich allenfalls entfliehen könnte, falls einer auf dem Platze bliebe.

Bis dahin hatte ich mein eigenes Geld für ihn verwendet und noch keinen Groschen von ihm verzehrt noch erhalten. Wie erstaunte ich aber, da der böse Mann mir mit höhnisch lächelndem Tone die Antwort gab:

»Haben Sie Händel ohne mich angefangen, mein lieber Vetter, so führen Sie sie auch ohne mich aus.«

Im Herausgehen rief er mir nach: »Den Rasendrücker will ich noch für Sie bezahlen« – weil er sicher glaubte, ich würde nicht vom Platze zurückkehren.

Nun lief ich halb in Verzweiflung zum Baron Lopresti; dieser gab mir 50 Dukaten und ein paar Pistolen. Hiermit eilte ich fröhlich zum bestimmten Kampfplatze.

Ich traf dort ein halbes Dutzend Offiziere von der Garnison an. Weil ich wenig Bekanntschaft in Wien hatte, folgte mir ein achtzigjähriger Spanier, ein Invalidenhauptmann namens Pereira, als Sekundant, dem ich bei dem eilfertigen Hinauslaufen zufällig begegnete, auf Befragen die Ursache sagte, und der nicht von meiner Seite gehen wollte. Der Leutnant K***n war der Erste und wurde in wenig Augenblicken sehr stark am rechten Arm verwundet. Hierauf bat ich die Augenzeugen, weitere Folgen zu verhüten – ich hätte Satisfaktion genug. – Herr Leutnant F**g trat aber mit Drohungen hervor und ward mit einem Stoß in den Unterleib expediert. Hierauf wurde des ersten Sekundant, der Leutnant M***f, erbittert und sagte: »Ich würde Sie anders empfangen, wenn Sie mit mir zu tun hätten!« – Gleich sprang mein achtzigjähriger Sekundant mit spanischen Augenbrauen, die ihm bis über die halbe Nase hingen, mit braunem Rock und Strümpfen, mit bebendem Kopfe und Händen hervor und rief mit drohender Stimme: »Halt! Der Trenck hat gezeigt, dass er ein braver Kerl ist, wer ihn ferner angreift, der hat's mit mir zu tun.« – Alles lachte über den drohenden Ohnmächtigen, der kaum den Degen in der erstorbenen Hand eines zu Grabe taumelnden Greises halten konnte. Ich sagte: »Freund! Noch bin ich gesund und kann mich selbst verteidigen. Bin ich hierzu unfähig gemacht, dann vertritt erst meine Stelle. Solange ich den Degen führen kann, werde ich mit Vergnügen alle diese Herren, einen nach dem anderen, nach Möglichkeit bedienen.« Ich wollte einige Augenblicke rasten, – der stolze und durch die Niederlage seines Freundes erbitterte M***f griff mich aber an und ging mir so wütend auf den Leib, nachdem er bereits an der Hand verwundet war, dass ich ihm einen Stoß in den Unterleib beibrachte. Und da er in mich einlief, um mit mir zu sterben, schlug ich ihm die Klinge nieder und warf ihn mit der Hand auf die Erde.

Nun hatte niemand mehr Lust zu raufen. Meine drei Feinde fuhren blutig nach der Stadt, und da M***f tödlich verwundet schien und mir die Jesuiten und Kapuziner die Freistatt versagten, flüchtete ich mich auf den Kahlenberg ins Kloster.

Hier schrieb ich sogleich an den Obersten Baron Lopresti. Dieser kam zu mir. – Ich erzählte ihm den Vorgang, und durch seine Vermittlung durfte ich binnen acht Tagen frei in Wien erscheinen. Der Leutnant F***g hatte venerisches Blut im Leibe; seine nicht eben gefährliche Wunde war hierdurch bedenklich, und er ließ mich bitten, ihn zu besuchen. Er bat mich um Verzeihung und gab mir deutlich genug zu verstehen, ich solle mich künftig vor meinem Vetter hüten. In der Folge habe ich erfahren, dass dieser böse Mann ihm eine Kompanie und 1000 Dukaten versprochen hatte, wenn er mit mir Händel suchte und mich in die Ewigkeit schicken wollte. Der Mensch steckte in Schulden, suchte sich einen Gehilfen in dem Leutnant K***n, und wenn mich nicht zufällig die Trenckschen Prozessakten schützten, die ich unter dem Rocke trug, so hätte mich der erste Verräterstoß in die Ewigkeit geschickt.

Nun konnte ich mich nicht entschließen, meinen undankbaren und gefährlichen Vetter wiederzusehen, der meinen Tod beschlossen hatte, weil ich alle seine Geheimnisse wusste, und er sich schon im Triumphe seines Prozesses, den ich geführt, frei glaubte, mir aber keine Verbindlichkeiten schuldig sein wollte. Das war eigentlich bei allen seinen großen Eigenschaften sein Gemütscharakter: alles seinen Privatabsichten, besonders seinem Geize aufzuopfern, der bereits in seinem 33. Lebensjahre, da er starb, so hoch gestiegen war, dass er bei einem Vermögen von eineinhalb Millionen täglich nur dreißig Kreuzer verzehrte.

Kaum wurde nun in der Stadt bekannt, dass ich ihn verlassen hatte, so suchte der General Graf Löwenwalde, sein ärgster Feind und Präsident seines ersten Inquisitionskriegsrechtes, mich zu sprechen, versprach mir alles Glück und alle Protektion, wenn ich ihm die Geheimnisse entdecken wollte, die im Revisionsprozesse vorgefallen wären.

Kurz gesagt, er wollte mich sogar mit 4000 Gulden bestechen, um mich zum Prozesse gegen ihn zu bewegen. Hier lernte ich nun den akkreditierten Bösewicht und schändlichen Blutrichter in Wien kennen, fertigte ihn mit Verachtung ab, entdeckte Verrätereien und Spitzbubenstreiche boshafter Richter und böser Menschen in diesem so arglistig verwickelten Prozesse und beschloss, lieber in Indien mein Brot zu suchen, als in einem Lande zu bleiben, wo unter dem Zepter der besten Monarchin die rechtschaffensten Männer, die besten Soldaten und Patrioten von eigennützigen oder missgünstigen Bösewichtern unglücklich gemacht werden konnten. Denn sicher ist es, dass eben der Trenck, der wirklich mein ärgster Feind war, dessen ganze Gemütsanlage meine ewige Verachtung verdiente, in sich selbst der beste Soldat in der Kaiserlichen Armee gewesen ist, der Gut und Blut mit dem standhaftesten Diensteifer für seine Monarchin aufgeopfert hätte, der mehr als seine Pflicht gegen sie erfüllte und wirklich bis zum schmählichsten Tode dem Staate große Dienste geleistet hat. –

Nun war ich aber einmal entschlossen, Wien auf ewig zu fliehen. Ich wollte in Indien mein Glück machen und reiste im August 1748 von Wien nach Holland. Inzwischen hatten die Feinde meines Vetters keinen Widerstand zum Siege; er wurde also verurteilt und auf den Spielberg gebracht, wo er zu spät bereute, dass er den treuen Rat eines scharfsichtigen Freundes verachtet und verraten hatte. Ich habe ihn bedauert; sicher ist auch, dass vielmehr seine Richter und Feinde ein so verächtliches Schicksal verdient hätten. Er selbst hat aber auch noch in der letzten Todesstunde mir einen ewigen Hass gezeigt und noch jenseits seines Grabes durch sein Testament mein Unglück zu gründen und listig zu befördern gesucht.

Siebentes Kapitel

Ich floh Wien, und wollte Gott!, ich wäre auf ewig geflohen! Mein Schicksal führte mich aber durch Umwege wieder dahin, wo ich schon von der Vorsehung zum Gefäß des Zornes, der Ungerechtigkeit und der Verfolgung bestimmt war. Meine Rolle sollte in Europa und nicht in Asien gespielt werden. Deshalb traf ich auf meiner Reise in Nürnberg das russische Korps an, das damals nach Holland marschieren und auf deutschem Boden Frieden machen sollte. General Lieven, ein Verwandter meiner Mutter, war der kommandierende General; Major Butschkow, den ich in Wien als russischen Residenten kennengelernt, überredete mich, ihm meine Aufwartung zu machen und stellte mich vor. Mein Vortrag gewann sein Herz; von diesem Augenblicke an war er mein Freund und Vater. Er überredete mich, in russische Dienste zu gehen, und ernannte mich zum Hauptmann im Tobolskischen Dragonerregiment. Ich musste aber bei ihm bleiben, in seiner Kanzlei arbeiten, und sein Vertrauen, seine Achtung für mich waren unbegrenzt.

Der Friede erfolgte. – Wir marschierten nach Russland ohne Schwertstreich zurück und blieben mit dem Hauptquartier zu Prosnitz in Mähren.

Hier begegnete mir ein Zufall, den ich mir selbst zuzog, und den ich allein deshalb erzähle, weil er mir zur Warnung für meine ganze Lebenszeit gedient hat. In Prosnitz, wo wir Winterquartier hielten, war am Krönungstage der Kaiserin Elisabeth ein Fest bei dem kommandierenden General Lieven, wo der Medikus der Armee am Pharaotische eine Bank hielt.

Mein ganzes Vermögen bestand damals in 22 Dukaten; Gewinnsucht oder die Gesellschaft oder vielleicht die Begierde, meinen Zustand zu verbessern, lockten mich herbei, und mein Vorsatz war, nur zwei Dukaten zu wagen. Ich verlor sie, wollte sie wieder zurückgewinnen, und in kurzer Zeit hatte ich keinen mehr im Beutel. Schamrot und bestürzt über meine Torheit ging ich nach Hause; es blieben mir noch ein paar schöne Pistolen übrig, für die mir der General Woyekow 20 Dukaten geboten hatte. Auf den Verkauf derselben stützte ich den Ersatz meines Verlustes, nahm sie von der Wand, und da alles in der Stadt, wo Russen lagen, aus den Fenstern Freudenschüsse tat, feuerte ich gleichfalls tapfer mit. Nach etlichen Schüssen zersprang mir eine in Stücken, so dass ich beinahe die

Hand hätte verlieren können, und ein Stück vom Schlosse verwundete meinen treuen Bedienten an der Backe. Im Augenblicke entstand in mir ein Kleinmut, den ich noch nie empfunden hatte, und es fehlte nicht viel, dass ich die andere im ersten Feuer des verdienten inneren Vorwurfs auf meinen Kopf losgedrückt hätte. – Ich dachte nach, fasste mich wieder und fragte meinen Bedienten, wie viel Geld er habe; er gab mir drei Dukaten, und hiermit ging ich mit dem wirklich gefühlten Leichtsinne eines verzweifelten Spielers über den Markt, abermals nach dem Ball des Generals Lieven, fing wieder an zu spielen und verlor fast keine Karte mehr. Sobald ich mein Geld zurückhatte, steckte ich's in den Beutel, spielte mit dem Gewinne fort und debankierte wirklich den Herrn Doktor. – Es war eine neue Bank gemacht, auch diese geriet größtenteils in meine Hände, so dass ich gegen 600 Dukaten Gewinn nach Hause trug.

Von diesem Augenblicke an fasste ich nach reiflicher Überlegung den ernsthaften Entschluss, kein Hasardspiel mehr zu wagen; und ich habe mein Gelübde auch, da ich in der Folge reich wurde, wirklich bis zum grauen Haare heiliggehalten.

Ich sah Offiziere der besten Art am Spieltische erst ihr eigenes Geld, dann aber auch die ihnen anvertrauten Kompaniegelder verlieren, wodurch sie kassiert und lebenslang unglücklich wurden. Vielleicht hätte ich in Prosnitz eben das gewagt, wenn ich eine Kasse in Händen gehabt hätte – – man meide den ersten Schritt, sonst geht es im Spiel ebenso wie in der Liebe.

In Krakau schickte mich der kommandierende General Lieven, mein besonderer Protektor, mit 140 Kranken auf der Weichsel nach Danzig, von wo aus wir mit russischen Schiffen nach Riga transportiert wurden.

Ich bat ihn um diese Gnade, weil ich gerne meine Mutter und Geschwister in Preußen sprechen wollte. Bei unserer Ankunft in Elbing übergab ich mein Kommando dem Leutnant von Platen und ritt nebst einem Bedienten in das Bistum Ermeland, wo ich in einem Grenzdorfe die Zusammenkunft bestimmt hatte.

Hier widerfuhr mir aber eine Begebenheit, die mich beinahe das Leben gekostet hätte. Die Preußen hatten einige Tage zuvor einen Bauerssohn aus diesem Dorfe als Rekruten fortgeschleppt. Alles war in Gärung; ich trug lederne Hosen und den blauen russischen Dragonerrock. Man hielt mich für einen Preußen; die Bauernburschen tanzten, ich ging vor die Tür hinaus, im Augenblicke aber fielen etliche mit allerhand Mordprügeln über mich her. Ein von ungefähr daselbst eingekehrter Jäger und der Wirt kamen mir zu Hilfe. Mein eigener Bedienter im Zimmer kroch aber mit den Pistolen in der Hand in den Backofen. Zwei hielt ich bei den Köpfen fest und stieß sie auf das Steinpflaster unter dem Tore. Endlich halfen mir die zwei Schutzengel aus dem Gedränge; ich erhaschte ein

Stück Holz, und wir wurden Meister vom Schlachtfelde. – Indessen habe ich einige Mordschläge in den Nacken, einen auf den linken Arm und einen andern über die Nase bekommen, wobei das Nasenbein zerschlagen wurde. In dieser betrübten Lage rief mir der Wirt zu, ich solle eiligst fliehen, ehe das ganze Dorf zusammenkäme und mich unfehlbar erschlüge. Mein tapferer Bedienter kroch aus dem Ofenloche heraus, wir warfen uns auf die Pferde und ritten davon.

Im nächsten Dorfe ließ ich mich verbinden, der Kopf und die Augen waren verschwollen: Ich musste also zwei Meilen weit in diesem Zustande bis in das Städtchen Ressel reiten: Dort fand ich einen geschickten Chirurgen, der mich innerhalb acht Tagen so weit herstellte, dass ich nach Danzig zurückkehren konnte. Unterdessen kam mein Bruder in Ressel zu mir, meine rechtschaffene Mutter hingegen hatte das Unglück, auf der Reise zu mir unweit ihres Gutes umgeworfen zu werden, brach den Arm, kehrte mit meiner Schwester zurück, und ich habe sie in der Welt nicht wiedergesehen.

Nun war ich in Danzig bei meinem Krankentransport. Hier ereignete sich eine Begebenheit, die eine der merkwürdigsten meines Lebens ist, und die mir noch Freude macht, so oft ich an diese Szene denke.

Ich machte daselbst Bekanntschaft eines preußischen Offiziers, der ein geborener Preuße war, dessen Namen ich aber hier seiner Familie wegen nicht nennen will, weil ich sie verehre. Dieser besuchte mich täglich, und wir ritten bei schönem Wetter oft in die Vorstädte spazieren.

Mein treuer Bedienter hatte Freundschaft mit dem seinigen gemacht. – Wie erstaunte ich aber, da derselbe mir eines Tages mit Freude und Verwirrung sagte: »Herr! Hüten Sie sich vor der Falle, die Ihnen gelegt wird. Der Leutnant N*** will Sie vor das Tor locken, sodann fangen, in den Wagen werfen und den Preußen in die Hände liefern.« – Ich fragte, woher er das wisse: Er gab zur Antwort, der Bediente des Offiziers habe ihn davon benachrichtigt, weil er mich lieb habe und mich vor Unglück warnen wolle.

Nun kam ich bald hinter das Geheimnis: Ein paar Dukaten entdeckten mir den ganzen Anschlag.

Der preußische Resident Reimer hatte den Leutnant überredet, das größte Schelmenstück an mir, seinem Freunde und Wohltäter, auszuüben.

Er sollte mich nämlich in die Vorstadt Langfuhr hinauslocken. – Dort liegt an der Straße ein Wirtshaus auf preußischem Grund und Jurisdiktion; hier sollten acht Werbeunteroffiziere im Hofe auf mich lauern. Sobald ich in das Haus treten würde, sollte ich überfallen, in einen Wagen geworfen und nach Lauenburg in Pommern geführt werden. Zwei Unteroffiziere waren beritten, um den Wagen bis an die Grenze zu begleiten, und die andern hätten mich geknebelt, damit ich im Danziger Territorium nicht hätte um Hilfe rufen können.

Durch meinen treuen Bedienten erfuhr ich nun genau alle gemachten Vorkehrungen: Ich wusste auch, dass meine Feinde nur mit ihren Säbeln bewaffnet, ohne Schießgewehr mich hinter dem Tore des Wirtshauses erwarten würden, um mir sogleich in die Arme zu fallen und alle Gegenwehr zu hindern. Die berittenen zwei Unteroffiziere sollten sich aber meines Bedienten bemeistern, falls er mit den Pferden davonsprengen und Lärm machen wollte.

Nun hätte ich alle diese Anstalten leicht zunichtemachen können, denn ich durfte nur den Spaziergang abschlagen, wenn er mir angeboten würde. – Mein Ehrgeiz reizte mich aber zu tun, was wirklich geschah, um mir zugleich selbst an den Verrätern eine entzückende Genugtuung zu verschaffen.

Gegen Mittag erschien nun Leutnant N***, speiste bei mir wie gewöhnlich und war tiefsinnig, auch ernsthafter als sonst, ging gegen vier Uhr weg, nachdem ich ihm vorher versprechen musste, am folgenden Tage früh mit ihm nach Langfuhr zu reiten. Meine positive Zusage machte seine Gesichtszüge fröhlich, denn ich beobachtete den Verräter genau, dessen Schicksal schon in meinem Herzen beschlossen war. Kaum war er fort, so ging ich zu meinen Leuten, wählte sechs Mann und führte sie im Dunkeln dem preußischen Wirtshause gegenüber, wo sie sich im Korn versteckten und Befehl hatten, auf den ersten Schuss mit gespanntem Gewehr mir zu Hilfe zu eilen (diese Gewehre führte ich ihnen heimlich im Wagen hinaus); dann sollten sie alles fangen, was sie könnten, bei Gegenwehr aber Feuer geben. Durch aufgestellte Kundschafter erfuhr ich früh um vier Uhr schon alles, auch, dass der preußische Resident Reimer mit Postpferden hinausgefahren war.

Ich selbst hatte meine und meines Bedienten Pistolen sicher geladen, meine Terzerole in der Tasche und meinen türkischen Säbel bereit. Dem Bedienten des Leutnants hatte ich versprochen, ihn zur Dankbarkeit in meine Livree aufzunehmen, und ich war seiner Redlichkeit versichert.

Gegen sechs Uhr früh trat nun der Herr Leutnant mit fröhlichen Blicken in mein Zimmer, lobte das schöne Wetter und versicherte mir viel Vergnügen bei einer schönen Wirtin in Langfuhr.

Ich war gleich fertig: Wir setzten uns zu Pferde und ritten jeder mit seinem Bedienten zum Tore hinaus.

Wir waren noch etwa 300 Schritt von dem Wirtshause entfernt, wo man auf mich lauerte, als mein edler Freund mich aufmunterte, bei so schönem Wetter zu Fuße zu gehen und die Pferde führen zu lassen; vermutlich, damit ich sicherer zu fangen wäre. Gleich war ich bereit; stieg vom Pferde und sah des Verräters Auge bei gesicherter Beute vor Freude funkeln.

So gingen wir vorwärts; im Wirtshause lag der Herr Resident von Reimer im Fenster – rief mir zu: »Guten Morgen, Herr Hauptmann! Herein, herein da! Soeben ist das Frühstück fertig.« – – –

Ich lachte ihn höhnisch an und antwortete: »Ich habe keine Zeit!«, und ging weiter. – Mein Führer wollte mich nötigen, nahm mich beim Arm, um mich hineinzuführen. Nun verließ mich die Geduld, und ich gab ihm eine Ohrfeige, dass er fast zur Erde sank, sprang hierauf nach meinen Pferden zurück und wollte aufsitzen.

Gleich prellten die Preußen aus dem Tore heraus und liefen mit Geschrei auf mich los: – Ich schoss aber dem ersten, der sich mir näherte, auf die Haut. In eben dem Augenblick brachen meine Russen hervor und schrien mit gespanntem Gewehr: – »*Stuy, stuy, Jebionnamat!*« – Den Schrecken der wehrlosen Preußen, die unerwartet überfallen wurden, kann man sich leicht denken. Alles lief davon: – Ich bemeisterte mich in der ersten Bestürzung des Anführers; sprang in das Haus, um den Residenten zu fangen; dieser wischte aber zur Hintertüre hinaus und ließ mir seine weiße Perücke zurück. Meine Russen hatten indessen vier Gefangene gemacht. Gleich ließ ich meine Mannschaft die Straße besetzen und einem jeden fünfzig Prügel geben. Ein Fahnenjunker, namens Casseburg, gab sich zu erkennen, sagte, dass er mit meinem Bruder studiert habe und bat um Gnade, weil er zu diesem Straßenraub beordert wäre. Sein Vortrag rührte mich und ich ließ ihn gehen. Hierauf zog ich den Degen und rief dem Leutnant zu, er solle sein Leben verteidigen. Der Mensch aber war so bestürzt, dass er den Degen zog, aber nur um Verzeihung bat, alles auf den Residenten schob und sich gar nicht verteidigen konnte. Zweimal warf ich ihm den Degen aus der Hand: Endlich nahm ich den russischen Korporalstock und prügelte ihn, solange ich konnte, ohne dass er an Gegenwehr dachte. Nachdem ich ihn übel zugerichtet hatte, verließ ich ihn, kniend auf der Erde zu meinen Füßen – rief ihm zuletzt zu: »Schurke! Jetzt erzähle deinen Kameraden, wie der Trenck Straßenräuber zu züchtigen weiß!«

Das Volk war indessen zusammengelaufen; ich erzählte ihm kurz den Vorfall, denn der Angriff war wirklich auf Danziger Gebiete geschehen. Die elenden Menschen wären beinahe vom Pöbel gesteinigt worden. Ich hingegen marschierte mit meinen Russen siegreich vom Schlachtfelde, aber gleich in den Hafen. Wir gingen zu Schiffe, das bereits unser wartete, und drei oder vier Tage hernach mit meinem ganzen Kommando unter Segel nach Riga.

Nach der Hand habe ich erfahren, dass der große Friedrich durch den unfehlbar falschen Bericht des Residenten Reimer gewaltig gegen mich aufgebracht war, und die Folge hat gezeigt, dass sein Zorn mich in allen Winkeln der Erde suchte, bis ich endlich drei Jahre nach dieser Begebenheit dennoch in Danzig in seine Hände geriet und mit allen möglichen Martern bestraft wurde, die eine gerechte Notwehr gewiss nie verdiente.

Nun war ich in offener See auf der Reise nach Riga, hatte viel gegessen, ehe ich zu Schiffe ging: Wir waren kaum von der Danziger Reede abgesegelt, so stieg ein Wetter auf, es stürmte gewaltig. Ich arbeitete die halbe Nacht mit, wurde seekrank, legte mich auf mein Lager, war aber kaum eingeschlummert, als mich der Schiffer weckte und die vergnügte Botschaft brachte, dass wir sogleich in den Hafen von Pillau einlaufen würden. Wie erschrak ich über diese Nachricht! Ich lief auf das Verdeck, sah die Festung vor mir und die Lotsen bereits nahe an unserem Schiffe. Hier war nun kein anderes Mittel, als im Sturm mit Gefahr See zu halten oder in preußische Hände zu geraten, weil mich die ganze Garnison in Pillau persönlich kannte.

Ich redete dem Schiffer zu, er solle das Schiff in die hohe See wenden und nicht einlaufen. Er wollte durchaus nicht. Ich eilte in das Schiffszimmer, ergriff meine Pistolen, trat an das Steuerruder und zwang ihn mit Bedrohung des Todes, die See zu halten.

Meine Russen fingen an zu murren, keiner wollte im Sturm der Gefahr entgegengehen, aber keiner wagte mich anzugreifen; die Pistolen schreckten, und meine beiden Bedienten standen mir redlich bei.

Kaum hatten wir eine halbe Stunde mit dem Sturme gekämpft, so legte er sich, und wir liefen am folgenden Tage glücklich in den Hafen von Riga ein.

Der Schiffer war aber unversöhnlich und verklagte mich bei dem damaligen Gouverneur, dem allen ehrwürdigen Feldmarschall Lascy. Ich musste erscheinen und verantwortete mich mit der trockenen Wahrheit, worauf der Gouverneur erwiderte, ich hätte aber durch meine Tollkühnheit können Ursache sein, dass 160 Russen ersoffen wären, worauf ich lächelnd antwortete: »Euer Exzellenz, ich habe sie alle lebendig hierhergebracht, und für mich war es ratsamer, in die Hände Gottes, als in die Hände meiner Feinde zu geraten: Überdies dachte ich in eben dem Augenblick, da ich mich für meine Selbsterhaltung entschloss, gar nicht an die Gesellschaft, die bei mir war, und ich wusste auch, dass sie alle Soldaten sind, die den Tod so wenig fürchten als ich.«

Die Antwort gefiel, ich war absolviert, und der edle Greis gab mir selbst eine Empfehlung nach Moskau an den Kanzler mit.

Kaum war ich etliche Tage in Moskau, so begegnete ich dem Grafen Hamilton, der als Rittmeister vom Regiment Bernes in Wien mein Freund war, und dessen General damals als kaiserlicher Botschafter am russischen Hofe akkreditiert war.

Eben dieser Graf Bernes war im Jahre 1743 kaiserlicher Gesandter in Berlin, als ich bei dem großen Friedrich in höchster Gnade stand, und hatte mich daselbst schon bei Hofe persönlich gekannt. Hamilton stellte mich diesem echten und aufgeklärten Menschenfreunde vor, der nach einigen Unterredungen mich so lieb gewann, dass er mir von russischen Diensten abreden und mit bester Empfehlung nach Wien schicken, mir auch eine Kompanie bei seinem Regimente geben wollte. Meines Vetters Schicksal hatte mich aber bereits abgeschreckt, und ich wäre damals lieber nach Indien als nach Österreich gereist.

Der Gesandte lud mich zum Essen ein, und sein Busenfreund, der englische Gesandte Lord Hyndford, war gleichfalls bei der Tafel.

Welch ein Glück für mich! Dieser erhabene Staatsmann kannte mich genau aus Berlin und war gegenwärtig, als mich der König mit dem Ausdruck beehrte: »*C'est un matador de ma jeunesse!*« Er wusste, wozu ich taugte und fähig war; und da er Menschen kannte, auch zu suchen und zu prüfen wusste, so war er auch mein Freund, mein Vater und Lehrer. Er nahm mich gleich auf die Seite und fragte mich: »Was machen Sie in diesem Lande, Trenck?« – »Ich suche Brot und Ehre«, war meine Antwort, »weil ich in meinem Vaterlande beides verlor, ohne ein Verbrechen begangen zu haben.« – Er fragte weiter: »Haben Sie Geld?« – »Nein: Mein ganzes Vermögen, das ich gegenwärtig besitze, besteht in ungefähr 30 Dukaten.«

»Nun«, sagte er, »folgen Sie meinem Rate, Sie besitzen alle Eigenschaften, um in Russland ein großes Glück zu machen. Man verachtet aber hier den Armen und sieht nur auf den äußern Glanz, ohne auf Verdienste noch Talente und Fähigkeiten zu achten. Sie müssen reich scheinen; ich werde Sie nebst Bernes in die hiesigen großen Gesellschaften einführen und in allem unterstützen, was Sie brauchen. Schöne Livree, Handpferde, Brillanten auf den Fingern; in Gesellschaften groß mitspielen, stolz, trotzig mit den Ministern sprechen, bei den Damen frei sein und sich Ihrer natürlichen Gaben bedienen, um gefällig zu werden. – Dieses sind die Mittel für einen Fremden, um hier alles zu erhalten, was man will. Für alles Übrige lassen Sie mich sorgen.«

Nun wurde ich sogleich in allen Gesellschaften, nicht als ein fremder Dienstbettler oder Tobolskischer Hauptmann, sondern als der künftige Millionenerbe des reichen Trenck in Ungarn, als ein ehemaliger Liebling des Königs von Preußen, zugleich auch als ein würdiges Mitglied der ersten Gelehrten vorgestellt.

Ich verfertigte ein Gedicht auf den Krönungstag der Kaiserin Elisabeth; Hyndford wusste es anzubringen, stellte mich sodann selbst neben dem Kanzler der Monarchin vor, die mich aller Gnade versicherte, mich selbst dem Kanzler empfahl und mit einem goldenen Degen, der 1000 Rubel wert war, beschenkte.

Da ich zugleich in der Ingenieurkunst sehr fein zeichnete und freien Zutritt sowohl in des Kanzlers Hause als auch im Kabinette hatte, arbeitete ich mit dem Oberstleutnant Oettinger, der damals der erste Architekt in Russland war. Ich zeichnete den eben neu zu erbauenden Bestuscheffschen Palast in Moskau im verschobenen Perspektiv so schön, dass ich mir allgemeine Ehre erwarb, und war noch nicht einen Monat in Russland, als ich bereits mehr Ehre, mehr Achtung genoss, mehr Nationalkenntnisse besaß, mehr Bekanntschaften hatte als viele, die jahrelang in Hauptstädten verschwendeten.

Lord Hyndford war mein Vater, mein treuester Führer. Ihm brachte ich an jedem Tage redliche Nachricht von meinen Handlungen und Beschäftigungen. Er gab sich die Mühe mich zu unterrichten, und da er in Staatsgeschäften grau wurde und in mir den Keim zur Erweiterung dieser Kenntnisse entdeckte, so habe ich ihm allein das Licht zu danken, wozu er in mir die ersten Funken anfachte. Er kannte die Ränke aller europäischen Höfe, alle Familien- und Parteikabalen, die Schwächen der Monarchen, auch die Triebfedern aller Regierungsformen: Von ihm lernte ich Russland aus dem Grunde kennen. Des großen Peters Entwürfe für die Zukunft waren ihm bekannt; den schlesischen Frieden im Jahre 1742 hatte er gemacht. Er war Friedrichs vertrauter Freund und kannte sein Herz und alle Quellen seiner Größe genau; sein Verstand war durchdringend, seine Seele erhaben, britisch groß, ohne Nationalstolz; und seine praktische Weltkenntnis wusste das Gegenwärtige mit der Zukunft so zu verbinden, dass ich als sein aufmerksamer Schüler seit 36 Jahren fast alle Hauptrevolutionen im europäischen Staatskörper habe vorhersagen können. Und wenn ein Minister an irgendeinem Hofe fiel, so konnte ich bestimmen, wer seine Stelle erhalten würde.

Hyndford bildete überhaupt mein Herz ganz republikanisch, lehrte mich den Wert erhabener Seelen schätzen, Tyrannen verachten, allen Schicksalen trotzen, nach wahrer Seelengröße streben, großen Gefahren mutig entgegengehen und nur solche Männer verehren, die Mut genug haben, sich dem Strome der Eigenmacht, des Fanatismus oder der Unwissenheit stolz entgegenzustellen.

Achtes Kapitel

Kaum war ich sechs Wochen in Moskau, so ereignete sich eine Begebenheit, die ich hier erzählen kann, weil von den Hauptpersonen dieser gespielten Rolle niemand mehr lebt als ich allein. Niemand wird glauben, dass ich ein Weiberfeind war; ich würde mich in diesem Falle des Lebens unwürdig glauben. Aus Liebesgeschichten entstanden vielmehr alle meine Glücks- und Unglücksfälle. Nie war ich ein Freund des Wechsels; auch in der Liebe war ich zu aller Verführung der Unschuld, zum Betrug, zur Unbeständigkeit unfähig. Sogar in feuriger Jugend floh ich alle tierischen Ausschweifungen, suchte mir etwas für mich allein, oder ward gesucht, und genoss in allen Ländern, wo ich war, die Freude der Liebe und der Freundschaft zugleich, die ich beide zu erwecken, zu erhalten, auch zu verdienen wusste. Weder in London, Paris, Rom, Venedig, noch Berlin, hat mich gewiss niemand in liederlichen Häusern noch Gesellschaften gesehen.

Bei einer großen Tafel in Lord Hyndfords Palaste saß ich neben dem schönsten Mädchen des Landes, von einer der ersten Familien, das eben einen sechzigjährigen, fast 300 Pfund wiegenden russischen Minister in ihrem siebzehnten Lebensjahre heiraten sollte. Ihr Auge verriet mir, dass ihr Herz mich an die Stelle ihres feisten Bräutigams wünschte. Ich war kühn, beklagte ihr Schicksal – und erhielt mit Erstaunen die Antwort: »O Gott! Können Sie mich von diesem Unglück erretten? Ich tue alles, was Sie wollen.« – Man urteile, wie einem Manne meiner Gattung, im 24. Jahre, bei einer solchen Erklärung zumute war. – Der Gegenstand war göttlich schön – die Seele, das Herz noch ganz Unschuld: eine Fürstin aus den ersten Häusern. Aber das Verlöbnis war bereits bei Hofe geschehen, und kein anderes Mittel zum Besitze als Flucht, Entführung und alle mögliche Gefahr. – Der Ort war nicht günstig zur Unterredung; genug, unsere Seelen waren schon vereinigt. Ich forderte Gelegenheit zur näheren Erklärung und schon am folgenden Tage wurde sie mir im Troitzergarten bestimmt. Wie unruhig verstrich die wartende Nacht! Das schlaue Mädchen hatte alles so gut veranstaltet, dass wir durch Hilfe ihrer Kammerjungfer, die eine Georgianerin war, über drei Stunden ganz frei und allein miteinander sprechen konnten.

Wie geschwinde verflossen diese! Wie viele tausend Trauerstunden im Magdeburger Gefängnis hat mir aber die Erinnerung und der Wiedergenuss dieser glücklichen drei Stunden versüßt! Ein ehrfurchtswürdiges Mädchen, mit schauderndem Hass gegen ihren künftigen Mann erfüllt, die sich mit weinenden Augen, mit feurigem Temperament und mit der ersten unwiderstehlichen Empfindung einer auflodernden Liebe, mit unbegrenztem Vertrauen meiner Leitung, meinen Armen, meiner Willkür überließ, und zwar mit der Bedingung, dass ich sie entführen und von ihrem verabscheuten Bräutigam retten sollte.

Unser ewiges Bündnis ward geschlossen, und von diesem glücklichen Tage an hatte ich offene Gelegenheit, durch Beistand ihrer treuen Georgianerin und durch einen Eingang in ihren Garten, ganze Nächte in ihrer entzückenden Gesellschaft zuzubringen.

Die Abreise des Hofes von Moskau nach Petersburg war aber erst für das nächste Frühjahr bestimmt und der Hochzeitstag mit ihrem Ungeheuer schon für den 1. August beschlossen. Von Moskau ist es aber unmöglich, aus dem Reiche zu entfliehen, und wenn wir es wagten, so war unser Unglück unvermeidlich. Die Vernunft und die Lage der Sache zwang uns zur Geduld.

Indessen war fest beschlossen, dass wir in Petersburg keinen Tag aufschieben wollten, um uns in einem Lande auf ewig zu vereinigen, wohin keine Nachspähung uns verfolgen könnte.

Dem fatalen 1. August konnten wir auf keine mögliche Art trotz aller Ränke ausweichen. Die Hochzeit ward mit Pracht vollzogen: Die Braut aber blieb Mein, und der Bräutigam lag im Lehnstuhle, denn im Bett konnte der Speckwanst gar nicht liegen.

Meine Freundin wusste auch die Sache so listig einzurichten, dass mir der Zutritt ebenso offen blieb als in ihrer Mutter Hause. Sie hatte ihr Schlafzimmer so gewählt, dass ich in allerhand Gestalten mich demselben nähern konnte, und zwar selten durch die Türe, wo Portier und Schildwachen standen, wohl aber durch das Fenster, das gegen den Garten zu auf fast ebener Erde war, den Zutritt fand.

So lebten wir ungefähr drei Monate im ungestörten Glücks- und Freudenhafen, allein mit den Anstalten zu unserer künftigen Flucht beschäftigt. Sie gab mir allen Schmuck, auch etliche tausend Rubel, die sie im ledigen Stande besaß, nebst den Hochzeitsgeschenken ihres Gemahls allgemach in Verwahrung, und wir sehnten uns nur nach der Petersburger Reise, um alles Verabredete zu vollziehen, das auch unfehlbar erfolgt wäre, wenn mein widriges Schicksal mich nicht abermals den tödlichsten Streich, der nur zu erdenken möglich war, hätte empfinden lassen. Meine Freundin hatte einst mit mir in dem Hause der Kanzlerin L'Hombre gespielt. Sie klagte sehr über Kopfschmerzen, bestellte mich den folgenden Tag nach dem Troitzergarten, drückte mir beim Einsteigen in den Magen die Hand außerordentlich stark – und seit diesem Augenblick habe ich sie nur auf der Totenbahre wiedergesehen.

Sie war eben in der Nacht in Phantasien geraten, kam auch nicht wieder zu Verstande, und starb am sechsten Tage, da eben die Blattern ausbrechen wollten. Sie hatte in ihrer Raserei alle unsere Liebeshändel entdeckt, nur mich um Hilfe und Rettung von ihrem Ungeheuer angerufen, und kurz gesagt, das edelste Geschöpf der Erde starb. – Ich verlor alles, was möglich zu verlieren ist, und musste nunmehr auch alle meine Entwürfe ändern.

Die Geschichte mit dieser Dame ward in Moskau ziemlich ruchbar: Der dicke Herr Gemahl hat mich aber nicht den mindesten Unwillen merken lassen.

Das, was ich von ihr in Händen hatte und mir mit vollem Rechte zufiel, betrug im Werte an 7000 Dukaten. Lord Hyndford und Graf Bernes sprachen mir Eigentumsrecht zu, und ihr Herz hatte mir gewiss mehr zugedacht.

Nun folgte aus dieser Begebenheit sogleich eine andre, die für mein Glück weit wichtiger war.

Die Gräfin Bestuscheff war die klügste und geschickteste Dame des damaligen Hofes. Sie entschied viele Staatssachen, und ihr zwar arglistig und eigennützig, aber dabei schwach und klein denkender Gemahl war nur der Namensträger ihrer unumschränkten Gewalt, weil die mehr als gute Elisabeth vieles unbedenklich ihrem Ministerium überließ. Es war also die Gräfin damals eigentlich die wichtigste Person in der Monarchie, auf die besonders alle Augen der fremden Minister gerichtet waren.

Übrigens war ihr Ton gebieterisch, ihr Betragen majestätisch, und sie war die einzig verheiratete Dame, von der gesagt wurde, dass sie ihrem Manne treu sei; vielleicht weil sie als eine geborene Deutsche klüger und vorsichtiger als die russischen Damen zu genießen wusste. Wie ich aber in der Folge erfuhr, war ihre Tugend nur eine Folge des Stolzes und der Kenntnis des Nationalcharakters. Der Russe will herrschen, will von seiner Sklavin Geld, Vermögen und demütige Dankbarkeit: Findet er Widerstand, so droht er gleich mit Prügeln oder dem Manne das Geheimnis zu entdecken. Fremde durften unter Elisabeths Zepter gar nicht, ohne vom Kanzler aufgeführt, weder bei Hofe, noch in Gesellschaft erscheinen. Ich und der Kammerjunker Sievers, wir waren damals die einzigen Deutschen in russischen Diensten, welche die Erlaubnis halten, überall einzutreten. Meine besondere Protektion, die ich vom englischen und österreichischen Gesandten genoss, gab mir doppelte Vorteile dazu, und der seltsame Vogel wird am meisten gesucht, auch bewundert.

Graf Bestuscheff war unter der vorigen Regierung russischer Resident in Hamburg: In dieser kleinen Gestalt hatte er die junge schöne Witwe des Kaufmanns Böttger geheiratet. Unter Elisabeths Zepter stieg er bis zur Würde des ersten und mächtigsten Staatsministers: Madame Böttger wurde also die erste Dame in Russland. Sie war zur Zeit, da ich sie kannte, im 38. Jahre, folglich keine Schönheit mehr, aber ein liebenswürdiges, aufgewecktes Weib, das einen durchdringenden Verstand besaß, keinen Russen leiden konnte, die Preußen besonders protegierte, und vor deren Hass damals jedermann zitterte.

Ihr Umgang war so, wie er gegen Russen in ihrer Lage sein musste: hochmütig, zurückhaltend und mehr satirisch als liebreich. Sie zeigte mir bei allen Gelegenheiten ganz besondere Achtung: Ich war zur Tafel eingeladen, so oft ich wollte, hatte auch die vorzüglichste Ehre, oft allein mit ihr und mit dem Oberstleutnant Oettinger Kaffee zu trinken, wobei sie mir allezeit zu verstehen gab, dass sie mein Verständnis mit der jungen Knesin N*** bemerkt habe. Ich leugnete allezeit standhaft, obgleich mir Geheimnisse vorgehalten wurden, die sie von niemand als von meiner Freundin selbst konnte ausgekundschaftet haben. Meine Verschwiegenheit gefiel, wogegen der Russe gern prahlt und groß spricht, wenn er das Glück hat, einer Dame zu gefallen.

Sie wollte mich glauben machen, dass sie uns in Gesellschaft nachgespäht, unsere Augensprache verstanden und unser Geheimnis längst erraten habe. Ich wusste aber nicht, dass die Kammerjungfer meiner Freundin bereits wirklich in ihre Dienste getreten und schon längst eine von ihr bezahlte Kundschafterin war.

Ungefähr acht Tage nach ihrem Tode geschah der Hauptauftritt, wo mich Ihre Exzellenz in ihr Zimmer nach dem Essen zum Kaffee führte. Immer bedauerte sie meinen Schmerz, meinen Verlust. Sie äußerte einen so lebhaften Anteil an meinem Schicksale, dass ich an dem Eindruck nicht zweifeln konnte, den ich auf ihr Herz gemacht hatte. Die Gelegenheit ereignete sich bald, mich dessen zu versichern; aus ihrem Munde erfuhr ich, was sie für mich empfand. Unsere Vereinigung war in einem Augenblicke geschlossen. Bescheidenheit, Treue und Verschwiegenheit waren die Bedingungen, und feuriger bin ich in meinem Leben nicht geliebt worden, als von dieser scharfsichtigen Frau, die mich ganz an sich zu fesseln wusste.

Behutsamkeit war hier die Hauptsache; sie wusste aber schon Gelegenheit zu finden. Der Kanzler schätzte mich und vertraute mir wirklich alles. Er gab mir sogar Arbeit in seinem Kabinette. Ich war den ganzen Tag im Hause, und nunmehr war kein Gedanke mehr, dass ich zum Regimente als Rittmeister gehen sollte. Man bestimmte mich für Staatsarbeit; der erste Schritt sollte die Kammerjunkerstelle bei Hofe sein, welche in Russland schon sehr bedeutend ist, und kurz gesagt, meine Aussicht in die Zukunft war so glänzend als möglich.

Bald ward man meinen Kredit im Hause des ersten Ministers gewahr, und die auswärtigen Gesandten suchten meine Bekanntschaft und Freundschaft. Herr von der Goltz[7] tat wirklich alles Mögliche, um mich zu gewinnen, fand aber einen ehrlichen Mann.

Eben damals fing man an, nach der russischen Allianz zu buhlen. Preußens Untergang sollte geschmiedet werden; alle Höfe arbeiteten, und niemand kannte Ministerial- und Familienparteien besser als ich bei diesem Hofe.

Niemand hatte gewiss in so kurzer Zeit bessere Gelegenheit, alle Geheimnisse eines Staates zu entdecken als ich, besonders unter der Anleitung eines Hyndford und Bernes, unter der Regierung einer guten, aber kurzsichtigen Monarchin, deren erster Minister Graf Bestuscheff ein schwacher Kopf war, dessen ganzen Willen seine witzige und herrschsüchtige Frau unumschränkt lenkte, die hingegen aus wirklich rasender Liebe für mich, für einen Fremden, den sie erst seit etlichen Monaten kannte, alle ihre Wohlfahrt aufgeopfert hätte. Man konnte sie damals mit vollem Rechte als die wirkliche Regentin von Russland betrachten. Friede und Krieg war in ihrer Hand, und wenn ich klüger und weniger aufrichtig gewesen wäre, dann hätte ich mir in solcher Lage Schätze sammeln und sie in Sicherheit bringen können. Sie war freigebig wie eine Königin, und obgleich sie in einem Jahre über 100 000 Rubel für ihren liederlichen Sohn an seine Schuldner bezahlen musste, wovon der Vater nichts erfuhr, so hätte ich für mich doch noch mehr auf die Seite legen können. Die Hälfte von den Geschenken, die sie mir gewaltsam aufdrang, habe ich gewiss ihrem Sohne geliehen und auch verloren. Eigennutz war nie mein Fehler, und je reicher ich war, desto mehr verwendete ich im Wohltun an Hilfsbedürftige, wurde betrogen und vergaß mich oft selbst dergestalt, dass ich Mangel litt.

In diesem Wohlstande, in dieser glänzenden Lage und Aussicht, in meinem 24. Lebensjahre, zeigte mir nun das Schicksal abermals seine Tücke. Mein Glück in Russland missfiel dem großen Friedrich, der mir nunmehr in allen Winkeln der Erde nachspähte, und dem mein Betragen in Moskau für sein Interesse verdächtig schien.

Folgender Streich widerfuhr mir, den ich umständlich vortrage, weil er im ganzen Reiche und bei allen auswärtigen Ministern öffentlich bekannt wurde und damals viel Bewegung bei Hofe machte.

Lord Hyndford bat mich einst, ich möchte ihm den Riss von Kronstadt schön zeichnen und in Ordnung bringen. Er gab mir dazu den gestochenen Grundriss und drei andere gezeichnete Pläne von Kauffahrtei-,

---

[7] Der Gesandte Friedrichs des Großen am Petersburger Hof.

Kriegsschiffen und abgetakelten oder sogenannten Mittelhäfen, mit Benennung eines jeden Schiffes.

Dies geschah ohne allen Verdacht noch Gefahr, weil der Hafen von Kronstadt kein Geheimnis ist, und seine gravierte Zeichnung in allen Läden zu Petersburg öffentlich verkauft wird, auch weil England Russlands engster Verbündeter war. Lord Hyndford sitzt eben bei Betrachtung meiner Arbeit, als Herr von Funk, der sächsische Gesandte, sein Hausfreund, zu ihm eintritt; er zeigt ihm meine Zeichnung, Funk ersucht ihn, ihm die Kopierung zu erlauben, die er persönlich verrichten wolle. Hyndford gibt ihm einen Plan, der mit meinem Namen gezeichnet war.

Funk trägt ihn nach Hause, und da er etliche Tage nachher mit der Kopierung beschäftigt ist, so kommt Herr von der Goltz, der preußische Minister, der unweit seines Hauses wohnte und öfters freundschaftliche Besuche abstattete, zu ihm; Funk trägt kein Bedenken, zeigt ihm meine Arbeit, und beide bedauern, dass der König einen brauchbaren Mann an mir verloren habe.

Nun bittet Goltz den Funk, er möchte ihm erlauben, diesen Riss auf ein paar Tage nach Hause zu nehmen, um den seinigen nach diesem auszubessern.

Funk, der selbst der edelste Menschenfreund, der rechtschaffenste Mann war und nichts Böses vermutete, der mich zugleich brüderlich liebte, auch in allen möglichen Fällen meine Gesellschaft suchte, gab ihn ohne Bedenken her.

Kaum hatte ihn Goltz in der Tasche, so fuhr er zum Kanzler, dessen Schwäche er kannte, und gab vor, die Hauptabsicht seines Vortrages sei, ihn zu überzeugen, dass ein Mensch, der einmal seinem Vaterlande, seinem Könige untreu war, welcher ihn mit Wohltaten überhäufte, auch gewiss für seinen Eigennutz einen jeden Monarchen betrügen werde, der ihm etwas anvertraue. Nun rückte er näher zum Zwecke; er sprach von der allgemeinen Achtung, vom unbegrenzten Zutritt, den ich binnen weniger Monate im ganzen Reiche dadurch erhalten hätte, dass ich als Kind und Hausfreund des Bestuscheffschen Kabinetts angesehen würde.

Endlich, da der Kanzler mich in allem verteidigte, suchte er ihn durch Eifersucht aufzubringen und erzählte ihm, dass man überall von meinen geheimen Zusammenkünften, sogar im Schlossgarten, mit seiner Gemahlin ungescheut spräche.

Kurz gesagt, der Kanzler geriet in Unruhe und Zorn. Gleich zog er meine Zeichnung von Kronstadt aus der Tasche, mit den Worten: »Ew. Exzellenz nähren eine Schlange am Busen. Hier, diesen Plan habe ich gegen Bezahlung von 200 Dukaten vom Trenck aus Dero Kabinette kopiert erhalten. Der böse Mann wusste, dass ich zuweilen mit dem Oberstleutnant Oettinger im Kabinett arbeitete, der den Bau und die Reparation aller russischen Festungen unter sich hatte. – Der Minister sah, erstaunte und geriet in Mut, sprach sogleich von Prozess und Knute. – Goltz erwiderte, ich hätte zu viel große Freunde, – man würde mich gewiss ausbitten, und dann wäre das Übel ärger. Es wurde also beschlossen, mich heimlich aufzuheben und mit aller möglichen Vorsicht nach Sibirien zu schicken.

Nun schwebte ein Wetter über meinem unschuldigen Kopfe, da ich in der stolzesten Ruhe und Zufriedenheit ein glänzendes, sicheres Glück erwartete; und nur Gottes gerechte Vorsehung oder ein ebenso glücklicher Zufall rettete mich vom Verderben.

Kaum war Goltz siegreich aus dem Palaste getreten, so ging der aufgebrachte Kanzler, der Zorn und Rache gegen mich im erbitterten Herzen entschieden hatte, in das Kabinett seiner Frau, warf ihr mit Erbitterung meinen Umgang vor und erzählte ihr die Goltzsche Denunziation. Sie besaß mehr Scharfsicht als ihr Mann und merkte gleich, dass ein Betrug dahinter stecke, weil sie mein Herz kannte, auch besser als jemand wissen konnte, dass ich keiner elenden 200 Dukaten bedurfte.

Der Kanzler war aber nicht zu besänftigen, und meine Arretierung blieb beschlossen.

Sofort schrieb sie mir ein Billett, ungefähr folgenden Inhalts:

»Freund! Es droht Ihnen ein großes Unglück, schlafen Sie heute nicht zu Hause; bleiben Sie in Sicherheit bei Lord Hyndford, bis zu näherer Aufklärung.«

Ich las – – erschrak über den Inhalt – – zeigte ihn Lord Hyndford. – – Mein Herz, mein Betragen war vorwurfsfrei. Wir vermuteten also eine Verräterei meines Verständnisses mit der Kanzlerin – eine Wirkung der Eifersucht; und Mylord befahl mir zu meiner Sicherheit in seinem Hotel zu bleiben, bis sich das Rätsel würde entwickelt haben.

Wir stellten Kundschafter in der Nacht bei meiner Wohnung auf; nach Mitternacht wurde nach mir gefragt, und der Polizeimeister visitierte wirklich das Haus.

Gegen zehn Uhr früh fuhr Lord Hyndford zum Kanzler, um Kundschaft einzuziehen. Kaum war er eingetreten, als ihn Bestuscheff schon mit Vorwürfen überfiel, dass er ihm einen Verräter in das Haus geführt habe. »Was hat er getan?«, war die Frage. – »Er hat dem preußischen Minister einen geheimen Plan von Kronstadt aus meiner Kanzlei treulos kopiert und ihm denselben für 200 Dukaten zugesteckt.«

Hyndford erstaunte; er kannte meine ganze Seele. Er selbst hatte von mir an Geld und Geschmeide über 8000 Dukaten Wert in Verwahrung. Er wusste, dass ich kein Geld achtete, kannte auch die Quelle, aus der ich nach Gefallen schöpfen konnte.

Nun fragte er: »Haben Ew. Exzellenz diese Zeichnung des Trenck wirklich gesehen?« – »Ja, Herr von der Goltz hat sie mir vorgezeigt.« – »Ich möchte sie auch sehen; ich kenne des Trenck Arbeit. Ich bin Bürge für ihn, dass er kein Schelm sein kann. – Hier steckt eine Intrige verborgen. – Ich bitte, lassen Sie den Herrn von der Goltz mit seinem Kronstädter Risse hierher rufen. Der Trenck ist in meinem Hause; ich schütze ihn nicht, wenn er ein Betrüger ist, gleich soll er hier erscheinen.«

Der Kanzler schrieb an Herrn von der Goltz ein Billett: Er möchte ihn gleich besuchen, auch die bewusste Zeichnung mitbringen. Goltz roch den Braten – wusste als ein schlauer Fuchs vermutlich schon, dass der Polizeimeister mich nicht erhascht hatte und ich in Sicherheit war. Er erschien also nicht und brachte Entschuldigung vor. Indessen trat ich in das Zimmer.

Hyndford fuhr mich mit britischem Trotze an und fragte: »Trenck! Sind Sie ein Betrüger? So verdienen Sie meinen Schutz nicht: Sie sind hier ein Staatsgefangener. Haben Sie dem Herrn von der Goltz den Riss von Kronstadt verkauft?« – Man urteile, was ich hierauf antwortete. – Hyndford fing an, sich aufzuklären, nachdem ihm der Kanzler den ganzen Goltzschen Vortrag mit kaltem Blute erzählt hatte. Man ließ mich abtreten und den Herrn von Funk rufen. Sobald er in das Zimmer eintritt, fragt Hyndford: »Freund, wo haben Sie meinen Riss von Kronstadt, den mir der Trenck kopiert hat?« – Funk stammelte: »Ich will ihn gleich holen.« – Hyndford fragte: »*Auf Ehre*, ist er bei Ihnen zu Hause?« – »Nein, Mylord! Ich habe ihn dem Herrn von der Goltz auf etliche Tage zur Kopierung geliehen.« –

Hyndford bebte vor Neugierde der Entwicklung entgegen, erkannte sogleich den gespielten Streich, erzählte dem Kanzler den Vorgang, dass nämlich dieser Plan ihm gehöre und er ihn dem Herrn von Funk geliehen habe. Er verlangte einen Vertrauten aus der Staatskanzlei mit. Der Kanzler befehligte den ersten Sekretär; mit diesem, mit Herrn von Funk und dem holländischen Gesandten, Herrn von Schwardt, der eben von ungefähr dazu kam, um den Kanzler zu sprechen, fuhren sie zum Herrn von der Goltz. Bei dem Eintritte in sein Zimmer forderte Funk den Riss von Kronstadt zurück. Er brachte ihn hervor, und Funk stellte ihn dem Lord Hyndford zurück.

Nun sagte der Staatssekretär und Hyndford zugleich: »Wir bitten, uns auch den Riss von Kronstadt zu zeigen, den Ihnen Trenck verkauft hat.« – Hier war seine Bestürzung unbegrenzt. – Hyndford drang auf eine kategorische Erklärung mit britischem Trotze für die Ehre des Trenck, den er für einen ehrlichen Mann halte. Hierauf sagte Herr von der Goltz: »Ich habe den Befehl von meinem König, zu verhindern, dass der Trenck sein Glück in Russland mache, und habe die Pflicht eines Ministers erfüllen wollen.«

Hyndford spie vor seinen Füßen auf die Erde und sagte ihm mehr, als ich hier zu schreiben wage. Und mit dieser Nachricht kamen die vier Herren zum Kanzler zurück. Ich ward vorgerufen, – alle wünschten mir Glück, umarmten mich, entdeckten mir das Rätsel, und der Kanzler selbst versprach mir Belohnung, mit dem schärfsten Befehl, den Gesandten nicht zu beleidigen, weil ich im ersten Feuer des Schmerzes, der gerechtesten Rache und der öffentlich siegenden Tugend drohte, dem Herrn von der Goltz auch vor dem Altar den Hals zu brechen.

Ich ward besänftigt und speiste zu Mittag bei dem Kanzler. Am folgenden Tage schickte mir der Kanzler ein Ge-* schenk von 2000 Rubel in das Haus, mit dem Befehl, mich bei der Monarchin zu bedanken, die mir dies Pflaster für die unschuldig erlittene Verfolgung als ein Zeichen ihrer besonderen Gnade schickte.

Das Geld achtete ich zu der Zeit nicht, aber die liebreichste Monarchin der Welt machte mich durch ihre bezaubernde Menschenliebe alles vergessen. Die Geschichte wurde in ganz Moskau bekannt, und Herr von der Goltz erschien weder in Gesellschaft noch bei Hofe. Die Kanzlerin beschimpfte ihn persönlich auf eine Art, die ich hier aus Bescheidenheit nicht melden will.

Was weiter vorgegangen ist, weiß ich nicht. Nach meiner Entfernung aus Russland wurde Goltz krank und starb an der Auszehrung. *Requiescat in pace.*

Sicher aber ist dieser böse Mann schuld an allen meinen in der Folge noch erlebten Unglücksfällen gewesen. Ich wäre in Russland einer der ersten Männer im Staatsgebäude geworden; Bestuscheff selbst wäre gewiss nicht in das Unglück geraten, das ihm und seiner Familie einige Jahre nach dieser Begebenheit begegnete. Ich selbst hätte gewiss niemals das dem Trenckschen Namen so gefährliche, so fatale Wien wiedergesehen; durch Vermittlung des Petersburger Hofes würde ich auch meine in der Folge ererbten großen slawonischen Güter gewiss nicht verloren haben. Ich hätte angenehme und ruhmvolle Tage statt der Wiener Verachtung und Verfolgung erlebt, auch gewiss nicht zehn Jahre im Magdeburger Kerker geschmachtet ... Die Folge meiner Erzählung wird das aufklären. Sicher ist aber, dass ich bis zu diesem Vorfalle nie den mindesten Hass gegen mein Vaterland noch gegen den Monarchen empfand, auch bei keiner mir wirklich günstigen Gelegenheit mich dazu verleiten ließ. Wie wenig kannte der große Friedrich mein Herz! Er hatte mich, ohne dass ich ein Verbrechen begangen hatte, unglücklich gemacht, mich zum Kerker nach Glatz unverschuldet, auf bloßen Argwohn gegründet, verurteilt ... ich floh aus demselben nackt und bloß. Er konfiszierte mir mein väterliches Erbteil. Nicht zufrieden mit diesen Drangsalen, wollte er mir auch nicht gönnen, dass ich in einem andern Reiche glücklich werden sollte.

Aufgebracht über den Goltzschen Streich hätte ich aber damals mein Vaterland in eine Wüstenei verwandelt, falls die Gelegenheit sich zum Willen gefügt hätte. Ich leugne auch gar nicht, dass ich von diesem Augenblicke an in Russland alles Mögliche tat, um die Absichten des kaiserlichen Gesandten Grafen Bernes zu befördern, der mein einmal angefachtes Feuer zu ernähren und mich zu brauchen wusste.

Kaum fing ich an, tiefer in die Geheimnisse einzudringen, so entdeckte ich bald alle Faktionen am Hofe, und dass Bestuscheff und Apraxin wirklich schon in preußischem Solde standen, um der österreichischen Partei die Wage zu halten.

Die Kanzlerin selbst, die seit dem Goltzschen Streiche weit vorsichtiger mit mir umgehen musste, sah als schlaues Weib alle Kunstgriffe ein, in die ihr Mann verwickelt war. Meine Begebenheit riss sie ganz von der alten Partei. Sie liebte mich mit Herz und Seele, entdeckte mir alle Geheimnisse ohne Rückhalt noch Misstrauen und blieb bis zu ihrem Unglück, das während meines Magdeburger Gefängnisses im Jahre 1758 erfolgte, allezeit meine beste Freundin und Korrespondentin. Hier steckte also der Schlüssel verborgen, wodurch ich alles, was bis zum Jahr 1754 und 56 gegen Preußen geschmiedet wurde, besser wusste, auch wissen konnte, als viele Minister der interessierten Höfe, die den projektierten Ausbruch ihrer geheimen Entwürfe ganz allein zu wissen glaubten. Wie manches hätte ich damals vorhersagen können!

Mein Vetter, der bekannte Pandurenkommandant, war am 4. Oktober 1749 in seinem Arrest auf dem Spielberg bei Brünn gestorben und hatte mich mit der Bedingung zum Universalerben gemacht, dass ich keinem andern Herrn als dem Hause Österreich dienen sollte.

Ich wollte aber von Wien nichts wissen. Das abscheuliche Beispiel meines Vetters schreckte mich, da seine Prozessquelle und geleistete rechtschaffene Dienste niemand besser als mir bekannt waren, weil ich Augenzeuge seines Schicksals war. Graf Bernes stellte mir aber vor, dass das Vermögen meines Erblassers weit über eine Million betrage; dass die Monarchin mir durch seine Empfehlung und Unterstützung gewiss Gerechtigkeit werde widerfahren lassen, und dass ich für meine Person ja keine Feinde in Wien hätte. Besser sei es allezeit eine Million eigenes Vermögen in Ungarn zu besitzen, als in Russland die glänzendste Aussicht zu haben, wo ich bereits so viel Glückswechsel gesehen und die Wirkungen der Familienkabalen kenne. Kurz gesagt: Er schilderte mir Russland gefährlich und Wien als meinen nunmehr gesicherten Hafen. Er versprach mir seinen wirksamsten Beistand, weil sein Gesandtschaftsposten ohnedies in eben dem Jahre zu Ende lief, und fügte hinzu: Wenn ich einmal reich wäre, dann könnte ich ja Russland, Ägypten oder die Schweiz zum Wohnsitz wählen; überdies könne mich ja auch der König von Preußen nirgends weniger verfolgen als in Österreich. In allen übrigen Ländern werde er mir Fallgruben zu legen Gelegenheit finden, was ich bereits in Russland erfahren hätte.»Wie wäre es«, sagte er,»wenn die Kanzlerin Ihnen vom angedrohten Unglück keine Nachricht hätte geben können? Sie wären als der unschuldigste, rechtschaffene Mann nach Sibirien geschleppt worden!«

Alles dieses brachte mich zum Entschluss. Ich wollte aber, da ich noch ohnedies Geld in der Tasche hatte, bei Gelegenheit dieser Reise auch Stockholm, Kopenhagen und Holland sehen. Indessen wollte Bernes meine Ankunft in Wien melden und mir einen guten Empfang vorbereiten. Er forderte also meine Entlassung, um meine große Erbschaft anzutreten. Meine Freundin tat alles Mögliche, mich zurückzuhalten, wich aber vernünftig meinen Beweggründen. Ich riss mich sozusagen gewaltsam aus ihren Armen, versprach auf Ehre nach Petersburg als Gast zurückzukommen, sobald ich meine Wiener Geschäfte in Ordnung gebracht hätte. Sie machte schon den Plan, dass ich durch ihre Vermittlung bei einer russischen Gesandtschaft gebraucht werden sollte, wo ich meinem Hofe die wirksamsten Dienste leisten könnte.

Ich reiste von Moskau nach Petersburg; dort erhielt ich durch den Wechsler Baron Wolf einen Brief von der Kanzlerin, der mich beinahe zurückkehren ließ. Sie schrieb in einem Tone, der mein ganzes Herz erschütterte. Sie suchte mich von Wien abzuschrecken und schloss einen Wechsel von 4000 Rubel zur Reise bei, falls ich meinem Eigensinne folgen und mein sicheres Glück mit dem Rücken ansehen wollte.

Ich hatte an Geld und Schmuck gegen 36 000 fl. bei mir, folglich schickte ich ihren Wechsel zurück und bat um ihr Andenken, um ihre Gnade und Hilfe für Fälle, wo ich sie etwa noch bedürfen könnte, – – hielt mich nur wenige Tage in Petersburg auf und reiste zu Land nach Stockholm. Von allen Gesandten hatte ich Empfehlungsschreiben bei mir.

Dort bedurfte ich keiner Empfehlung. Die Königin kannte mich noch als Schwester des großen Friedrich aus Berlin. Ich hatte die Ehre, sie als Braut 1743 bis Stettin als Offizier der Garde du Corps zu eskortieren. Ich erzählte ihr mein preußisches und russisches Schicksal ohne Rückhalt; sie widerriet mir aus politischen Ursachen allen Aufenthalt in Stockholm und blieb bis zum Tode meine gnädige Frau. Ich aber reiste sogleich weiter nach Kopenhagen, wohin mir Herr von Chaise, dänischer Gesandter in Moskau, auch Empfehlungen mitgegeben hatte. Ich blieb vierzehn Tage dort und segelte mit einem holländischen Schiffe von Helsingør nach Amsterdam.

In Kopenhagen genoss ich die Freude, meinen alten echten Freund, den Leutnant von Bach anzutreffen, der meine Flucht aus dem Glatzer Gefängnis befördert hatte. Er lebte in Elend und hatte Schulden. Ich verschaffte ihm Protektion durch Erzählung seiner edlen Handlung an mir, schenkte ihm 500 Dukaten, und hierdurch hat er sein Glück dergestalt befördert, dass er mir noch im Jahre 1776 schriftlich herzlich dankte und 1779 als Oberster eines Husarenregiments in Dänemark gestorben ist.

Kaum war das Schiff, worauf ich mich befand, um nach Holland zu segeln, in der See, so erhob sich ein Sturm, der uns nach Verlust des Besanmastes und Bugspriets, auch einiger Segel, zwang, zwischen den Klippen bei Gothenburg Anker zu werfen, und unsere Rettung war ein besonderes Glück.

Hier lagen wir neun Tage, ehe wir in die offene See segeln konnten. Ich fand in dieser Zeit den angenehmsten Zeitvertreib für mich, nahm täglich zwei meiner Bedienten mit mir und fuhr mit der Schaluppe des Schiffes von einer Klippe zur andern, fing Seekrebse und Kabeljau, stach Rochen, schoss Enten und brachte alle Abend Provision, auch Schafmilch von den armen Bewohnern dieser öden Felsen für das Schiffsvolk.

Es war eine Hungersnot unter ihnen. Mein Schiffer hatte Korn geladen. Ich kaufte von ihm für etliche hundert holländische Gulden, teilte überall aus, wo ich herumfuhr, gab einem Priester, der selbst kein Brot hatte, und dessen Pfarre ihm nach unserem Gelde nicht 150 fl. eintrug, 100 Gulden für seine elende Gemeinde.

Hier genoss ich wirklich die echte, die reinste Wollust im Wohltun; ließ viel Geld zurück, das ich in Russland so leicht, so angenehm gesammelt hatte, und wäre vielleicht arm geworden, wenn wir länger dort verweilt hätten.

Tausend Segen ward mir von diesem gutartigen Volke nachgewünscht, und lange hat man in Gothenburg von dem Trenck gesprochen, den der Sturm an die armen schwedischen Küsten trieb. Beinahe hätte ich aber bei dieser edlen Beschäftigung mein Leben verloren. Ich hatte Getreide an eine bewohnte Klippe gebracht. Bei der Rückfahrt entstand ein Wind, der mich, weil ich das Steuer nicht gut zu führen wusste, gerade in die offene See hinaus trieb. Das Schiff war unmöglich zu erreichen; ich wollte lavieren, mein Bedienter war mit dem Segelumschlagen zu langsam, der Wind fing sich darin und überschlug die Schaluppe. Nun kam es mir abermals zustatten, dass mich mein Vater in der Jugend schwimmen lernen ließ. Mein treuer Bedienter half mir eine Steinklippe erreichen, und da mich der Wasserschwall sie nicht ersteigen ließ, und ich bereits müde war, gewann er das Ufer und half mir mit der Hand hinauf. In diesem Augenblick aber waren auch schon die guten Leute, die die Schaluppe umschlagen sahen, mit ihren Nachen zur Hilfe da.

Die guten schwedischen Klippenbewohner führten mich nun an das Schiff, brachten auch die Schaluppe wieder an Bord. Wir lichteten die Anker und segelten nach Texel. Hier sahen wir bereits die Einfahrt, auch die Lotsenschiffe, als sich abermals ein Sturm erhob, und unser Schiff bis in den Hafen von Bahus in Norwegen trieb, wo wir unbeschädigt einliefen, tags darauf wieder mit gutem Winde in See eilten und endlich glücklich in Amsterdam eintrafen.

Von Amsterdam reiste ich nach dem Haag. Lord Hyndford hatte mich an den britischen Gesandten daselbst, Lord Holdernetz, empfohlen, Bernes an den Baron Reischach, Herr von Schwardt an den Staats-Greffier Fagel, und vom Kanzler hatte ich ein Schreiben an den Prinzen von Oranien selbst. Ich fand aber zu meinem Unglück im Haag schon Briefe vom Grafen Bernes, der mir den Himmel in Wien versicherte, und zugleich die hofkriegsrätliche Zitation zur Erbeserklärung dieser wichtigen Verlassenschaft beschloss. Er meldete mir zugleich, der Hof habe ihn auf seine Anfrage und Empfehlung versichert, dass mir aller Schutz, alle Gerechtigkeit in Wien widerfahren würde; er riet mir also, meine Ankunft zu beschleunigen, weil die bisherige Verwaltung der Trenckschen Güter mir gewiss wenig Nutzen verschaffen würde.

Neuntes Kapitel

Ich folgte dem Rate, eilte nach Wien, und seit diesem Augenblick hatten alle Freuden meines Lebens ein Ende. Ich geriet in ein Labyrinth von Prozessen, in die Gewalt böser Menschen, und alle möglichen Drangsale schlugen über meinem Kopf zusammen, welche allein ein Buch erforderten, wenn ich sie der Welt, zur Schande meiner Verfolger, umständlich schildern wollte.

Mein Unglück fing schon mit folgender Begebenheit an: Ein gewisser Herr von Schenck suchte im Haag meine Bekanntschaft. Er befand sich in eben dem Gasthofe, wo ich eingekehrt war, und bat mich, ihn bis Nürnberg mit mir zu nehmen, von wo er nach Sachsen reisen wollte. Ich nahm ihn umsonst mit. Da ich aber in Hanau frühmorgens aus dem Bette aufstand, um weiterzureisen, war meine Uhr, mit Brillanten besetzt, ein Ring, im Werte von 2000 Rubel, eine Tabakdose mit dem Porträt meiner besten Freundin in Moskau und mein Beutel mit ungefähr achtzig Dukaten vom Tische an meinem Bette gestohlen und Herr von Schenck unsichtbar. – Nichts schmerzte mich mehr als die Tabatiere, Geldverlust habe ich nie geachtet. Der Schelm, dem ich nichts als Gutes erzeigte, war nicht mehr zu erhaschen. Ein Glück war es noch, dass meine Schatulle mit meiner ganzen Habseligkeit im Koffer eingeschlossen war. In dieser waren meine Wechsel vom Baron Wolf in Petersburg und noch ein Vorrat an barem Gelde. Ich setzte meine Reise nunmehr ohne Gesellschaft fort und kam nach Wien; – seit meiner Abreise im Jahre 1748 waren ungefähr nun zwei Jahre verflossen, bis ich 1750 wieder daselbst eintraf.

Da aber in Wien selbst so verschieden, so widersinnig, so nachteilig für die Ehre des Trenckschen Namens gesprochen wurde, so will ich in diesen Blättern nur das kurz, aber dennoch gründlich vortragen, was in den Protokollen der Gerichtshöfe noch zu finden ist.

Der ehemalige Pandurenchef Franz Freiherr von der Trenck starb auf dem Spielberge im Jahre 1749, den 4. Oktober, im Arrest.

Irrig glaubte man in Wien, dass sein Vermögen durch das Urteil, das ihn auf den Spielberg schickte, konfisziert wurde. Nein, er hatte kein Staatsverbrechen begangen, war auch keines beschuldigt, noch weniger überwiesen. Die Sentenz sagt: Seine Güter und sein Vermögen sollten unter der Administration des von ihm selbst gewählten Hofrats von Kempf, und Baron Pejachevich, seines Freundes, verbleiben, ihm aber alle Jahre die Rechnung seiner Beamten zugeschickt werden. Er war und blieb also bis zum Tode Herr, über sein Vermögen zu disponieren, außerdem gab Ihre Majestät die Kaiserin ausdrücklichen Befehl, dass man dem Trenck alle Freiheit, sein Testament zu errichten, lassen sollte.

Übrigens liegt das kaiserliche Handbillett noch gegenwärtig bei den Akten des *Judici Trenckiani delegati* und lautete: Man soll des Trencks letzten Willen auf das Allergenaueste pünktlich vollziehen, die Abhandlung beschleunigen und den Erben in allen seinen Rechten schützen.

Nun will ich aber auch zeigen, wodurch mir diese wichtige Erbschaft dergestalt entrissen wurde, dass ich nicht nur keinen Groschen von Trenck erbte, sondern noch über 60 000 Gulden von meinem eigenen *bonis Avitis* für seine Legate und Stiftungen aus meinem Beutel habe bar bezahlen müssen.

Der Vater dieses auf dem Spielberge verstorbenen Trenck hatte im Jahre 1743, da er als Kommandant und Oberst zu Leitschau in Ungarn starb, als ungarischer Kavalier und Güterbesitzer ein solennes Testament errichtet, in welchem er mich, als seines Bruders Sohn, seinem eigenen Sohne substituierte, falls dieser ohne männliche Erben sterben sollte.

Dieses Testament war vom Domkapitel zu Zips verfertigt, von sieben Kapitularen unterschrieben und vom Palatin Graf Palfy ratifiziert, folglich ohne Widerspruch gültig.

Der alte Trenck starb zu Leitschau 1743. Sein Sohn war damals Pandurenoberst im bayerischen Kriege.

Das Zipser Kapitel schickte dies Testament an den Kaiserlichen Hofkriegsrat nach Wien zur Ausführung. Dieser übergab dem Sohne die Verlassenschaft simpliciter, ohne für die Sicherheit des Substituierten den rechtlichen Kurator zu bestellen. Durch dieses Versehen konnte aber meinem Substitutionsrechte gar nichts präjudiziert noch vergeben werden. Der Trenck übernahm die Erbschaft seines Vaters; hat auch niemals gegen diese klare Substitution protestiert. Er starb im Jahre 1749 wirklich ohne Kinder; folglich konnte er auch nie über sein väterliches Vermögen disponieren noch testieren und klausulieren. Ich war allezeit rechtmäßiger Erbe, ja sogar im Falle der Konfiskation hätte ich die Güter seines Vaters niemals verlieren können.

Mein Spielberger Testator wusste alles nur gar zu wohl. Er war, wie ich bereits erzählt habe, mein ärgster Feind, der mir sogar nach dem Leben getrachtet hatte. Nun will ich auch das eigentliche Rätsel seines arglistigen Testaments entwickeln.

Dieser in sich selbst böse Mann wollte nicht länger im Gefängnisse leben; er wollte auch nicht um Gnade bitten, wodurch er, wie landkundig ist, sogleich seine Freiheit hätte erhalten können. Er war keineswegs als überzeugter Übeltäter auf den Spielberg verbannt. Seine mächtigen Feinde fürchteten seine Rache mit Recht. Er hatte schon im Arrest in Wien gedroht; sie fanden aber Mittel, ihm den Willen zu fesseln. Deshalb allein war er das Opfer ihrer Kunstgriffe bei Hofe.

Sein Prozess hatte schon viel gekostet; sein Geiz, seine einmal verlorene Hoffnung, den Schaden zu ersetzen oder noch reicher zu werden, erniedrigte seine raubgierige Seele bis zur Verzweiflung.

Er wusste, dass ich nach seinem Tode sogleich die Verlassenschaft seines Vaters fordern, auch gewiss erhalten würde. Dieser hatte bereits im Jahre 1723 die Herrschaft Preslowatz und Pleternitza in Slawonien von seinen aus Preußen erhaltenen Familiengeldern gekauft. Und noch bei seinem Leben kaufte der Sohn mit 40 000 fl. von des Vaters Kapitalien die Herrschaft Pakratz. Diese drei Herrschaften waren also Güter, die auf mich direkt übergegangen waren, und worüber er so wenig als über die übrigen ererbten Gelder, Mobilien und Häuser seines Vaters testieren noch klausulieren konnte.

Alles Vermögen, das er selbst erworben hatte, stand in Administration, aber 100 000 fl. waren schon für den Prozess verloren gegangen, und 63 Prozesse und Forderungen waren noch wirklich gegen ihn bei Gericht anhängig.

Nun wollte er auch gern für 80 000 fl. Legate machen. Wenn ich also nach Wien gekommen wäre und meine *bona avita* von seinem Vermögen weggenommen, mich aber um die anhängigen 63 Prozesse gegen seine Masse nicht angenommen hatte, so sah er wohl voraus, dass für seine Legatarien gar nichts übrigbleiben würde.

Er errichtete demnach ein arglistiges Testament, um mich noch nach seinem Tode unglücklich zu machen; deshalb ernannte er mich allein zu seinem Universalerben, machte gar keine Erwähnung von seines Vaters Testament, das ihm die Hände gebunden hatte; verordnete gegen 80 000 fl. Legata und Stiftungen und suchte sowohl durch die bemäntelte Art seines Todes als besonders durch folgende Bestimmungen die Monarchin zur Protektion seines Testamentes zu bewegen, nämlich, dass ich

1. die katholische Religion annehmen,
2. keinem andern Herrn als dem Hause Österreich dienen sollte, und
3. machte er seine ganze Verlassenschaft, ohne das väterliche Vermögen auszunehmen, zum Fideikommiss. Eben hieraus erwuchs mein ganzes Unglück, und dieses war seine wahre Absicht. Denn noch kurz vor seinem Tode sagte er zum Kommandanten Baron Kottulinsky: »Jetzt sterbe ich mit der Freude, dass ich meinen Vetter noch nach meinem Tode schikanieren und unglücklich machen kann.« –

Sein in Wien geglaubter mirakulöser Tod erfolgte auf folgende Art, wodurch er besonders viele Kurzsichtige ganz für seine Absichten lenkte, die ihn wirklich heilig glaubten.

Drei Tage vor seinem Tode, da er vollkommen gesund war, ließ er dem Kommandanten sagen, er wolle seinen Beichtvater nach Wien schicken, denn der heilige Franziskus habe ihm offenbart, er würde ihn an seinem Namenstage um zwölf Uhr in die selige Ewigkeit abholen. Man schickte ihm den Kapuziner, den er nach Wien abfertigte, und lachte mit den übrigen.

Am Tage nach des Beichtvaters Abreise sagte er: »Gottlob! Nun ist meine Reise auch gewiss. Mein Beichtvater ist tot und mir bereits erschienen.«

Dieses bestätigte sich am folgenden Tage wirklich. Der Pfaffe war gestorben. Nun ließ er die Offiziere der Brünner Garnison zusammenkommen, sich als Kapuziner tonsieren, auch in die Kutte einkleiden, hielt seine öffentliche Beichte und dann eine stundenlange Predigt, worin er alles zum Heiligwerden aufmunterte und den größten, aufrichtigsten Büßer spielte. Dann umarmte er sie alle, sprach lächelnd von der Nichtigkeit der Erdengüter, nahm Abschied und kniete nieder zum Gebet; schlief ruhig, stand auf, kniete, betete wieder, nahm um elf Uhr mittags am 4. Oktober die Uhr in die Hand und sagte: »Gottlob! Die letzte Stunde nahet.« Jedermann lachte über dieses Gaukelspiel eines Mannes seiner Art. Man bemerkte aber, dass sein Gesicht auf der linken Seite weiß wurde. Hier setzte er sich nun an den Tisch mit aufgelehntem Arm, betete, blieb aber ganz still mit geschlossenen Augen. Es schlug zwölf Uhr; er bewegte sich nicht; man redete ihn an – er war wirklich tot.

Nun erscholl das ganze Land von dem Mirakel: Der heilige Franziskus habe den Panduren Trenck in den Himmel geholt.

Die Auflösung des Rätsels und Mirakels ist aber eigentlich diese und mir allein gründlich bekannt: Er besaß das Geheimnis des sogenannten Aqua Tofana und hatte beschlossen, nicht länger zu leben.

Seinem Beichtvater, den er nach Wien schickte, hatte er alle Geheimnisse vertraut und ihm viele Kleinodien und Wechselbriefe mitgegeben, die er auf die Seite geschafft wissen wollte. Ich weiß positiv, dass er einem gewissen großen Prinzen damals seine Wechsel pr. 200 000 fl. zurückgeschickt und kassiert hat, der mir als rechtmäßigen Erben keinen Groschen wiedergab. Der Beichtvater sollte aber außerstand gesetzt werden, ihm jemals zu verraten, deshalb nahm er seine Giftdose mit auf die Reise und wurde bei der Rückkehr tot gefunden. Er selbst hatte eben dieses Gift genommen und wusste daher die Stunde seines Todes. Nun spielte er seine tragische Rolle als Heiliger, um dereinst dem Florianus oder Crispinus den Rang streitig zu machen. Da er auf Erden nicht mehr der Reichste und Größte werden konnte, wollte er im Grabe angebetet sein. Versichert war er, dass Wunder bei seinem Grabe erfolgen würden, weil er eine Kapelle erbaut, eine ewige Stiftmesse fundiert und den Kapuzinern 6000 fl. vermacht hatte.

So starb dieser ganz besondere Mann im 34. Jahre seines Alters, er, dem die Natur keine Gabe, kein Talent versagt hatte, der die Geißel der Bayern und der Schrecken der Franzosen war, der mit seinen verächtlich geglaubten Panduren sogar gegen 6000 preußische Gefangene eingeliefert hat. Er lebte als Tyrann und Menschenfeind und starb als heiliger Schurke.

So war nun die Lage des Trenckschen Testaments, da ich im Jahre 1750 nach Wien kam.

Bei der ersten Audienz konnte die Monarchin nicht gnädiger sein, als sie zu sein schien. Sobald ich aber den bestimmten Präsidenten und die Räte kennenlernte, sobald ich 63 wirklich anhängige Prozesse sah, die ich in Wien ausführen sollte, wo ein ehrlicher Mann einer Lebenszeit bedarf, um nur für *einen* Recht zu finden, beschloss ich sogleich, die ganze Erbschaft abzulehnen, auf das Spielberger Testament Verzicht zu tun und nur allein meine *bona avita* zu fordern.

Zu dem Ende begehrte ich *copiam vidimatam* von dem Leitschauer Alttrenckschen Testamente. Ich erhielt sie. Hiermit erschien ich vor Gericht in Person; erklärte, dass ich vom Franz Trenck nichts verlange, keine Prozesse noch Legate von ihm übernehmen wolle und allein das Vermögen seines Vaters, laut produziertem legalen Testament von der Masse im Voraus fordere, das die drei Herrschaften Pakratz, Prestowatz und Pleternitza ohne die Kapitalien und Mobilien betraf. Nichts war billiger, nichts unwidersprechlicher als diese Forderung.

Wie erschrak ich aber, da man mir ganz entscheidend im öffentlichen Rate antwortete: »Ihre Majestät die Kaiserin haben ausdrücklich befohlen:»Dass, falls Sie nicht alle Bedingungen des Franz Trenckschen Testaments erfüllen wollen, Sie absolut und entschieden von der ganzen Masse abgewiesen werden und gar nichts zu hoffen haben!« –

Was war zu tun? Ich wagte einen Schritt bei Hofe – wurde aber ebenso abgewiesen.

Es war einmal beschlossen, ich sollte römisch-katholisch werden, und so war ich schutz- und hilflos. –

Durch ein Geschenk erhielt ich von einem Pfaffen ein Attest, »dass ich mich bekehrt und das verfluchte Luthertum abgeschworen habe.« – Ich blieb aber, was ich war, und konnte auch für Millionen mich nicht entschließen, zu glauben, was der Papst will, dass ich glauben soll. Für Geld und Fürstengut machte ich auch kein Heuchler- und Gaukelspiel. Um diese Zeit kam auch der General Bernes von seinem Gesandtschaftsposten aus Petersburg nach Wien zurück. Ich klagte ihm mein bitteres Schicksal. – Er sprach mit der Monarchin – sie versprach ihm alles – er hieß mich Geduld haben: Indessen sollte ich alles tun, was man fordere – alle Prozesse übernehmen. Er müsse eilfertig in Familiengeschäften nach Turin reisen; bei seiner baldigen Rückkunft würde er meine ganze Sache auf sich nehmen und mich gewiss in Österreich glücklich machen. Dieser Mann liebte mich wie sein Kind. Seiner Versicherung gemäß blieb mir Hoffnung, viel von ihm zu erben, da er weder Kinder noch Verwandte hatte. Er reiste fort, umarmte mich mit nassen Augen väterlich. – Kaum war er sechs Wochen abwesend, so lief die Nachricht ein, dass er in Turin von einem Freunde mit Gift in eine bessere Welt befördert sei.

So spielte das Glück mit mir; so entriss es mir meine Stützen allezeit zu einem Zeitpunkte, wo ich sie am notwendigsten brauchte, was man in meiner ganzen Lebensgeschichte bei allen Vorfällen bemerken wird.

Kaum war Bernes von Wien abgereist, so ereignete sich eine Begebenheit, die mein Unglück vergrößerte. Der preußische Minister zog mich im Hause des pfälzischen Gesandten, Herrn von Beckers, auf die Seite und machte mir den Antrag, ich sollte nach Berlin in mein Vaterland zurückkehren, der König hätte alles Vergangene vergessen; ich sei bei ihm gerechtfertigt, er würde mein Glück machen und mir die Trencksche Erbschaft und Güter gewiss verschaffen, wofür er mir mit seiner Ehre Bürge sein wolle.

Ich antwortete, dass diese Gnade mir nunmehr zu spät widerführe; ich hätte im Vaterlande zu großes Unrecht erlitten, traute keinem Fürsten auf Erden, dessen Wille alle Rechte der Menschheit auf Erden vernichten kann. Mein treues Herz für den König sei zu sehr misshandelt worden. Mein Kopf könne in der ganzen Welt die Notdurft verdienen, und ich wollte keiner Gefahr eines unverdienten Gefängnisses mehr unterworfen sein.

Er tat alles, um mich zu überreden; da aber nichts fruchtete, sagte er zu mir: »Mein lieber Trenck! Gott weiß, ich habe es redlich mit Ihnen gemeint; ich bin Ihnen auch Bürge dafür, dass mein König Sie gewiss glücklich machen wird. Sie kennen aber Wien nicht und werden hier nach vielen Prozessen alles verlieren, auch gewiss verachtet und verfolgt werden, weil Sie keinen Rosenkranz beten können.«

Wie viel tausendmal habe ich in der Folge bedauert, dass ich damals nicht nach Berlin zurückkehrte!

Wien war nie der Ort für meine Talente, noch weniger für meine unerschrockene Wahrheitsliebe und Einsichten. Zum Kriechen und Gnadenbetteln bin ich zu stolz, ich fühle meinen Wert zu lebhaft.

Sicher aber ist es, dass seit dem Tage, da der preußische Gesandte mit mir sprach, auch nichts mehr in Wien für mich zu hoffen war. Der König weiß die Wege, durch seine Gesandten bei den meisten Höfen Europas zu stürzen oder zu erheben, wie er will. Der Trenck, der ihm nicht mehr traute, nicht mehr dienen wollte, sollte auch nie Gelegenheit finden, wider ihn zu dienen. Ich bin also durch dritte Hand bei der Monarchin als Erzketzer, zugleich auch als ein Mensch geschildert worden, der dem Hause Österreich nie dienen wollte und nur die große Erbschaft suche, um zum König von Preußen zurückzukehren.

Ich war nunmehr gezwungen, mich, jedoch allezeit *cum reservatione juris mei*, niemals aber simpliciter als Erbe zu erklären, und die Arbeit mit 63 Prozessen wurde übernommen. Man weiß, was einer in Wien kostet, und urteile jetzt, wie es mir ging, da ich aus der ganzen Trenckschen Masse binnen drei Jahren nur 36000 fl., folglich kaum so viel erhielt als die Neujahrsgeschenke an Kanzleien und Sollizitatoren erforderten. Wie viele Ballen Papier habe ich in Prozessakten und Memorialien unnütz verschrieben? Mein aus Russland mitgebrachtes Geld war also bald geschmolzen; meine Familie in Preußen unterstützte mich; die Gräfin Bestuscheff schickte mir die 4000 Rubel, die ich in Petersburg nicht annehmen wollte.

Aus Berlin erhielt ich Hilfe von meiner alten Freundin, aber dennoch musste in Wien bei Wucherern Geld gesucht werden, wobei ich oft nach Wiener Brauch 60 Prozent verlor.

In Berlin und Moskau war ich überall unter den Ersten des Landes wegen meiner Wissenschaften geehrt, geachtet und gesucht. In Wien hingegen bliesen die Exzellenzscharen die Backen auf und wollten dem Forestier Trenck kaum Audienz in ihrem Antichambre geben.

Die Folgen waren ganz natürlich vorauszusehen: Ich verlor alles, weil ich nicht kriechen wollte, und wurde verfolgt, weil ich laut die Wahrheit schrie. Meine anhängigen 63 Prozesse wurden alle innerhalb drei Jahren auf eine Art geendigt, die nach mir gewiss niemand mehr in Wien auch nicht in fünfzig Jahren bewerkstelligen wird.

Der Kammerdiener des Präsidenten öffnete mir für etliche Dukaten allezeit das Kabinett des Fürsten, woraus ich durch eine Öffnung in der Tür alles so gut sah und hörte, als wenn ich selbst im Rate mitgesessen hätte.

Dieses Mittel war mir oft sehr nützlich, bösen Absichten zuvorzukommen, meine Freunde kennenzulernen, auch manchen Anschlag zu vereiteln.

Um neun Uhr war die Stunde der Zusammenkunft, und selten setzte man sich vor elf Uhr an den Ratstisch. Der Präsident betete heimlich den Rosenkranz – einer sprach oder trug vor, die anderen sprachen paarweise unter sich: Dann wurden Stadt- oder Hofgeschichten erzählt, und der Rat war zu Ende. Über drei Wochen abermals Zusammenkunft bestimmt.

Endlich kam es zur Hauptsache, an die ich ewig mit Schauder und Abscheu denken werde.

Das Hauptvermögen des Trenck bestand in den slawonischen großen Gütern, genannt die Herrschaften Pakratz, Prestowatz, Pleternitza, die er von seinem Vater ererbt hatte und die eigentlich Trencksche Familiengüter waren; dann Velika und Nustar, die er selbst gekauft hatte; die aber zusammen über 60 000 fl. jährliche Einkünfte ihren gegenwärtigen Besitzern eintragen, auch eine Strecke von mehr als 200 Dörfern und Höfen umfassen.

Ohne weitere Umstände, aus Eigenmacht und Willkür, nahm nun der ungarische Kammerpräsident Graf Grassalkovics im Namen des Fiskus Besitz von allen Trenckschen Gütern. Der Braten war fett; nicht sowohl wegen der Güter als Beute, die dabei zu machen war. Denn mein Vetter hatte aus Bayern, Elsass und Schlesien verschiedene Schiffsladungen mit Kaufmannsgütern, Leinwand, Gold und Silber in Stangen gegossen, auf seine Güter geschickt. Dabei war die prächtige Gewehrkammer, die Sattelkammer und das silberne Service des Kaisers Karl des Siebenten, das er alles aus München mit fortgeschleppt hatte. Auch das große silberne Tafelservice des Königs von Preußen war dabei. Man sagt wirklich, dass der Trencksche Schatz in Slawonien weit mehr im Wert als die Güter selbst betragen habe.

Einer der ehrwürdigsten Männer in der Armee, ein großer General, hat mir noch unlängst erzählt, dass aus dem Trenckschen Schatze zu Mihaljevci etliche schwere Wagen mit Silber und Pretiosen beladen, weggeführt worden. Die beiden Panduren, die des Trenck Vertraute und Schatzbewahrer waren, nahmen bei der allgemeinen Plünderung ein jeder eine Schachtel mit Perlen, flüchteten damit in das türkische Gebiet und wurden dort reiche Kaufleute. – Die prächtigen Gestüte, sogar das Vieh aus den Meierhöfen wurde fortgetrieben: Die Gewehrkammer bestand allein aus mehr als 3000 Stück der seltensten Sammlung. Kurz gesagt – alles wurde gestohlen, weggeführt und geplündert; und da Befehl vom Hofe erfolgte, man solle alle Trenckschen Mobilien nach Wien für den Universalerben liefern, war nichts mehr übrig als Kleinigkeiten, die niemand haben wollte, und zwei alte preußische Komissgewehre. Nach Wien hat man nichts geschickt und dem Aerar auch keinen Heller dafür berechnet. Es war also nicht Konfiskation, sondern wirklicher Raub. Verloren habe ich einmal alles, und der mir den Verlust verursachte, den heiß ich einen Dieb.

Nun wollte ich die Sache wegen der Güter auf Anraten einiger rechtschaffener Ungarn gern zum ordentlichen Prozess in Ungarn einleiten; forderte in einer Bittschrift demütig mein Recht von der Monarchin. Ich erhielt aber Befehl, schlechterdings nicht nach Ungarn zu reisen, und die Sache wurde dem *Judicio delegato Trenckiano* in Wien übergeben.

Man untersuchte mein Recht bei diesem *Judicio delegato* und hat der Monarchin die Wahrheit für mein Recht referiert. Auf einmal aber erschien folgender Machtspruch vom Hofe. – Die Monarchin schrieb eigenhändig:

»*Der Kammerpräsident Graf Grassalkovics nimmt es auf sein Gewissen, dass dem Trenck die Güter in Slawonien nicht in natura gebühren. Man soll ihm also die Summam empticiam und inscriptitiam bar herauszahlen, auch alle erweisliche Meliorationes gutmachen, und die Güter bleiben der Kammer!*« –

Hiermit hatte auf einmal der Prozess und alle Hoffnung ein Ende. Ich hatte in Wien 63 kleine Prozesse mit Aufopferung meines eigenen Vermögens durchgearbeitet und verlor die ganze Erbschaftsmasse ohne Prozess.

Zehntes Kapitel

Ich beschuldige den Herrn Kammerpräsidenten nicht, dass er sich selbst direkt in Besitz meiner Güter gesetzt habe, er hat sie mir aber in allen Fällen entrissen und sie seinen Freunden auf solche Art in die Hände gespielt, dass die Staatskasse dennoch bei dem Verkaufe derselben nicht 150 000 fl. gewonnen hat. Ich hingegen verlor aber an innerem Werte samt Mobilien gewiss einundeinehalbe Million und vielleicht ebenso viel an Immobilien.

Nun betrugen die Kauf- und Einschreibegebühren für alle diese großen Güter nur 149 000 fl.; diese wurden zwar von der Kammer an die Trencksche Masse bezahlt, der Herr Präsident aber fand für gut, noch 10 000 weniger als diese Summe für Pakratz zu zahlen, unter dem Vorwande, das Vieh wäre daselbst weggetrieben worden. Er zog auch von diesem Kapital noch andre 36 000 fl. unter folgender himmelschreiender Rubrik ab: Er sagte nämlich, der Trenck habe zur Errichtung seiner Panduren seine Herrschaften entvölkert, und während der Zeit, da er sich mit den Feinden seiner Monarchin so rühmlich herumschlug, wären von diesen Leuten 3600 Mann verlorengegangen und nie zurückgekommen. Folglich müssten dem Lande 30 fl. pro Kopf vergütet werden, und hierzu wollte er den Überrest der *summa inscriptitai* verwenden. Mit vieler Mühe wurde diese Forderung, der man den Namen Slawonische Exzesse beilegte, mit 36 000 fl., also per Kopf mit 10 fl., verglichen.

Ich habe also, obgleich ich vom Pandurenoberst Trenck keinen Heller erbte, dennoch für 3600 Mann, die im Kriege für die große Theresia den Heldentod starben, die für sie so viele Millionen Kontributionen in Feindesländern eintrieben, so viele Städte mit dem Säbel in der Faust erstürmten und so viele tausend Feinde töteten und gefangen nahmen, nicht von des Trencks erbeutetem Gelde, sondern von meinen eigenen Familienkapitalien bar bezahlen müssen. Wird man dieses Verfahren wohl im Auslande glauben? Und dennoch kann ich die reine Wahrheit mit Verlust meines Kopfes beweisen.

Von den übrigen Geldern dieses Trenckschen Güterrestes wurden seine Stiftungen und Legate mit 76 000 fl. bezahlt. Es blieben also für mich nur 86 000 fl. vom ganzen Slawonischen Vermögen übrig, wovon man noch die Kommissarien, Administratoren und Rechnungsführer remunerierte.

Indessen ging die Abhandlung der Trenckschen Verlassenschaft im Jahre 1753 zu Ende, und es blieben vom ganzen Reichtum nur noch 76 000 fl. übrig: Während meines Magdeburger Gefängnisses wurden hiervon noch 13 000 fl. für anhängig gebliebene Prozesse abgerechnet, folglich blieben mir nur 63 000 fl. übrig; hiermit habe ich im Jahre 1779 die Herrschaft Iwerbach gekauft und noch gegen 6000 fl. für das österreichische Indigenat und Diplome bezahlen müssen.

Aus Verdruss über diese Zustände und Behandlung machte ich eine Reise nach Venedig, Rom und Florenz. Missvergnügt mit meiner Lage, mit meinem ganzen hiesigen Schicksal, reiste ich sodann nach Ungarn zum Regiment, um dort ein besseres abzuwarten.

Mein Oberst, der Graf Bettoni, war ein rechtschaffener Mann, dessen Vertrauen und Freundschaft ich gleich gewann; ich wurde sein Hauptmitarbeiter, und 1753 gab er im Lager bei Budapest der Monarchin selbst das Zeugnis, ich habe das Meiste zur Ausbildung des Regiments beigetragen.

Die slawonischen Güter blieben aber dennoch verloren, und meine Einkünfte waren nie hinlänglich, die Prozesse in Wien zu bestreiten. Der Diensteifer reizte mich nicht, um materiell zu arbeiten, weil der ganze Verlust meines Vermögens, mein Wohlstand in Russland und die verächtliche Behandlung in Wien mir stündlich vor dem forschenden Auge der Zukunft schwebte. Ich war also mit vollem Rechte missvergnügt. Dennoch wurde auch im Soldatenrock mehr als meine Pflicht erfüllt. Die Jagd und der Umgang des Grafen Bettoni waren meine Erholungsstunden. Ich reise mit ihm im Winter nach Wien, fand aber dort nichts als Verachtung und Gleichgültigkeit, die ich in vollem Gegengewichte erwiderte. Mein Regimentsinhaber, der alte Feldmarschall Cordova, liebte mich; er versprach mir alle seine Protektion, sein hohes Alter ließ mir aber wenig Aussicht für die Zukunft hoffen und da meinen Feinden nunmehr meine Unterdrückung zum Hauptgeschäft wurde, so war ich bei Vorgängen gleichgültig, auch vielleicht nachlässig, die ich hätte ergreifen sollen, auch leicht erhalten können, um näheren Zutritt bei einer Monarchin zu finden, die von eigennützigen Menschen in meinem Falle hintergangen wurde, die mir aber mein Recht sicher hätte widerfahren lassen, wenn es ihr noch zur rechten Zeit beleuchtend vorgetragen worden wäre.

Im März 1754 starb meine Mutter in Preußen.

Ich forderte vom Hofkriegsrat Erlaubnis auf sechs Monate nach Danzig zu reisen, um meine Familienangelegenheiten mit meinen Geschwistern zu vergleichen, weil in Preußen mein Vermögen, folglich auch alle möglichen Erbschaften konfisziert waren. Diese Erlaubnis erfolgte, und ich reiste im Mai nach Danzig.

Ich hatte meine beiden Brüder und Schwestern dahin berufen, um unsere Familiengeschäfte in Ordnung zu bringen. Die Hauptabsicht war aber, eine Reise nach Petersburg zu machen, um dort meiner Freunde Rat und Hilfe zu suchen, weil die Wiener Prozesse und Verfolgungen noch immer fortwüteten und meine wenigen Einkünfte, auch sogar meine Rittmeistergage, kaum hinlänglich waren, um Advokaten und Kosten zu bestreiten.

Besonders merkwürdig ist aber, was mir in der Folge der Herzog Ferdinand von Braunschweig, Gouverneur von Magdeburg, versichert hat, dass er nämlich wirklich bereits Befehl aus Berlin erhalten hatte, mein Gefängnis zu bereiten, ehe ich aus Ungarn abgereist war. Noch mehr! Man hatte aus Wien nach Berlin berichtet: Der König möchte auf seiner Hut sein, der Trenck würde sich in der Gegend von Danzig aufhalten, wenn er zum Feldlager nach Preußen zu reisen beschlossen hätte. Kann wohl der ärgste Bösewicht auf Erden solche Bosheit erdichten, um einen redlichen Mann zu entfernen und unglücklich zu machen, damit man den Raub desto sicherer erhalten könne! Niemand hat begreifen können, warum der große und wirklich großmütige König in der Folge auf eine so grausame Art gegen mich verfahren konnte, die das Herz aller Rechtschaffenen empört, und warum er bis zum Grabe gegen mich allein wirklich unversöhnlich blieb.

Böse Menschen, die in Wien mein Gut geteilt hatten, haben in Berlin mit einem gewissen Herrn von Weingarten, der damals bei dem kaiserlichen Gesandten Grafen Puebla als Gesandtschaftssekretär und Hausliebling in Diensten war, im Einvernehmen gestanden und durch ihn mein Unglück befördert.

Eben dieser Weingarten, der wie nunmehr weltkundig ist, alle unsere Staatsgeheimnisse verraten hatte, auch im Jahre 1756 endlich entdeckt wurde, unsere Dienste hingegen mit den preußischen wechselte und bei ausgebrochenem Kriege in Berlin blieb, hat mir damals nicht nur diesen tödlichen Streich versetzt, sondern auch im März 1755, als er noch im vollen Vertrauen in des Gesandten Hause lebte, meiner Schwester Tod verursacht und zwei unschuldige Soldaten unglücklich gemacht, wie ich in der Folge meiner Geschichte noch erzählen werde.

In Danzig besuchten mich nun sogleich nach meiner Ankunft im Monat Mai meine beiden Brüder, auch meine Schwestern. Wir lebten vierzehn Tage vergnügt zusammen, verglichen uns wegen meines mütterlichen Erbteils, meine Schwester rechtfertigte sich auch vollkommen wegen ihres Betragens, da ich im Jahre 1746 Hilfe bei ihr suchte und aus ihrem Hause fliehen musste, und wir schieden brüderlich einträchtig voneinander.

Inzwischen war unsere einzige Bekanntschaft in Danzig der kaiserliche Resident Herr Abramson, an den ich aus Wien Empfehlungsschreiben mitgebracht hatte, und der uns mit Höflichkeit fast verschwenderisch überhäufte. Dieser Mann war ein geborener Preuße und in seinem ganzen Leben nie in Wien gewesen, hatte aber durch Empfehlung des Grafen Bestuscheff unsere kaiserliche Residentenstelle in Danzig erhalten, ohne dass man Bürgschaft für seine Rechtschaffenheit gesucht, noch seine Fähigkeit, Herz oder Verdienst geprüft hatte. Er war eigentlich das Werkzeug meines Unglücks und mit dem preußischen Residenten Reimer genau verstanden.

Kaum waren meine Geschwister nach Hause gereist, so war ich entschlossen, sogleich zur See nach Russland zu fahren, um dort meine alten Freunde zu besuchen; Abramson hingegen wusste mich durch tausend Ränke noch acht Tage in Danzig aufzuhalten, um die Falle für mich fertig zu machen, in die ich gestürzt werden sollte, wozu er mit Reimer gemeinschaftlich mitwirkte. Denn da der König von Preußen meine Auslieferung vom Danziger Magistrate forderte, dieses aber ohne Beleidigung des kaiserlichen Hofes unmöglich geschehen konnte, weil ich als wirklicher Rittmeister in dessen Diensten stand, auch mit hofkriegsrätlichen und Staatskanzlei-Pässen versehen war, so hat vielleicht eine oder die andere Einwendung das Hin- und Herschreiben erfordert, das den Entschluss verzögerte; und eben deshalb wurde Abramson gebraucht, um mich noch einige Tage aufzuhalten, bis die letzte Entscheidung aus Berlin eintraf, und der Magistrat in Danzig zu offenbarer Verletzung des Völkerrechts und der öffentlichen Sicherheit bewogen wurde.

Weil ich nun ein solches Verfahren unmöglich vermuten konnte und in stolzer Sicherheit lebte, auch Herrn Abramson für meinen besten Freund hielt, so war es ihm desto leichter, mich noch einige Tage in Danzig aufzuhalten.

Endlich rückte aber doch der Tag heran, da ich mit einem eben nach Riga segelfertigen schwedischen Schiffe abreisen wollte; mein Schicksal hatte aber etwas anderes beschlossen, Abramson betrog mich; er schickte seine Leute auf die Reede, um die Zeit der Abfahrt zu erfahren; ich verließ mich auf seine Antwort – um vier Uhr nachmittags sagte er mir, er habe selbst den Schiffer gesprochen, der erst am folgenden Tage in die See gehen werde, und dann wollte er mich nach eingenommenem Frühstück in seinem Hause bis an Bord begleiten. Ich wollte dennoch meine Bagage an das Schiff bringen lassen und auf demselben schlafen, weil ich eine gewisse innere Unruhe in mir empfand, die mich von Danzig forttrieb; hiervor hielt er mich zurück, riss mich halb gewaltsam mit sich; die Gesellschaft war bei ihm groß und angenehm, ich musste bei ihm zu Mittag essen, auch soupieren, und gegen elf Uhr ging ich nach Hause.

Kaum war ich im Bette, hatte ein Buch vor mir und las, so klopfte man an meine Tür, die nicht verschlossen war, und zwei Kommissare der Stadt, von mehr als zwanzig Grenadieren begleitet, traten so geschwind um mein Bett herum, dass ich keine Zeit mehr hatte, nach dem Gewehr zu greifen oder mich zu verteidigen. Meine drei rechtschaffenen Bedienten, die ich bei mir hatte, waren bereits arretiert, um mir nicht zu Hilfe zu kommen, und es wurde mir bedeutet: »Der löbliche Magistrat sei genötigt, mich als einen Delinquenten Seiner Majestät dem Könige von Preußen auszuliefern.«

Man kann sich vorstellen, wie mir in diesem Augenblick unter Verrätershänden zumute war. Man führte mich ganz in der Stille in das Gefängnis der Stadt. Dort blieb ich vierundzwanzig Stunden; gegen Mittag kam der kaiserliche Resident Abramson zu mir, stellte sich bestürzt, mitleidig und aufgebracht, kündigte mir an, er habe bei dem Magistrate gegen meine Auslieferung ernsthaft protestiert, weil ich wirklich in kaiserlichen Diensten stände, aber zur Antwort erhalten: Man habe im Jahre 1752 in Wien gar keine Achtung für die zwei Danziger Bürgermeistersöhne namens Rutenberg gehabt, folglich bediene man sich in meinem Falle gerechter Repressalien mit einem kaiserlichen Rittmeister und könne auch dem Könige von Preußen meine mit äußerstem Ernst und Bedrohung geforderte Auslieferung nicht abschlagen.

Herr Abramson, der im Grunde gar nichts für mich, noch seine Pflicht getan, gar nicht protestiert hatte, sondern vielmehr bestochen und gemeinschaftlich mit dem preußischen Residenten als mein Seelenverkäufer mitwirkte, riet mir nun, ich sollte ihm meine Schreibtafel und Pretiosen anvertrauen, weil man mir ohnedies alles abnehmen würde. Er wusste, dass ich von meinen Geschwistern gegen 7000 fl. in Wechselbriefen empfangen hatte. Diese übergab ich ihm, behielt aber meine Ringe, die allein bei 4000 fl. wert waren, und ungefähr sechzig Louisdor im Beutel. Er umarmte mich, versprach noch alles zu tun, ja sogar Anstalten zu treffen, dass der Pöbel meine Auslieferung verhindern sollte, die ohnedies erst binnen acht Tagen erfolgen könnte, weil der Magistrat selbst noch unentschieden über einen so wichtigen Schritt wäre, und ging, Krokodiltränen weinend, als mein bester Freund davon.

In der folgenden Nacht traten zwei Kommissare von der Stadt nebst dem preußischen Residenten Reimer und einer Häscherschar in das Zimmer, ein preußischer Offizier nebst etlichen Unteroffizieren war dabei, und ich wurde von der Stadt ihnen förmlich übergeben.

Hierauf ging sogleich das Plündern an. Reimer riss mir die Ringe vom Finger, nahm mir die Uhr, Tabatiere und alles weg, was ich hatte. Man gab mir weder einen Rock noch Hemd von meiner Ausrüstung mit und führte mich in eine überall geschlossene Kutsche, in die drei Preußen mit mir einstiegen. Ein Kommando Danziger Miliz umringte den Wagen, und so führte man mich bis an das Tor. Dieses wurde geöffnet, und vor demselben empfing mich ein Haufen Stadtdragoner, die den Wagen bis Lauenburg an die pommersche Grenze begleiteten, der so schnell als möglich vorwärtsgetrieben wurde und mit vier Postpferden bespannt war.

In Lauenburg empfing mich ein preußisches Husarenkommando von 30 Pferden mit einem Leutnant, und so wurde ich von Garnison zu Garnison bis Berlin transportiert.

Der Transport ging von einer Garnison zur andern, zwei bis drei, auch höchstens fünf Meilen. In allen Städten, wo ich eintraf, fand ich Mitleid, Menschenliebe und alle mögliche Achtung. Nur zwei Tage dauerte die Husarenbedeckung mit einem Offizier im Wagen und zwölf Mann um denselben. Am vierten Tage kam ich nach N. N., wo der Herzog von Württemberg, Vater der gegenwärtigen Großfürstin von Russland, kommandierte und seines Regimentes Standquartiere anfingen. Dieser Herr ließ sich mit mir in Unterredung ein, ward gerührt und behielt mich zur Tafel, auch den ganzen Tag in seiner Gesellschaft, wo ich gar nicht als Arrestant behandelt wurde. Er ließ mich sogar, da ich seinen Beifall gewann, Rasttag machen, den ich gleichfalls in seinem Hause zubrachte, wo alles versammelt war, und die Herzogin, die erst vor kurzem geheiratet hatte, mir alle mögliche Gnade, Mitleid und Achtung bezeigte. Auch den dritten Tag blieb ich noch bei seiner Tafel. Erst nachmittags stieg ich nebst einem Leutnant seines Regiments in einen offenen Wagen und ward ohne alle Bedeckung von ihm allein weiter transportiert.

Ich habe erst in der Folge bemerkt, dass der großmütige Herzog von Württemberg mir Gelegenheit zur Flucht geben wollte und deshalb ganz besondere Befehle an seine Offiziere gegeben haben musste. Er hätte vielleicht gerne einen Verweis vom König erlitten, wenn ich die Gelegenheit benutzte, mich durch die Flucht auf diesem Transport zu retten. Fünf Tage dauerte die Reise durch die Gegenden, wo sein Regiment in Garnison stand, und überall blieb ich über Nacht in der Offiziersgesellschaft, die mich mit Freundschaft und Menschenliebe überhäufte. Ich wurde gar nicht bewacht, schlief in ihren Quartieren und fuhr mit ihren Equipagen ohne andre Bedeckung als mit dem Offizier selbst im Wagen.

An den meisten Orten geht die Poststraße kaum eine oder drei Meilen von der Landstraße vorbei; nichts wäre leichter gewesen, als mich zu retten und zu fliehen. Ich war aber mit Blindheit geschlagen, und derselbe Trenck, der sich in Glatz durch 30 Mann durchschlug, um seine Freiheit zu behaupten, der niemals empfunden hat, was Furcht ist, blieb hier vier Tage lang unentschieden ...

Ich kam in die Garnison eines kleinen Städtchens, wo ein Rittmeister kommandierte. Bei diesem logierte ich im Hause ohne Schildwache. Er tat alles, mich mit Höflichkeit und Freundschaft zu überhäufen. Nachmittags ritt er gar mit der Eskadron aus, wie die Preußen gewohnt sind, ohne Sättel auf Decken vor dem Tore spazieren zu reiten. Ich blieb ganz allein im Hause zurück, ging in den Stall, daselbst standen noch drei Pferde, die Sättel und Zäume hingen dabei. Im Zimmer waren Pistolen, Degen und Gewehre. Ich durfte nur aufsitzen und zum andern Tore hinausreiten. Ich machte Betrachtungen; wollte mich entschließen, und ein geheimer Zug machte mich unentschlossen, kurz gesagt, der Rittmeister kam nach Hause und schien verwundert, als er mich noch da fand.

Tags darauf fuhr er mit mir ganz allein weiter mit seiner eigenen Equipage. Unterwegs hielt er sogar in einem Walde still, sah einige Champignons oder Schwämme und hieß mich aus dem Wagen steigen, um sie zu suchen und mitzunehmen. Hier entfernte er sich wohl 100 Schritte von mir und ließ mir offenbar Gelegenheit zur Flucht, und dennoch fuhr ich mit ihm weiter und ließ mich wie ein Schaf zur Schlachtbank schleppen.

Weil ich mich so gut behandelt und so unvorsichtig eskortiert sah, machten sich meine Begriffe ein blindes Gaukelspiel. Ich bildete mir ein, dass, da der Transport gerade nach Berlin ging, mich der König sprechen würde, weil ich ihm damals recht viel von dem bevorstehenden Plane des angezettelten Siebenjährigen Krieges hätte sagen können, indem das ganze Geheimnis durch die Bestuscheffsche Korrespondenz vor meinen Augen aufgedeckt war, und dass ich diese Korrespondenz führte, war in Berlin besser bekannt als in Wien. Deshalb glaubte ich nicht, dass ich in Berlin unglücklich sein würde, und blieb wirklich mit Blindheit geschlagen. Doch ach! Wie verwandelte sich meine Hoffnung, mein Traumgebilde in Schrecken und Verwirrung, als ich am vierten Tage aus den Standquartieren der württembergischen Dragoner der ersten Infanteriegarnison in Köslin übergeben wurde. Der letzte Offizier von der württembergischen Eskorte verließ mich mit Wehmut, und nunmehr wurde ich dem buchstäblichen Befehl gemäß mit starker Bedeckung und aller möglichen Vorsicht bis Berlin geführt.

In Berlin erhielt ich ein Zimmer über der Hauptwache auf dem Neumarkt mit zwei Schildwachen bei mir und einer vor der Türe. Der König war in Potsdam. In diesem Zustande verblieb ich drei Tage. Am dritten traten einige Stabsoffiziere herein, setzten sich um einen Tisch und stellten mir Fragen. Sobald ich aber merkte, wo man hinaus wollte, gab ich auf alle Fragen gar keine Antwort. Ich sagte nur: Ich sei im Jahre 1745 ohne Verhör noch Kriegsrecht auf die Festung Glatz verurteilt worden, wo ich mir, dem Naturgesetze gemäß, eigenmächtig meine Freiheit verschafft hätte. Jetzt diente ich als Rittmeister der Kaiserin Maria Theresia. Ich bäte nunmehr um ein ordentliches Verhör über die Ursache meines Unglücks im Vaterlande, dann würde ich alle Fragen beantworten und mich rechtfertigen. Ich blieb also stumm und antwortete nichts mehr, weil man mir sagte: Man habe hierzu keine Order.

Man schrieb noch über zwei Stunden, Gott weiß was. Dann kam ein Wagen vor die Tür, – man visitierte mich am ganzen Leibe, ob ich etwa Gewehre bei mir hätte, nahm mir ungefähr 13 oder 14 Dukaten ab, die ich noch versteckt hatte, und mit starker Bedeckung wurde ich über Spandau nach Magdeburg gebracht. Hier überlieferte mich der Offizier dem Kapitän von der Hauptwache auf der Zitadelle. Gleich erschien der Platzmajor und führte mich in das mir bestimmte Gefängnis, das bereits für mich zugerichtet war. Man nahm mir hier meine Uhr ab und ein kleines in Brillanten gefasstes Porträt meiner Freundin aus Petersburg, das ich auf dem bloßen Leibe versteckt hatte, und schloss die Tür hinter mir zu.

Elftes Kapitel

Mein Gefängnis war in einer Kasematte, wovon der vordere Teil, sechs Fuß breit und zehn Fuß lang, durch eine Zwischenmauer abgeteilt war. In der inneren Mauer waren doppelte Türen, und zum Eingang in die Kasematte selbst die dritte. Das Fenster in der sieben Fuß dicken Mauer war oben am Gewölbe derart angebracht, dass ich zwar Licht genug hatte, aber weder den Himmel noch die Erde sehen konnte. Gegenüber sah ich allein das Dach des Magazins. Innen steckten eiserne Stangen, außen ebenfalls, und in der Mitte dieses Mauerfensters war ein ganz enges Drahtgitter angebracht, welches wegen der hinaufsteigenden Abdachung um einen Fuß kleiner war als das Fenster selbst; auf solche Weise war es unmöglich hinaus- oder hineinzusehen. Von außen stand ein hölzernes Palisadengitterwerk sechs Fuß von der Mauer, das verhinderte, dass die Schildwachen dem Fenster beikommen konnten, um mir etwas zuzustecken. Dabei hatte ich ein Bett mit einer Matratze, das aber, mit Eisen an den Fußboden befestigt, unbeweglich stand, damit ich es nicht an das Fenster rücken und aufsteigen könnte. Ein eiserner kleiner Ofen stand an der Seite der Tür, in seiner Nähe ein gleichfalls festgenagelter Lehnstuhl. Eisen legte man mir nicht an, hingegen bestand meine Kost in eineinhalb Pfund Kommissbrot und einem Krug Wasser.

Da ich nun wegen meiner Jugend einen besonderen Fressmagen hatte und mein Brot meist so verschimmelt war, dass man kaum die Hälfte genießen konnte, was vom Geiz des damaligen Platzmajors Rieding herrührte, der bei der großen Zahl der unglücklichen Gefangenen noch Gewinn suchte, so ist es mir unmöglich, meinen Lesern die grausame Folter zu schildern, die mir ein elf Monate dauernder unausgesetzt wütender Hunger verursachte. Ich hätte täglich sechs Pfund Brot begierig geschluckt, – wenn ich nun alle 24 Stunden meine kleine Portion erhielt, so blieb ich nach dem Genuss derselben noch ebenso hungrig, als ich vorher war, und musste abermals 24 Stunden auf neue Labung warten. Wie gerne hätte ich einen Wechsel auf 1000 Dukaten auf mein Wiener Vermögen assigniert, um mich nur einmal an trocknem Brot satt zu essen! Kaum gestattete mir der Hunger einen ruhigen Schlaf, so träumte mir, als ob ich an einer großen Tafel schmauste, wo eben alle Speisen, die ich vorzüglich gern essen mochte, im Überflusse aufgetragen waren. Ich fraß träumend wie ein Nimmersatt; die ganze Gesellschaft erstaunte über meinen Appetit. Der Magen spürte nichts von Wirklichkeit; desto gieriger fraß ich in Gedanken. Ich erwachte oder vielmehr der Hunger weckte mich, dann schwebten mir die vollen Schüsseln vor den Augen, und dem leeren Bauche blieb die rasende Sehnsucht. Der Hunger, der Trieb der Natur, forderten immer mehr, immer reißender; diese Marter hinderte den Schlaf und desto fürchterlicher erschien mein grausames Schicksal der in die Zukunft forschenden Seele, welche sich die Dauer unübersteiglich schilderte.

Vorstellung, Bitten half nicht, die Antwort war: »Es ist des Königs ausdrücklicher Befehl, man darf Ihnen nicht mehr geben.« – Der Kommandant, General von Bork, ein geborener Menschenfeind, sagte mir sogar, als ich ihn bat, mir doch wenigstens Brot genug geben zu lassen: »Sie haben lange genug auf des Königs silbernem Service Pasteten gefressen, das ihm der Trenck bei der Bataille zu Sorau geraubt hat; nun mag Ihnen auch unser Kommissbrot auf Ihrem Sch...hause schmecken. Ihre Kaiserin hat Ihnen kein Geld geschickt, und Sie sind des Kommissbrotes und der Kosten nicht wert, die hier auf Sie verwendet werden usw.«

Die drei Türen wurden verschlossen, ich blieb meinem Nachdenken trostlos überlassen, und alle 24 Stunden brachte man mir mein Wasser und Brot um die Mittagsstunde; die Schlüssel von allen Türen waren bei dem Kommandanten. Die innere allein hatte ein besonders verschlossenes Mittelfenster, durch das mir meine Bedürfnisse hineingereicht wurden. Am Mittwoch aber wurden nur die Türen geöffnet, und der Kommandant nebst dem Platzmajor kamen herein zum Visitieren, wenn vorher mein Abtritt durch einen geschlossenen Delinquenten gereinigt war.

Nachdem ich dieses ein paar Monate hindurch beobachtet hatte und vollkommen sicher war, dass in der ganzen Woche niemand in mein Gefängnis kam, fing ich eine Arbeit an, die ich zuvor genau untersucht hatte und wirklich möglich fand.

Auf dem Platze, wo der Ofen und der Abtritt standen, war der Boden mit Ziegeln gepflastert, und die Wand war der Schwibbogen zwischen meiner benachbarten Kasematte, die niemand bewohnte. Ich hatte nur eine Schildwache vor dem Fenster und fand bald ein paar ehrliche Kerle, die trotz des Verbotes mit mir sprachen und mir die ganze Lage meines Kerkers schilderten.

Durch sie erfuhr ich, dass ich leicht entfliehen könne, falls es möglich wäre, in die nächste Kasematte hineinzubrechen, wo die Tür unverschlossen war; da käme es darauf an, wenn ich einen Freund mit einem Nachen an der Elbe bereit hätte oder wenn ich mich durch Schwimmen retten könnte; die sächsische Grenze wäre nur eine Meile davon. Hierauf ward nun mein Entwurf gemacht.

Ich arbeitete die 18 Zoll langen Eisen los, vermittelst derer mein Abtritt an den Boden befestigt war. Die drei kleinen Nägel inwendig im Kastenblatte brach ich ab; außen aber, wo allein visitiert wurde, steckte ich die Nägel wieder richtig an ihren Ort.

Hierdurch erhielt ich Brecheisen, hob die Ziegel vom Boden auf und fand unter demselben gleich Erde.

Ich fing also den ersten Versuch an, hinter diesem Kasten ein Loch durch den Schwibbogen zu brechen, der sieben Fuß dick war. Die erste Lage der Mauern waren Ziegelsteine, dann folgten aber sogleich große Bruchsteine. Nun versuchte ich erst, sowohl die Ziegel des Bodens, als die ersten der Wand zu nummerieren und zu bemerken, um das Loch wieder genau zuzumachen. Dieses glückte, ich griff also weiter.

Am Tage vor der Visitation wurde alles ganz behutsam zugemacht. Beinahe einen Fuß hoch brach ich in die sichtbare Mauer. Die Ziegel wurden wieder eingesetzt, der feinste Kalk wohl verwahrt, der übrige von der Mauer abgeschabt, die vielleicht hundertmal vorher geweißt war und unmerklich Stoff genug zu meinem Bedürfnis gab. Aus meinen Haaren verfertigte ich einen Pinsel, machte alles gleich, dann den feinen Kalk in der Hand nass, überstrich und blieb mit dem bloßen Leibe so lange an der Wand sitzen, bis alles trocken und der übrigen Wand gleich war. Dann wurden die Eisen wieder an dem Abtritt befestigt und es war unmöglich, das mindeste zu bemerken.

Während der Arbeit lagen Schutt und Steine in meiner Bettstelle. Hätte man nun in der ganzen Zeit einmal die Klugheit gehabt, an einem anderen Tage als am Mittwoch zu visitieren, so wäre ich sogleich entdeckt worden; da dieses aber binnen sechs Monaten gar nicht geschah, so war mir die Ausführung eines unmöglichen Unternehmens möglich.

Inzwischen musste ich auf Mittel sinnen, den Schutt aus dem Gefängnisse zu schaffen, weil es nie möglich ist, aus einer gebrochenen Mauer alles wieder in den vorigen Raum zu bringen. Es geschah auf folgende Art: Kalk und Steine waren auf keine Weise fortzuschaffen; ich nahm also Erde, streute sie in mein Zimmer und trat auf derselben herum, bis sie feiner Staub wurde.

Diesen Staub streute ich auf mein Fenster; um herauszusteigen, brauchte ich den losgemachten Abtritt. Dann machte ich mir einen kleinen Stab von Holzsplittern aus der Bettstelle; der Zwirn von einem alten Strumpf diente zum Zusammenbinden, und vorne machte ich aus meinen Haaren einen Büschel. Im mittleren Drahtgitter am Fenster machte ich ein Loch größer, das von unten nicht bemerkt werden konnte; dann warf ich meinen Staub ganz dick auf die Fenstermauern und schob ihn mit großer Mühe mit meinem Stabe durch das Drahtgitter, bis an den äußern Rand des Fensters.

Dann wartete ich, bis windiges Wetter einfiel, und wenn die Windstöße in der Nacht am Fenster vorbeistrichen, stieß ich mit meinem Pinsel den Staub hinaus, der in die Luft geführt wurde und von außen keine Merkmale auf der Erde hinterließ.

Auf diese Weise habe ich gewiss allgemach mehr als drei Zentner Erde herausgeschafft und mir zur angefangenen Arbeit Luft gemacht.

Ich machte auch kleine Kügelchen und blies mit einem Stück Papier, wenn die Schildwache spazieren ging, eines nach dem andern weit zum Fenster hinaus; auf diese Art verschaffte ich Platz, füllte den leeren Erdraum unter dem Bretterboden mit Kalk und Steinen aus und arbeitete glücklich vorwärts.

Unmöglich aber kann ich die Arbeit schildern, die ich fand, nachdem ich ein paar Fuß tief in die Bruchsteine kam. Meine Eisen vom Abtritt, zuletzt auch die vom Bett, waren die beste Hilfe. Eine redliche Schildwache steckte mir einmal einen alten eisernen Ladestock zu, der mir gute Dienste leistete, auch ein Messer, wie es die Soldaten zu kaufen pflegen. Es hat mir in der Folge unglaubliche Dienste geleistet. Ich schnitt damit Stücke von den Brettern des Bettes ab und machte Späne, mit denen ich nach und nach den Kalk zwischen den Steinen herausarbeitete. Unglaublich ist es aber, was für Arbeit diese sieben Fuß dicke Mauer mich kostete. Das Gebäude ist uralt, und der Kalk war an einigen Orten ganz verhärtet, so, dass ich die ganzen Steine in Staub zerreiben musste. Sechs Monate lang dauerte die Arbeit unausgesetzt, ehe ich an die letzte Lage kam, was ich an den Ziegeln erkennen konnte, womit jedes Kasemattenzimmer innen ausgemauert war.

In dieser Zeit hatte ich nun Gelegenheit, mit einigen Schildwachen zu sprechen; unter ihnen war ein alter Grenadier namens Geshardt, den ich hier deshalb nenne, weil er in meiner Geschichte als Beispiel des großmütigsten Menschen auf Erden erscheinen wird. Von ihm erfuhr ich nun die ganze Lage meines Gefängnisses, auch alle Umstände, wie ich zu meiner Freiheit gelangen könnte.

Nichts fehlte mir als Geld, um einen Kahn zu kaufen und auf der Elbe mit ihm nach Sachsen zu fliehen. Durch diesen rechtschaffenen Mann machte ich Bekanntschaft mit einem Judenmädchen namens Esther Heymann aus Dessau, deren Vater auf zehn Jahre im Gefängnis saß. Dieses redliche Mädchen, das ich nie sehen konnte, gewann zwei andere Grenadiere, die ihr Gelegenheit boten, so oft sie bei mir Schildwache standen, mit mir zu sprechen. Ich machte von meinen Spänen einen langen zusammengebundenen Stock, der bis vor die Palisadeneinfassung vor dem Fenster reichte; hierdurch erhielt ich Papier, auch ein Messer und eine Eisenfeile.

Ich schrieb an meine Schwester, die an den einzigen Sohn des Generals von Waldow verheiratet war, schilderte ihr meinen Zustand, gab ihr Instruktion, wie sie für meine Freiheit arbeiten sollte, und bat sie, dass sie diesem Judenmädchen 300 Reichstaler geben sollte, weil ich durch ihre Hilfe Möglichkeit gefunden hätte, aus meinem Kerker zu entfliehen.

Zugleich gab ich ihr einen Brief an den kaiserlichen Minister in Berlin, Grafen Puebla, mit, schloss einen Wechsel über 1000 fl. bei, um sie in Wien einzukassieren und sie dieser Heymann auszuhändigen. Diese 1000 fl. hatte ich ihr zur Belohnung für ihre Treue versprochen. Die 300 Reichstaler von meiner Schwester sollte sie aber mir bringen und dann ihren Grenadieren meine Anstalten zur sicheren Flucht befördern, was auch unfehlbar, entweder durch mein bereits damals halb fertiges Loch in der Mauer oder durch Hilfe der Jüdin und Schildwache mit Durchschneiden meiner Türen um die Schlösser herum geschehen wäre.

Die Briefe waren offen, weil ich sie nur um den Stock wickeln und ihr auf diese Art zustecken konnte.

Das arme redliche Mädchen geht also nach Berlin, gerade und glücklich zum Minister Grafen Puebla. Er gibt ihr allen Trost, übernimmt Brief und Wechsel und befiehlt ihr, mit seinem Gesandtschaftssekretär Herrn von Weingarten zu sprechen und alles zu tun, was dieser ihr befehlen würde.

Sie geht zu ihm; wird auf das Freundlichste empfangen, er fragt sie ganz aus. Sie vertraut ihm den ganzen Entwurf zu meiner Flucht durch Hilfe der beiden Grenadiere an, auch dass sie Briefe an meine Schwester nach Hammer bei Küstrin zu tragen habe.

Er fordert diese Briefe, liest sie, forscht alles aus, befiehlt ihr, sogleich zu meiner Schwester zu gehen, und gibt ihr zwei Dukaten auf die Reise mit dem Befehl, bei ihrer Rückkunft wieder zu ihm zu kommen, indessen wolle er die Zahlung des Wechsels über 1000 fl. in Wien besorgen und ihr sodann weitere Instruktionen geben.

Das Mädchen geht freudig nach Hammer. Meine Schwester, die Witwe war und ihren Mann nicht mehr wie im Jahre 1746 zu fürchten hatte, ist entzückt über die Nachricht, dass ich noch lebe, gibt ihr 300 Reichstaler und muntert sie auf, alles Mögliche zu meiner Rettung beizubringen.

Hiermit eilt Esther nebst einem Briefe an mich nach Berlin zurück und bringt die Nachricht dem Herrn von Weingarten. Dieser liest meiner Schwester Brief, fragt sie alles ab, auch sogar die Namen der beiden Grenadiere; sagt ihr, die 1000 fl. wären noch nicht aus Wien angekommen; gibt ihr aber zwölf Dukaten, mit dem Befehl, nach Magdeburg zu eilen, mir die gute Nachricht zu bringen, dann aber sogleich nach Berlin zurückzukehren und ihre 1000 fl. bei ihm abzuholen. Das gute Mädchen fliegt nach Magdeburg, geht auf die Zitadelle, begegnet aber zu ihrem größten Glücke vor dem Tore dem Weibe des Grenadiers, das ihr mit Winseln und Tränen erzählt, ihr Mann sei nebst seinem ihr bekannten Kameraden tags vorher arretiert, in Eisen gelegt und sitze scharf bewacht fest.

Die Jüdin hatte einen gesunden Verstand, roch den Braten, kehrte auf der Stelle um und flüchtete glücklich nach Dessau.

Nun will ich diese Erzählung unterbrechen und meinen Lesern das wichtige und schreckliche Rätsel auflösen, weil ich nach meiner erlangten Freiheit von eben dieser Jüdin den ganzen Bericht schriftlich erhalten, den ich noch gegenwärtig wirklich in Händen habe.

Der Legationssekretär von Weingarten war, wie bald darauf weltkundig wurde, ein Verräter, dem Graf Puebla zu viel vertraut hatte, der als Kundschafter wirklich in preußischem Solde stand und alle Geheimnisse der kaiserlichen Gesandtschaft, auch den in Wien entworfenen Kriegsplan, an das Berliner Ministerium verraten hatte. Er blieb auch bei dem bald darauf ausgebrochenen Kriege wirklich als ein Treuloser in preußischen Diensten zurück. Mich hatte er verraten, um den Wechsel über 1000 fl. in seinen Sack zu schieben. Denn sicher und erwiesen ist es, dass Graf Puebla meinen Wechsel wirklich nach Wien geschickt und derselbe ihm am 24. Mai 1755 aus meiner Administrationskasse bezahlt, mir auch nach erlangter Freiheit hier angerechnet wurde.

Nachdem nun Weingarten das Judenmädchen auf das Genaueste ausgekundschaftet hatte, so stürzte der Schelm, um 1000 fl. zu erobern, mich ins Verderben, verursachte meiner Schwester Unglück und frühzeitigen Tod, und seine Verräterei war schuld, dass ein Grenadier gehängt wurde, der andere hingegen drei Tage Gassen laufen musste.

Das Judenmädchen kam allein glücklich davon. Nach meiner erlangten Freiheit hat sie mir erst Nachricht und Aufklärung über den ganzen Vorfall gegeben.

Ihr armer Vater, der im Gefängnis saß, empfing mehr als 100 Prügel. Er sollte gestehen, ob ihm die Tochter nichts vom Komplott vertraut hätte, auch, wohin sie geflüchtet sei; und er starb erbärmlich in seinen Fesseln. Ich selbst geriet durch Weingartens Verräterei in die ungeheuren Fesseln, die mich noch neun Jahre folterten. Ein unschuldiger Mensch verlor am Galgen sein Leben, meine redliche Schwester hingegen musste mir auf ihre Kosten das neue Gefängnis in der Sternschanze bauen lassen. Der Fiskus strafte sie um eine Summe, die ich nie erfahren habe; ihre Güter wurden danach bald gänzlich ausgeplündert und in eine Wüstenei verwandelt. Ihre Kinder gerieten durch diese Begebenheit in die bitterste Armut, und sie selbst starb im Kern der Jahre, im dreiunddreißigsten, von Gram und Verfolgung durch ihres Bruders Unglück und durch die Verräterei der kaiserlichen Gesandtschaft zugrunde gerichtet.

Genug hiervon! Sogar der rechtschaffene Kaiser Franz vergoss Tränen, als ich ihm diese schreckliche Geschichte in einer Audienz mit Wehmut erzählte. Ich erkannte sein edles Gefühl und fiel ihm von reinem Dank erschüttert zu Füßen. Der bewegte Monarch riss sich los, verließ mich, und ich schlich in Betäubung zur Türe hinaus.

Vielleicht hätte er mehr getan, als mich nur bedauert. Er starb aber bald nach diesem Vorfall, und ich erzähle ihn hier nur, um der Nachwelt zu versichern, dass Kaiser Franz edles, erhabenes Gefühl und ein Menschenherz besaß. Dies ist das einzige Beispiel, das ich in meiner großen Welterfahrung von Fürsten erlebt habe.

Nun weiter in meiner Sache.

In meinem Kerker erfuhr ich in den ersten Tagen gar nichts. Bald aber kam mein ehrlicher Geshard wieder auf Wache zu mir. Da aber die Posten verdoppelt waren, so war das Sprechen ohne Gefahr fast unmöglich. Indes gab er mir doch Nachricht von den beiden unglücklichen Kameraden.

Der König kam eben nach Magdeburg zur Revue. Er selbst ist in der Sternschanze gewesen und hat in aller Eile das neue Gefängnis in derselben für mich zu bauen befohlen, auch die Ketten angeordnet, an die ich geschmiedet werden sollte.

Mein ehrlicher Geshard hatte seine Offiziere sprechen hören, dass dies neue Gefängnis für mich bestimmt sei. Er gab mir Wind davon, versicherte mich aber, dass es vor Ende des Monats nicht fertig sein könnte.

Ich fasste also den Entschluss, eilfertig den Ausbruch meines Lochs in der Mauer zu beschleunigen und ohne auswärtige Hilfe zu entfliehen.

Möglich war es, denn aus meinem Bette hatte ich einen Strick verfertigt, den ich an eine Kanone anbinden und mich vom Walle herunterlassen wollte. Über die Elbe wäre ich geschwommen, und da die sächsische Grenze nur eine Meile entfernt ist, so wäre ich auch gewiss glücklich davongekommen.

Am 26. Mai wollte ich in die Nebenkasematte herausbrechen. Da ich mich aber unter dem Ziegelboden herausarbeiten wollte, fand ich ihn so fest ineinandergefügt, dass ich den Ausbruch auf den folgenden Tag verschieben musste. Der Tag brach wirklich an, da ich müde und matt aufhörte, und wäre jemand zufällig am folgenden hineingegangen, so hätte man das bereits aufgewühlte Loch gefunden. Der 27. Mai war aber ein neuer Unglückstag für mich. Mein Gefängnis war in der Sternschanze geschwinder fertig geworden, als man glaubte. Und eben da die Nacht hereinbrach und ich meine Anstalt zur Flucht treffen wollte, hielt ein Wagen vor meinem Gefängnisse still. Gott!, wie erschrak ich! Schlösser und Türen wurden geöffnet. In der Geschwindigkeit versteckte ich noch mein Messer zur letzten Nothilfe an einem geheimen Ort auf dem Leibe, und in eben dem Augenblicke trat der Platzmajor nebst dem Major du jour und einem Kapitän in mein Gefängnis, mit zwei Laternen in den Händen. Man sprach kein Wort als: »Ziehen Sie sich an.« Dies war gleich geschehen. Es war noch meine kaiserliche Cordova-Uniform. – Hierauf reichte mir jemand ein paar Eisen, mit denen ich mich selbst über Kreuz an Hand und Fuß schließen musste. Dann band mir der Platzmajor mit einem Tuche die Augen zu; man griff mich unter die Arme und führte mich in den Wagen. Aus der Zitadelle muss man nun durch die ganze Stadt und dann erst zur Sternschanze wieder hinausfahren. Ich hörte nichts als das Geklirr der den Wagen umgebenden Bedeckung, in der Stadt aber einen gewaltigen Zulauf des neugierigen Volks, weil man ausgesprengt hatte, ich sollte in der Sternschanze enthauptet werden.

Gewiss ist es auch, dass verschiedene Leute, die mich damals mit verbundenen Augen durch die Stadt führen sahen, überall erzählt, auch geschrieben haben, dass am 27. Mai der Trenck in die Sternschanze geführt und ihm dort der Kopf vor die Füße gelegt worden sei. Die Offiziere der Garnison hatten auch den Befehl, dies zu bekräftigen, weil niemand wissen sollte, wo ich geblieben war.

Ich kannte leider mein Schicksal, ließ mir aber nichts merken, und da mir das Maul nicht zugestopft war, stellte ich mich, als wenn ich den Tod erwartete, und redete mit meinen Führern in einem Tone, der sie erschütterte und ihren Monarchen eben nicht von der vorteilhaftesten Seite schilderte, dass er redliche Untertanen durch einen Machtspruch ungehört verurteilen könnte.

Man bewunderte meine Standhaftigkeit in eben dem Augenblicke, da ich den Tod durch die Hand des Büttels zu erwarten schien. Niemand antwortete das mindeste. Ihr Seufzen ließ mich allein Mitleid bemerken.

Endlich hielt der Wagen still. – Man führte mich in das neue Gefängnis. – Man löste mir bei dem Scheine einiger Lichter das Tuch von den Augen. – Aber o Gott!, wie regte sich mein Gefühl, da mir zwei schwarze, dem Teufel ähnliche Schmiede, mit einer Glutpfanne und Hammer bewaffnet und der ganze Boden mit rasselnden Ketten bedeckt, in die Augen fielen.

Man ging sogleich zum Werke, und beide Füße wurden mir mit schweren Holzketten an einen eisernen in der Mauer befestigten Ring festgeschmiedet. Dieser Ring war drei Fuß von dem Boden erhaben, folglich konnte ich links und rechts etwa drei Fuß breit eine Bewegung machen. Dann wurde mir um den nackten Leib ein handbreiter Ring geschmiedet, der mit einer Kette an einer eisernen armdicken Stange hing, die zwei Fuß lang war, und an deren beiden Enden man meine Hände in zwei Schellen befestigte. Kein Mensch sagte gute Nacht. Alles ging in grausiger Stille fort, und ich hörte nacheinander vier Türen mit fürchterlichem Gerassel zuschließen.

Hier saß ich ohne Trost und Hilfe, mir allein überlassen, auf dem nassen Fußboden in dicker Finsternis. Die Fesseln schienen mir unausstehlich, ehe ich mich an sie gewöhnte, und ich dankte Gott, dass man mein Messer nicht gefunden hatte, womit ich meinem Leiden in eben dem Augenblick ein Ende machen wollte.

Schildern kann meine Feder dem Leser nicht, wie ich in dieser ersten Nacht mit meinem Herzen, mit meinen Entschließungen kämpfte und den letzten Entschluss zurückhielt. Ich hatte Ursache zu zweifeln, ob man sich am Ende noch in Wien für mich interessieren werde, weil ich Wien aus Erfahrung kannte, auch wusste, dass die, welche meine Güter daselbst geteilt hatten, gewiss alles Mögliche tun würden, um mir die Rückkehr zu wehren. Mit diesen Gedanken verfloss die Nacht. Der Tag erschien, aber nicht in seinem Glanze für mich. Dennoch konnte ich in der Dämmerung meinen Kerker betrachten.

Die Breite war acht und die Länge zehn Fuß. Neben mir stand ein Leibstuhl; vier Ziegel waren in der Ecke in die Höhe gemauert, worauf ich sitzen und den Kopf an die Mauer anlehnen konnte. Dem Ringe in der Mauer gegenüber, an dem ich angeschmiedet war, war ein künstliches Fenster in der sechs Fuß dicken Mauer angebracht, in der Form eines halben Zirkels, aber nur einen Fuß hoch und zwei im Durchmesser. Von innen ging die Öffnung aufwärts gemauert bis an die Mitte, wo ein enges Drahtgitter befestigt war.

Da nun mein Gefängnis in dem Graben des Hauptwalles gebaut, von hinten an denselben gelehnt, inwendig acht Fuß breit und die Mauer sechs Fuß dick war, so stieß das Fenster beinahe an die Mauer des zweiten Walles; folglich konnte von oben her gar keines, von unten auf aber nur der Widerschein des Tageslichtes in meinen Kerker hereinbrechen, besonders durch ein so enges Loch, das dreimal mit Eisen und Gittern versehen war. Mit der Zeit wurde mein Auge dennoch so an die Dämmerung gewöhnt, dass ich eine Maus konnte laufen sehen. Im Winter aber, wo die Sonne gar nicht in den Graben schien, war bei mir ewige Nacht.

Inwendig war vor dem Gitter ein Fenster, dessen mittlere Scheibe als Luftloch geöffnet werden konnte.

Neben mir stand ein hölzerner Leibstuhl, der alle Tage geleert wurde, und ein Wasserkrug.

In der Mauer konnte man den Namen Trenck von roten Ziegeln ausgemauert lesen, und unter meinen Füßen lag ein Leichenstein mit dem Totenkopf, unter dem ich gleichfalls begraben werden sollte, und mit meinem Namen bezeichnet. Mein Kerker hatte doppelte Türen von zwei Zoll dickem, eichenen Holze. Vor denselben war eine Art von Vorzimmer mit einem Fenster, und dieses abermals mit zwei Türen verschlossen.

Weil nun der König ausdrücklich befohlen hatte, dass mir durchaus aller Umgang, alle Gelegenheit mit Schildwachen zu sprechen, abgeschnitten werden sollte, damit ich keinen mehr verführen könne und deshalb der Kerker undurchdringlich gebaut werden müsse, so war der Hauptgraben, in dem mein Palast prangte, von beiden Seiten mit zwölf Fuß hohen Palisaden geschlossen, und allein den Schlüssel zu dieser fünften Tür hatte der wachthabende Offizier. Mir selbst blieb keine andere Bewegung übrig, als auf der Stelle, wo ich angeschmiedet war, zu springen, oder den oberen Leib so lange zu schütteln, bis ich warm wurde.

Das Gefängnis war binnen elf Tagen aufgemauert und mit Gips und Kalk ausgeweißt worden, und gleich wurde ich hineingebracht, wobei jedermann glaubte, dass ich in dem frischen Mauerdampf in einem ganz verschlossenen Loche nicht vierzehn Tage aushalten würde. Wirklich saß ich beinahe sechs Monate lang beständig im Wasser, das von dem ungeheuer dicken Gewölbe, eben da, wo ich sitzen musste, beständig auf mich herabträufelte. Ich kann auch meinen Lesern versichern, dass mein Leib in den ersten drei Monaten gar nicht trocken wurde; dennoch blieb ich gesund.

So oft man zur Visitation kam, und dies geschah täglich um Mittag nach Ablösung der Wache, musste man vorher die Türen einige Minuten offen lassen, sonst löschte der erstickende Dunst der Mauer die brennenden Lichter in der Laterne aus.

Mein Vorsatz war, dem Glücke zu trotzen und meinen Sieg trotz aller Hindernisse selbst zu erringen. Der Ehrgeiz, mir dereinst diesen Sieg selbst zuzueignen, war vielleicht die stärkste Triebfeder zu diesem Entschluss, der endlich durch wiederholte Prüfungen bis zu dem Grade des echten Heldengeistes heranwuchs, dessen Sokrates im grauen Haare sich gewiss in solchem Maße nicht rühmen konnte. Er war alt, hörte auf zu empfinden und trank den Giftbecher gleichgültig. Ich hingegen war im Feuer der Jugend, und das Ziel schien auf allen Seiten weit entfernt, das ich erstrebte. Die gegenwärtige Art der wirklichen Leibes- und Seelenfoltern war von solcher Art, dass ich von meinem Gliederbau wahrscheinlich keine Dauer erwarten konnte.

Mit solchen Gedanken rang ich, als es Mittag war und mein Käfig zum ersten Mal geöffnet wurde. Wehmut und Mitleid war auf die Stirn meiner Wächter gemalt. Niemand sprach ein Wort, auch nicht einmal Guten Morgen, und fürchterlich war ihre Ankunft, weil sie mit den noch nicht gewöhnten ungeheuren Riegeln und Schlössern an den Türen etwa eine halbe Stunde rasselten, ehe die letzte geöffnet wurde.

Man trug meinen Leibstuhl hinaus, brachte eine hölzerne Bettstelle oder eine Pritsche herein, nebst einer Matratze und guten wollenen Decken; zugleich auch ein ganzes Kommissbrot von sechs Pfund, wobei der Platzmajor sagte: »Damit Sie sich nicht mehr über Hunger zu beklagen haben, wird man Ihnen Brot geben, so viel Sie essen wollen.« Man setzte einen Wasserkrug von ungefähr zwei Maß dazu, schloss die Türen zu und überließ mich meinem Schicksal.

Gott, wie kann ich die Wollust schildern, die ich im ersten Augenblicke empfand, als ich nach elfmonatlichem wütenden Hunger mich zum ersten Mal satt essen konnte, kein Glück schien mir im ersten Genusse willkommener als dieses, und keine Mühle zermahlt die harten Körner geschwinder als damals meine Zähne das Kommissbrot. Ich fraß; ich rastete; stellte Betrachtungen an, aß wieder, fand mein Schicksal schon erleichtert, vergoss Tränen, brach ein Stück nach dem andern ab, und ehe es noch Abend wurde, war mein Brot im Leibe.

Meine erste Freude dauerte aber nicht lange, und gleich lernte ich, dass ein übertriebener Genuss, ohne Mäßigung. Ekel hervorbringt.

Mein Magen war durch so langen Hunger geschwächt; die Verdauung wurde gehemmt; der ganze Leib schwoll auf; mein Wasserkrug wurde leer; Krämpfe, Koliken und zuletzt Durst mit unglaublichen Schmerzen folterten mich bis zum andern Tage; und schon verfluchte ich die, welche ich kurz vorher segnete, weil sie mir satt zu essen gaben. Ohne Bett wäre ich in dieser Nacht gewiss verzweifelt. Meine grausamen Fesseln war ich noch nicht gewohnt; die Kunst in ihnen zu liegen, hatte ich noch nicht so gelernt, wie es mich endlich Zeit und Gewohnheit lehrten. Ich konnte mich nur auf trockner Matratze sitzend krümmen. Diese Nacht war eine der grausamsten, die ich je erlebt habe. Am folgenden Tage, da man meinen Kerker öffnete, fand man mich in einem erbärmlichen Zustande, – wunderte sich über meinen Appetit und trug mir ein anderes Brot an. – Ich protestierte, weil ich keines mehr zu bedürfen glaubte. – Dennoch ließ man eins holen, gab mir zu trinken, zuckte die Achseln, wünschte mir Glück, weil ich allem Anschein nach nicht mehr lange leiden würde, und schloss die Türen wieder zu, ohne zu fragen, ob ich anderer Hilfe bedürfe.

Drei Tage verflossen, bis ich wieder den ersten Bissen Brot essen konnte. Indessen war die sonst starke standhafte Seele im kranken Leibe kleinmütig, und mein Tod wurde beschlossen.

Ich fand tausend Gründe, die mich überzeugten, dass es nunmehr Zeit sei, meinem Leiden ein Ende zu machen. Und da mich, wie gesagt, niemand gefragt hatte, ob ich in die Welt kommen und geboren sein wollte, so glaubte ich auch, vollkommen berechtigt zu sein, gleichfalls, ohne jemand zu fragen, sie zu verlassen, sobald mein Hiersein unerträglich wurde.

Auch im Wohlstande habe ich den Tod nie gescheut, und folglich schien er mir in meiner damaligen Lage eine wirkliche Wohltat.

Dennoch wollte ich den ersten Regungen eines verzweifelten Schmerzes noch mit aller möglichen Vernunft ausweichen, mir selbst Zeit lassen, alle Gründe und Gegengründe mit kaltem Blute abzuwiegen; und deshalb beschloss ich, noch acht Tage zu warten, bestimmte aber den 4. Juli zu meinem unfehlbaren Sterbetag.

Indessen sann ich auf alle möglichen Mittel, mir eigenmächtig zu helfen oder in den Bajonetten meiner Wächter meine Seele auszuhauchen.

Gleich am folgenden Tage wurde ich bei Eröffnung meiner vier Türen gewahr, dass sie nur von Holz waren, und der Gedanke fiel mir ein, mit meinem aus der Zitadelle glücklich herübergebrachten Messer die Schlösser auszuschneiden, sodann aber weiter meine Rettung zu versuchen. Wäre dann kein Mittel, so sei es erst Zeit, den Tod zu wählen.

Nun ward sogleich der Versuch gemacht, ob es möglich sei, mich von den Fesseln zu befreien.

Die rechte Hand brachte ich glücklich durch die Schelle, obgleich das Blut unter den Nägeln gerann. Die linke aber konnte ich nicht herausbringen. Ich wetzte mit einigen Stücken Ziegelsteinen, die ich von meinem Sitze losschlug, so glücklich an dem nur nachlässig verschmiedeten Stifte der Handschelle, dass ich ihn herausziehen und auch diese Hand befreien konnte.

Der Ring um den Leib war nun vermittels eines Hakens mit der Kette an der Armstange befestigt; ich stemmte die Füße gegen die Wand und konnte ihn aufbiegen. Nun blieb mir noch die Hauptkette zwischen Mauer und Fuß übrig; ich drehte sie übereinander. – Kräfte hatte mir die Natur gegeben – sprengte mit Gewalt von der Mauer weg, und zwei Gelenke zersprangen auf einmal.

Von Fesseln frei, glaubte ich mich schon glücklich; schlich zur Tür, suchte im Dunkeln die Spitzen der durchgeschlagenen Nägel um das auswendig befestigte Schloss und fand, dass ich eben kein großes Stück Holz auszuschneiden hatte, um diese zu öffnen; gleich nahm ich mein Messer zur Hand und schnitt unten am Gerüste ein kleines Loch durch, fand die eichenen Bretter nur einen Zoll dick, folglich Möglichkeit, alle vier Türen an einem Tage zu öffnen.

Hoffnungsvoll eilte ich nun zu meinen Eisen, um sie wieder anzulegen; doch, ach Gott!, was für Schwierigkeiten waren hier zu übersteigen ...

Das zersprungene Gelenk fand ich nach vielem Herumtappen und warf es in den Abtritt. Mein Glück war, dass man bis dahin gar nicht visitiert hatte, auch bis zum Tage der Unternehmung selbst nicht visitierte, weil man keine Möglichkeit vermutete. Ich band also mit einem Stücke von meinem Haarbande die Kette zusammen.

Da aber die Hand wieder in die Schelle zurück sollte, war sie vom gewaltsamen Ausziehen geschwollen und aller Versuch unmöglich. Die ganze Nacht wurde auch an diesem Stifte gewetzt, der aber so stark verschmiedet war, dass alle Arbeit vergebens blieb.

Der Mittag, die Visitierstunde erschien; die Not, die Gefahr war da; der Versuch wurde erneuert, die Hand hineinzuzwingen; endlich gelang es mit Foltermartern, und man fand beim Hereintreten alles in Ordnung.

Indessen war es unmöglich, die abgeschundene Hand wieder herauszubringen.

Am 4. Juli war kaum die Tür nach dem Visitieren geschlossen, so war auch schon die Hand aus der Schelle hinaus und alle Fesseln glücklich abgelegt. Sogleich ergriff ich mein Messer und fing die Herkulesarbeit an den Türen an.

In weniger als einer Stunde war die erste offen, weil sie einwärts aufging und die Querstange nebst dem Schlosse von außen hängen blieb.

Aber, o Gott!, wie schwer ging es bei der zweiten! Das Schloss war bald umschnitten; aber da die Querstange an demselben befestigt war, und die Türe hinaus geöffnet werden musste, so war kein anderes Mittel übrig, als sie über der Stange ganz durchzuschneiden.

Auch dieses ward durch eine unglaubliche Arbeit möglich gemacht; diese Arbeit aber fiel mir desto schwerer, weil alles im Finstern allein durch Greifen bewerkstelligt werden musste. Meine Finger waren alle wund, der Schweiß floss auf den Boden, und das rohe Fleisch blutete in den Händen.

Nun fand ich das Tageslicht; ich stieg über die halbe Tür, im Vorgemache war ein offenes Fenster, ich kletterte hinan und sah, dass mein Kerker in den Hauptgraben des ersten Walles gebaut war. Vor mir sah ich den Aufgang auf denselben, die Wache etwa fünfzig Schritte von mir, auch die hohen Palisaden, die noch im Graben vor meinem Kerker zu übersteigen waren, ehe ich auf den Wall kriechen konnte. Meine Hoffnung wuchs und meine Arbeit verdoppelte sich, da ich zur dritten Tür griff, die wie die erste nach innen aufging, folglich nur die Umschneidung des Schlosses erforderte. Die Sonne ging unter, da ich auch damit fertig war; die vierte musste eben wie die zweite in der Quere durchgeschnitten werden, meine Kräfte hatten mich aber bereits verlassen, und das rohe Fleisch in beiden Händen machte alle Hoffnung schwinden.

Nachdem ich eine Weile gerastet, wurde dennoch auch diese Arbeit angegriffen; wirklich war bereits bei einem Schuh lang der Schnitt fertig, als meine Messerklinge zerbrach und hinausfiel.

Allsehender Gott! Was war ich in diesem schrecklichen Augenblicke! Fand sich wohl jemals eines deiner Geschöpfe mehr als ich zur Verzweiflung gerechtfertigt? Der Mond schien hell; ich sah durch das Fenster mit starrem Blick den Himmel an, fiel auf meine matten Knie, suchte neuen Mut und Trost und fand keinen, weder in der Religion noch in der Weltweisheit.

Ohne der Vorsehung zu fluchen, ohne die mindeste Furcht weder vor meiner Vernichtung, noch vor der Gerechtigkeit eines Gottes, der unseres Schicksals Schöpfer ist, und der mir auch nur menschliche Kräfte in Vorfällen gegeben hatte, welche diese Kräfte weit überstiegen, empfahl ich mich dem möglichen Richter der Toten; ergriff das Stück meines Messers und zerschnitt mir die Adern am linken Arm und Fuße; setzte mich ruhig in den Winkel meines Kerkers und ließ mein Blut rieseln. Eine Ohnmacht bemeisterte sich meiner Sinne, und ich weiß nicht, wie lange ich in diesem Zustande sanft geschlummert habe.

Auf einmal hörte ich meinen Namen rufen, erwachte, und abermals rief man draußen: »Baron Trenck!«

Meine Antwort war: »Wer ruft?« – Und wer war es? – Mein redlicher Grenadier Gefhardt, der mir auf der Zitadelle alle Hilfe versprochen hatte.

Dieser rechtschaffene Mann war über mein Gefängnis auf den Wall hingeschlichen, um mich zu trösten.

Er fragte: »Wie geht's?« – Ich antwortete, nachdem er sich zu erkennen gegeben: »Ich liege im Blute, morgen findet Ihr mich tot.« – »Was, sterben?«, erwiderte er. »Hier ist viel leichter für Sie zu entfliehen als auf der Zitadelle. Sie haben gar keine Schildwache, und ich werde schon Mittel finden, Ihnen Instrumente zuzustecken. Können Sie sich nur herausbrechen, für das Übrige lassen Sie mich sorgen. So oft ich hier auf der Wache bin, will ich Gelegenheit suchen, mit Ihnen zu sprechen. In der ganzen Sternschanze steht nur eine Schildwache vor der Wache und eine am Schlagbaum. Verzweifeln Sie nicht! Gott wird Ihnen noch helfen; verlassen Sie sich auf mich.«

Nach einer kurzen Unterredung wuchs mein Mut. Ich sah noch die Möglichkeit zur Rettung; eine geheime Freude durchdrang meine Seele. – Gleich zerriss ich mein Hemd, verband meine Wunden und erwartete den Tag, der bald hernach mit heiterer Sonne heranbrach.

Ich lasse hier meine Leser urteilen, ob es ein bloßer Zufall oder die Wirkung der Vorsehung war, dass ich in eben dem Augenblick, da ich die Seele von mir hauchen wollte, noch Trost und Hoffnung erhielt. Wer rief den ehrlichen Gefhardt eben damals an mein Gefängnis? Denn ohne ihn hätte ich bei Erwachung aus meinem Schlummer unfehlbar alle meine Adern durchgeschnitten, um meinen Entschluss zu vollziehen.

Meine Mattigkeit kann ich niemand schildern. Das Blut schwamm im Gefängnisse; und gewiss war nur noch wenig in meinen Adern übrig. Die Wunden schmerzten; die Hände waren von der ungeheuren Arbeit starr und geschwollen und ohne Hemd stand ich da, weil es zur Verbindung meiner Adern dienen musste. Der Schlaf überfiel mich, und kaum hatte ich Kräfte übrig, aufrecht zu stehen. Indessen musste ich machen, um meinen Entwurf auszuführen.

Mit meiner eisernen Armstange stieß ich nun die Ziegelbank leicht auseinander, worauf ich saß, weil sie noch ganz neu gemauert war. Und alle Steine legte ich mitten in mein Gefängnis. Die innere Tür war ganz offen. Die obere Hälfte der zweiten verstrickte ich an den Angeln und am Schlosse mit meinen Ketten, so dass keiner hinübersteigen konnte.

Zwölftes Kapitel

Da nun der Mittag herankam und man die äußere Tür öffnete, erschrak jedermann, dass die andere offen war. Man trat mit Erstaunen in das Vorgemach. Nun stand ich an der inneren Tür in der fürchterlichen Gestalt mit Blut bedeckt, wie ein Verzweifelter da, hielt in einer Hand einen Stein, und in der andern das zerbrochene Messer, und rief: »Zurück! Zurück! Herr Major! Sagen Sie dem Kommandanten, dass ich nicht länger in Ketten leben will. Er soll mich hier totschießen lassen. Herein kommt kein Mensch. – Ich werfe und schlage 30 Mann tot, ehe einer hereinkommen kann – und für mich bleibt mir mein Messer. Sterben will ich hier; und das trotz Ihrer Gewalt.«

Der Major erschrak – konnte sich nicht entschließen und ließ den Vorfall dem Kommandanten melden. Indessen setzte ich mich auf meinen Steinhaufen und erwartete mein ferneres Schicksal. Mein geheimer Entschluss zielte aber damals wirklich nicht mehr auf Verzweiflung, sondern nur auf eine gute Kapitulation ab.

Gleich darauf erschien der Kommandant, General von Bork, nebst dem Platzmajor und einigen Offizieren. Er trat in das Vorgemach, sprang aber gleich zurück, sobald er mich zum Wurf bereit erblickte. Ich wiederholte, was ich dem Major gesagt hatte, und nun befahl er sogleich den Grenadieren, die Türe zu stürmen. Das Vorgemach war kaum vier Fuß breit, und nicht mehr als einer oder zwei konnten meine Verschanzung zugleich angreifen. Sobald ich aber den Arm aufhob, um mein Bombardement mit Steinen anzufangen, sprangen sie wieder zurück. Endlich war eine kurze Stille, worauf der alte Platzmajor an die Tür trat und nebst einem Feldprediger mich zu beruhigen suchte. Die Unterredung dauerte lange; wer aber von uns die besten Gründe vorbrachte, dieses überlässt meine Feder dem ungefähren Urteile der Leser.

Der Kommandant wurde unwillig und gab Befehl zum Angriff. Der erste Grenadier lag gleich auf der Erde, die andern aber sprangen vor dem Steinregen zurück und hinaus.

Der Platzmajor trat noch einmal herein mit den Worten: »Um Gottes willen, lieber Trenck! Was hab' ich an Ihnen verschuldet, dass Sie mich unglücklich machen wollen? Ich allein muss verantworten, dass Sie durch meine Unvorsichtigkeit aus der Zitadelle ein Messer mit herübergebracht haben! Beruhigen Sie sich, ich bitte Sie; Sie sind noch nicht ohne Hoffnung und ohne Freunde.«

Meine Antwort war: »Aber wird man mich nicht noch ärger mit Fesseln belegen als bisher?« – Er ging hinaus, sprach mit dem Kommandanten und gab mir sein Ehrenwort: Der ganze Vorfall sollte nicht weitergemeldet werden und alles beim alten bleiben. –

Hiermit war nun die Kapitulation geschlossen und meine Verschanzung überstiegen. Man sah meinen Zustand wirklich mit Menschenliebe und Mitleid an, visitierte die Wunden, ließ einen Feldscherer holen, der mich verband; gab mir ein anderes Hemd und ließ die blutigen Steine wegräumen. Indessen lag ich wirklich halb entseelt auf dem Bette, mein Durst war grausam; man labte mich auf des Chirurgen Rat mit Wein. Zwei Schildwachen wurden in das Vorgemach gestellt, und so ließ man mich ohne Eisen vier Tage lang ruhig liegen. Man gab mir auch täglich eine Fleischsuppe zur Labung; wie mich diese erquickte, kann meine Feder nicht schildern.

Zwei Tage hindurch lag ich in immerwährendem Schlummer und musste, sobald ich erwachte, trinken, ohne jemals den Durst zu löschen. Füße und Hände waren geschwollen und meine Rücken- und Gliederschmerzen fast unerträglich.

Am fünften Tage waren die Türen fertig, wovon die innere ganz mit Eisen beschlagen wurde. Nun schmiedete man mich wieder so wie zuvor in Eisen, vermutlich weil man keine grausameren notwendig fand; die zersprengte Hauptkette an der Mauer allein war stärker als die erste. Übrigens hielt man redlich, was in der Kapitulation versprochen war und bedauerte wirklich mit Wehmut, dass man laut königlicher Order mein Schicksal nicht lindern dürfe; wünschte mir viel Standhaftigkeit und Geduld und schloss die Türen zu.

Nun muss ich aber meinen Lesern auch die Art meiner Kleidung schildern. Weil die Arme an einer Stange angeschmiedet waren und die Füße an die Mauer, so konnte ich weder Hemd noch Hose ordentlich anziehen; es ward mir also das erstere mit offenen Nähten überall zusammengebunden, und dieses geschah alle vierzehn Tage. Die Hosen aber waren auf beiden Seiten zugeknöpft. Ein blauer Kittel von grobem Kommisstuch, der gleichfalls zusammengebunden werden musste, bedeckte meinen Leib; ein Paar wollene Kommissstrümpfe und ein Paar Pantoffeln dienten für die Füße. Die Hemden waren von Musketier-Leinwand. Wenn ich mich nun in dieser wirklich fürchterlichen Missetäterkleidung betrachtete, in der ich, in Fesseln an die Mauer geschmiedet, nach Recht und Mitleid vergebens schmachtete; wenn ich in meiner Herzens- und Gewissensprüfung nicht den mindesten Vorwurf fand, wodurch ich jemals dergleichen Misshandlung verdient hätte; wenn ich dann zugleich an mein glänzendes Glück in Berlin und Moskau zurückdachte und die ganze Bürde und Schmach meines gegenwärtigen Zustandes eine Art gerechter Schwermut hervorbrütete, die auch den echtesten Weisen und Helden im Unglücke zur Untätigkeit, Verzweiflung oder Raserei bewegen kann: Dann empfand ich wirklich das, was nur der ganz denken, aber nicht schildern kann, der in meinem Falle gewesen und so wie ich gegen Schicksalsstürme gekämpft hat.

Indessen fing ich an, mich an meine im Anfang unerträglichen Fesseln allgemach zu gewöhnen. Ich lernte meine langen Haare auskämmen, auch endlich sogar mit einer Hand binden. Mein Bart, der nie rasiert wurde, hatte mir bereits in so langer Zeit ein fürchterliches Aussehen gegeben. Ich fing an, ihn auszurupfen. Die Schmerzen waren empfindlich, besonders um den Mund herum. Aber auch das wurde Gewohnheit und in den folgenden Jahren alle sechs Wochen oder alle zwei Monate bewerkstelligt, weil die ausgewurzelten Haare wenigstens einen Monat bedürfen, ehe sie von neuem hervorkeimen und ebenso lange, bis man sie wieder mit den Nägeln ausreißen kann.

Ungeziefer hat mich nie gequält, die große Feuchtigkeit der Mauer muss seiner Entstehung zuwider gewesen sein. Geschwollen war ich auch nie, weil ich mir Bewegungen zu verschaffen wusste. Die einzige immerwährende Dämmerung war mir unerträglich.

Übrigens hatte ich zuvor viel gelesen, gelernt und auch bereits gesehen und erfahren, folglich fand ich allezeit Stoff, meine Gedanken von Schwermut zu entfernen und durchdachte den meinen Ideen sich ungefähr vormalenden Gegenstand ebenso tiefsinnig, als ob ich ihn in einem Buche durchlese oder auf dem Papier niederschreibe.

Gewohnheit brachte mich endlich soweit in der Denkkraft, dass ich ganze Reden, auch Fabeln, Gedichte und Satiren komponierte, sie laut redend in mir selbst wiederholte, zugleich auch meinem Gedächtnis dergestalt einprägte, dass ich nach erlangter Freiheit imstande war, gegen zwei Bände solcher künstlicher Arbeit aus meinem Kopfe niederzuschreiben.

Sogar Friedrichs Macht und Zorn, der ganze Legionen schlug und Kriegsheere vernichtete, konnte mir im Kerker und in Sklavenfesseln weder Ehre noch Seelenruhe noch Großmut und Standhaftigkeit schwächen.

Ich kann übrigens mit überzeugter Gewissheit jedem Leser versichern, dass mir auch im Kerker die Jahre wie Tage verflossen. Nur zuweilen, wenn die Sehnsucht nach dem Genuss der schönen Welt erwachte, wenn die Triebe der Natur sich nach der edlen Freiheit drängten, wenn mein Ehrgeiz bei Betrachtung niederträchtiger Fesseln sich empörte, wenn ich meine Feinde siegreich und meine Güterräuber im Wohlstande betrachtete, oder wenn ein Anschlag zur Flucht misslang – – – dann empfand ich Augenblicke, die zur Raserei und Verzweiflung reizten, dann fühlte ich die ganze Bürde meines Zustandes in vollem Gewichte.

Wenn ich mich aber wehr- und schutzlos fand, wenn ich empfand, dass eben die Monarchin, durch deren Dienst allein ich so tief gefallen war, mich im Unglück gefühllos verließ, wenn ich an Zeiten zurückdachte, wo mein Wohlstand blühte, wenn ich mir vorstellte, dass mancher rechtschaffene Mann aus der grausamen Art meiner Strafe mich als einen Missetäter beurteilen könnte und mir alle Wege zur Rechtfertigung abgeschnitten waren – – – dann rangen Rache und Wut in meiner Seele gegen Gelassenheit und Geduld, dann hatte alle Weltweisheit ein Ende und Sokrates' Giftbecher wäre für mich eine Wohltat gewesen.

Ohne Hoffnung ist der Mensch ein Unding. Wahrscheinlichkeit fand ich bei allen Vernunftschlüssen wenig für meine Rettung, ich verließ mich aber auf mich selbst, auf meine Kunstgriffe und auf meinen redlichen Grenadier Gefhardt und hoffte sicher, mich eigenmächtig aus meinen Fesseln zu befreien.

Der Hauptgrund zu meiner Erhaltung war die Liebe. Ich hatte meinen Gegenstand in Österreich gelassen und wollte noch für sie in der Welt leben. Ich wollte meinen Gegenstand weder verlassen noch betrüben. Mein Dasein war ihr und meiner Schwester noch nützlich, die für mich so viel gewagt, gelitten und verloren hatte. Für jene beiden Personen wollte ich also mein Leben erhalten; für sie war mir kein Schicksal unübersteiglich, keine Geduld unerträglich – – – aber ach! Da ich nach zehn Jahren meine Freiheit wirklich erhielt, fand ich beide schon im Grabe und genoss die Freude nicht mehr, für deren Erwartung allein ich so viel ertragen habe.

Ungefähr drei Wochen nach meiner letzten Szene, wo ich zu entfliehen suchte, kam mein ehrlicher Gefhardt zum ersten Mal zu mir auf die Schildwache, weil man, um mich näher zu beobachten, einen Grenadierposten vor meine Tür gestellt hatte. Und eben hierdurch erreichte ich meinen Zweck, auswärtige Hilfe zu finden, ohne die alle Rettung unmöglich war.

Die erste Unternehmung hatte zu viel Aufmerksamkeit verursacht, da ich ein Gefängnis, das mit Zuziehung so vieler Projektmacher und mit aller möglichen Vorsicht besonders für mich erbaut worden war und von jedermann für so undurchdringlich gehalten wurde, schon am neunten Tage, nachdem man mich hineingesperrt, durch achtzehnstündige Arbeit vernichtet hatte.

Kaum war mein Gefhardt zum ersten Mal bei mir auf Posten, so hatten wir freie Gelegenheit zur Unterredung, denn wenn ich mit einem

Füße auf dem Bettkasten stand, reichte mein Kopf bis an das Luftloch im Fenster. Er schilderte mir nun die ganze Lage meines Kerkers; und der erste Entwurf wurde gemacht, mich unter den Fundamenten desselben, die er bauen gesehen und nur zwei Fuß tief beschrieb, auszubrechen.

Vor allen Dingen musste ich Geld haben. Dieses wurde auf folgende Art bewerkstelligt. Er steckte mir nach der ersten Ablösung einen Draht zu, nebst einem Blatte Papier, das um denselben gewickelt war. Dann ein Stück eines dünnen Wachsstockes, das alles recht gut durch mein Drahtgitter hineinging. Schwefel, Licht und brennender Schwamm kamen auch glücklich durch; eine Feder gleichfalls. Nun hatte ich Licht, stach mich in den Finger, und mein Blut diente als Tinte.

Hier schrieb ich nun nach Wien an meinen echten Freund, den damaligen Hauptmann von Ruckhardt, schilderte mit wenig Worten meinen Zustand, assignierte ihm 3000 fl. auf meine Kasse und veranstaltete die Sache auf folgende Art:

Er sollte 1000 fl. zur Reise behalten und am 15. August selbst in Gummern, einem sächsischen Städtchen, nur zwei Meilen von Magdeburg gelegen, eintreffen. Dort sollte er an diesem Tage um die Mittagsstunde sich mit einem Briefe in der Hand sehen lassen. Ein Mensch würde ihm begegnen, der eine Rolle Rauchtabak in der Hand tragen würde; diesem sollte er 2000 fl. in Gold einhändigen und dann wieder nach Wien zurückkehren.

Gefhardt erhielt diese Instruktion und meinen Brief auf eben diese Art durch das Fenster, wie er mir das Papier hineingesteckt hatte, schickte sein Weib mit dem Briefe nach Gummern und bestellte ihn glücklich auf die Post.

Nun stieg mein Mut mit jedem Tage, und so oft Gefhardt auf den Posten zu mir kam, wurden alle möglichen Anschläge gemacht und alle Vorkehrungen zur Flucht getroffen.

Endlich erschien der 15. August. Es verflossen etliche Tage, ehe er wieder Schildwache bei mir stand. Wie hüpfte aber mein Herz, da er mir auf einmal zurief: »Alles ist glücklich vonstattengegangen.«

Als er abends wiederkam, wurde nun alles verabredet, auf welche Art er mir das Geld zustecken könne.

Ich konnte bis an das Drahtgitter mit zusammengefesselten Händen nicht greifen, das Luftloch war auch zu klein.

Es wurde also beschlossen, er sollte bei nächster Wache Kalfaktordienste verrichten; dann aber bei Füllung meines Wasserkruges das Geld hinein- und mir zustecken.

Dieses wurde glücklich vollzogen. Aber wie erstaunte ich, als ich in demselben, anstatt 1000 fl., die ganze Summe von 2000 fand, wovon ich ihm doch die Hälfte zu nehmen erlaubt hatte.

Nur fünf Pistolen fehlten und er wollte durchaus nicht mehr annehmen, weil er genug zu haben glaubte.

Und das tat ein pommerscher Grenadier! Ehrlicher Mann! Wie selten ist dein Beispiel! – – Nie fand ich bei meiner großen Welterfahrung eine so große uneigennützige Seele.

Nun hatte ich Geld, um meine Anschläge auszuführen. Es wurde also der erste Plan gemacht, unter den Fundamenten des Gefängnisses auszubrechen.

Dieses geschah auf folgende Art: Zuerst musste ich frei von Ketten sein? Gefhardt steckte mir ein paar feine Feilen zu. Die Kapsel in der Fußschelle war so weit gemacht, dass ich sie etwa ein Viertelzoll vorwärts ziehen konnte. Nun feilte ich inwendig das hineinpassende Eisen aus. Je tiefer ich dieses ausschnitt, desto weiter zog sich die Kapsel herab, bis endlich das ganze inwendige Eisen, wo die Kette durchlief, ganz durchgeschnitten war. Dann zog ich es samt den Fesseln heraus, war hierdurch frei, weil die Schelle aufging, die Kapsel hingegen blieb auswendig ganz. Hierdurch wurden die Füße von der Mauer frei, und es war unmöglich, bei der genauesten Visitation den Schnitt zu finden, weil man nur das Äußere beleuchten und untersuchen konnte. Die Hände machte ich alle Tage durch Zusammendrücken biegsamer und brachte sie beide glücklich aus den Schellen. Dann umfeilte ich das verschmiedete Gewinde, machte mir mit einem aus dem Boden gezogenen, einen Fuß langen Nagel einen Schlüssel und wand damit nach Belieben die Schrauben auf und zu, so dass man bei dem Visitieren nicht das mindeste merken konnte. Der Ring um den Leib hinderte mich nicht. An der Kette aber, die ihn an der Armstange befestigte, wurde ein Stück in der Mitte eines Gelenkes ausgeschnitten und das nächstanschließende an einem Orte dünner geschliffen, so dass ich es durchstreifen konnte. Auf diese Art war ich von Fesseln frei. Mittags, wenn man visitierte, rieb ich etwas nasses Kommissbrot auf dem rostigen Eisen, um ihm dessen Farbe zu geben, dann schloss ich das offene Gelenk mit diesem Teige, ließ ihn an dem warmen Leibe über Nacht trocken werden und bestrich hernach den Ort mit Speichel, um ihm den Eisenglanz zu geben.

Nun konnte ich mich losmachen, wie ich wollte. Das Fenster wurde nie visitiert. Ich machte also die beiden Haken los, womit es in der Mauer befestigt war, die aber alle Morgen wieder eingesteckt und wohl mit Kalk verstrichen wurden. Dann ließ ich mir den Eisendraht von meinem Freunde zustecken und versuchte, ob ich ein neues Drahtgitter flechten könnte. Auch dieses brachte ich zustande; sodann schnitt ich in der Mitte der Fenstermauer, wohin man nie sah, das ganze Gitter aus und lehnte das meinige an die Stelle. Hiermit war meine Verbindung mit der Schildwache offen, und ich erhielt frische Luft in den Kerker. Dann ließ ich mir alle erforderlichen Instrumente zustecken, erhielt auch Licht und Feuerzeug, hängte meine Decke inwendig vor das Fenster, damit man kein Licht brennen sah, und konnte folglich arbeiten, wie ich wollte, weil von außen niemand hineinsehen konnte.

Endlich, nachdem alles veranstaltet war, griff ich zum Werke.

Der Fußboden meines Kerkers war nicht von Stein, sondern von drei Zoll dicken eichenen Brettern, wovon man die obere Lage nach der Länge, die andere quer und die dritte wie die obere übereinandergelegt hatte. Folglich war der Boden, das Holzwerk, neun Zoll dick und mit einen halben Zoll breiten, auch bei einem Fuß langen Nägeln ineinander befestigt.

Wenn ich nun oben um den Kopf herum ein wenig Luft machte, so diente meine eiserne dicke Stange zwischen den Händen am besten, sie herauszuheben. Schliff ich sie sodann auf meinem Leichensteine, so war der beste Meißel fertig, um die Bretter durchzuschneiden.

Nun wagte ich den ersten Schritt, der aber oben über einen Zoll breit werden musste, um in die Tiefe zu arbeiten.

Sobald dies geschehen, zog ich das Stück Brett, das gegen zwei Zoll dick unter die Mauer reichte, heraus, beschnitt es sodann von unten so weit, dass es oben genau zusammenpasste, schmierte die Ritze mit Brot zu, streute Staub darüber und fand, dass es unmöglich war, sie beim Visitieren zu bemerken.

Hierauf arbeitete ich unten her mit weniger Vorsicht und wurde bald mit diesem dreifachen Boden fertig. Hier fand ich nun einen feinen weißen Sandgrund, auf dem die ganze Sternschanze gebaut ist.

Die Menge von Holzsplittern wurde sehr mühsam und sorgfältig unter die unteren Bretter eingeteilt.

Ohne auswärtige Hilfe konnte ich nun keine weitere Arbeit anfangen; denn wenn man einen lange Jahre hindurch festgelegten Grund durchwühlt, bringt man das nie in die Öffnung zurück, was hinausgeworfen wurde.

Mein Grenadier musste mir also etliche Ellen Leinwand zustecken. Hiervon machte ich mir sechs Fuß lange Würste, die zwischen den eisernen Stangen durchgezogen werden konnten. Diese füllte ich mit Sand; und so oft Gelegenheit in der Nacht war und mein Gefhard Schildwache stand, schob ich sie hinaus. Er machte sie dann vorsichtig leer und streute sie hin und wieder unmerklich aus.

Sobald ich Luft hatte, ließ ich mir alle erforderlichen Instrumente zustecken, ja sogar Pulver und Blei, auch ein paar Sackpistolen, Messer und ein Bajonett. Alles dies fand sichern Raum unter dem Fußboden.

Dann fand ich aber, dass das Fundament meines Kerkers nicht zwei, sondern vier Fuß tief lag.

Um nun so tief hinunter zu steigen und das Fundament von unten zu durchwühlen und dann wegzubrechen, war Zeit, Arbeit und Vorsicht nötig, weil sie leicht gehört werden konnte. Alles ward aber dennoch möglich gemacht. Das Loch, in das ich so tief hinuntersteigen musste, war also vier Fuß tief und musste so weit sein, dass ich darin knien, arbeiten und mich bücken konnte. Was für Mühe es kostete, oben auf dem Boden zu liegen und dann vier Fuß tief den Kopf und Leib hinunterzubeugen, um den Sand mit den Händen hinauszuwerfen, ist unbeschreiblich. Inzwischen musste es dennoch täglich, wenn ich arbeitete, geschehen, um an das Fundament zu kommen. Bei der Visitation war aber alles wieder hineingeworfen, und, um alles von außen, auch meine Ketten, wieder in Ordnung zu bringen, brauchte ich gewiss etliche Stunden Zeit. Das Beste war, dass ich mir einen Vorrat von Licht und Wachsstöcken angeschafft hatte. Da aber mein Gefhardt öfters nur in vierzehn Tagen einmal zu mir auf den Posten kam, so verzögerte sich meine Arbeit gewaltig. Und da das Sprechen allen Schildwachen bei Galgenstrafe verboten war, wollte ich nicht wagen, einen neuen Freund zur Hilfe zu suchen, um nicht verraten zu werden.

Indessen litt ich in diesem Winter ohne Ofen gewaltig unter der Kälte. Mein Herz war aber fröhlich, weil ich Aussicht zur Rettung sah, und jedermann erstaunte über meine Munterkeit.

Gefhardt steckte mir auch Mundprovision, meist geräucherte Würste und Fleisch zu. Das stärkte meine Kräfte. Und wenn ich nicht in der Mauer arbeitete, so hatte ich Papier und Licht; ich schrieb, dichtete und machte Satiren. Folglich verfloss die Zeit, und ich war auch im Kerker vergnügt.

In dieser schlummernden Zufriedenheit ereignete sich aber ein Zufall, der beinahe alle meine Hoffnung vereitelt hätte, und dessen Erzählung fast unglaublich scheinen mag.

Gefhardt hatte mit mir gearbeitet. Eben in der Morgenstunde, da er abgelöst wurde und ich mein Fenster wieder einsetzen und befestigen wollte, fiel mir dasselbe aus den Händen, und drei Scheiben zerbrachen.

Vor der Ablösung kam er nicht mehr auf den Posten. Es war auch nicht mehr Zeit mit ihm zu sprechen und Entwürfe zu machen. Ich saß also wohl eine Stunde in Verzweiflung und in tausend Entwürfen betäubt da. Denn gewiss hätte man sogleich das zerschlagene Fenster gesehen, wohin ich in Fesseln gar nicht reichen konnte, folglich weiter visitiert und das eingesetzte und nur angelehnte Drahtgitter gefunden.

Ich fasste also den Entschluss. Und da eben die Schildwache an meinem Fenster sich mit Pfeifen beschäftigte, redete ich sie also an: »Kamerad! Habt Mitleid, nicht mit mir, sondern mit einem Eurer Kameraden, der unfehlbar gehängt wird, wenn Ihr mir nicht beisteht. Für einen geringen Dienst will ich Euch gleich 30 Pistolen aus dem Fenster hinauswerfen – –«

Er schwieg etliche Augenblicke – – – dann sagte er ganz leise: »Hat Er denn Geld?«

Gleich zählte ich 30 Pistolen und warf sie ihm hinaus.

Nun war die Frage, was zu tun sei?

Ich erzählte mein Unglück mit dem Fenster, steckte ihm in Papier das Maß zu, wie groß die Scheiben geschnitten sein müssten. Zum Glück war der Kerl entschlossen, auch witzig, und die Palisadentüre im Graben am Tage durch Gleichgültigkeit des Offiziers nicht verschlossen. Er ließ sich von einem Kameraden auf eine halbe Stunde ablösen, lief in die Stadt und steckte mir kurz vor seiner Ablösung die Scheiben glücklich zu, wofür ich ihm noch zehn Pistolen hinauswarf.

Bei der Visitation zu Mittag war nun alles wieder in Ordnung, mein Glaserhandwerk meisterlich vollbracht und mein redlicher Gefhardt gerettet.

So vermag Geld alles in der Welt, und gewiss ist dieser Vorfall einer der merkwürdigsten in meiner Geschichte. Den Mann, der mir diesen großen Dienst leistete, habe ich nie wieder gesprochen.

Wie bange indessen dem Gefhardt gewesen, ist leicht zu erachten. Er kam nach etlichen Tagen wieder auf den Posten zu mir und erstaunte über den glücklichen Ausgang noch mehr, da er den Mann, der ihn damals abgelöst, kannte; er hatte fünf Kinder und war der vertrauteste alte Mann in der Kompanie.

Nun ging die Arbeit vorwärts. Das Fundament wurde von unten her leicht weggebrochen. Gefhardt war aber durch diesen Vorfall so schüchtern geworden, dass er tausend Schwierigkeiten und Einwendungen fand, je mehr sich mein Loch seinem Ausbruch näherte und ich die Anstalten zur Flucht mit ihm vorkehren und abreden wollte. Er bestand schlechterdings darauf, ich bedürfe äußerer Hilfe, um sicher fortzukommen und nebst ihm nicht unglücklich zu werden. Es wurde also Folgendes beschlossen, was aber eben meine Anschläge und saure achtmonatliche Arbeit vernichtete.

Ich schrieb abermals nach Wien an meinen Freund Ruckhardt; assignierte ihm Geld und bat ihn, er solle abermals in Gummern erscheinen und dann zu bestimmter Zeit sechs Tage nacheinander mit zwei ledigen Reitpferden an dem Glacis bei Kloster Bergen in der Nacht bereitstehen, um mir weiterzuhelfen. Alles sei zu meiner Flucht fertig.

Binnen dieser sechs Tage nun hätte Gefhardt schon Mittel gefunden, den Posten bei mir zu erhalten oder zu tauschen; folglich lebte ich nunmehr, aber leider nur drei Tage lang in der süßesten und sichersten Hoffnung.

Denn ach! Es war meine Rettung noch nicht von der Vorsehung beschlossen. – – – Gefhardt schickte sein Weib nach Gummern mit dem Briefe. Dieses dumme Weib sagte zum Postmeister: Ihr Mann habe einen Prozess in Wien, und er möchte die Güte haben und diesen Brief sicher bestellen, wofür sie ihm zehn Reichstaler in die Hand drückte.

Der sächsische Postmeister argwöhnte aus dieser Freigebigkeit natürlicherweise ein Geheimnis, öffnet den Brief, sieht den Inhalt, und anstatt ihn zu befördern oder bei möglichem Argwohn ihn nach Dresden an seinen Herrn zu schicken, wird er zum Verräter und bringt ihn dem Gouverneur in Magdeburg. Dieser war damals der Herzog Ferdinand von Braunschweig und eben gegenwärtig.

Wie erschrak ich aber, da etwa um drei Uhr nachmittags der Herzog selbst mit einem großen Gefolge in mein Gefängnis trat, mir meinen Brief vorzeigte und mit gebietender Stimme fragte: Wer mir diesen Brief nach Summern getragen habe?

Meine Antwort war: »Ich kenne ihn nicht.«

Gleich wurde die allerschärfste Visitation vorgenommen. Schmiede, Zimmerleute, Maurer traten herein, und nach einer halben Stunde Arbeit fand man weder mein Loch im Boden noch das mindeste an den Ketten. Am Fenster allein entdeckte man das falsche vorgesteckte Drahtgitter, das auch sogleich mit Brettern verschlagen und nur ein Luftloch von etwa sechs Zoll breit darin gelassen wurde.

Nun fing der Herzog an zu drohen. Ich antwortete mit Standhaftigkeit: »Ich habe die Schildwache nicht gesehen, die mir diesen Dienst geleistet, auch nie nach dem Namen gefragt, damit ich ihn nie unglücklich machen kann.«

Endlich, da alle Vorstellungen bei mir nichts wirkten, sagte der Gouverneur mit einem liebreichen Ernst: »Trenck! Sie haben immer geklagt. Sie wären nie verhört, noch gesetzmäßig gerichtet worden. Ich gebe Ihnen mein Ehrenwort, Sie sollen beides erhalten, und ich lasse Ihnen sogleich alle Eisen abnehmen, sobald Sie mir den Mann nennen, der Ihnen diesen Brief bestellt hat.«

Hierauf antwortete ich mit männlicher Standhaftigkeit: »Gnädiger Herr! Jedermann weiß, dass ich diese Misshandlung in Fesseln an meinem Vaterlande nicht verdient habe. Mein Herz ist vorwurfsfrei. Ich suche Rettung, wo und wie ich kann. Dann aber, wenn ich Ihnen den mitleidigen Mann nennen könnte, der mir aus Menschenliebe beigestanden hat; wenn ich mein Glück durch fremdes Unglück zu befördern, niederträchtig genug dächte, nur dann verdiente ich in gegenwärtigen Fesseln als ein Schurke zu verschmachten. Machen Sie übrigens mit mir, was Sie wollen und sollen. Denken Sie aber dabei, dass ich noch nicht ganz verlassen und noch Rittmeister in der Armee bin und Trenck heiße.«

Der Herzog stutzte, drohte, ging hinaus, und wie mir hernach erzählt ward, hat er draußen gesagt: »Ich beklage ihn und bewundere seine Standhaftigkeit.«

Inzwischen war es für einen so klugen Herrn ein großes Versehen, dass er diese Unterredung, die ziemlich lange dauerte, und die ich hier nur kürzlich berühre, vor der ganzen Wache mit mir hielt. Dieses setzte mich in ein solches Vertrauen bei den gemeinen Soldaten der ganzen Garnison, weil sie sahen, dass ich keinen verriet, dass nunmehr die Bahn gebrochen war, in der Zukunft bei einem jeden Hilfe und Achtung zu finden. Besonders, da der Herzog sagte, er wisse, dass ich Geld versteckt, auch wirklich bereits unter die Schildwachen ausgeteilt habe.

Kaum war eine Stunde vergangen, so hörte ich ein großes Geräusch vor meinem Gefängnis. Ich lauschte; und was war es? Ein Grenadier hatte sich an den Palisaden meines Kerkers mit seinem Haarbande erhängt.

Der Offizier von der Wache kam noch einmal mit dem Platzmajor herein, um eine Laterne abzuholen, die man vergessen hatte. Im Hinausgehen sagte er mir heimlich: »Es hat sich schon soeben einer von Ihrem Komplott erhängt.«

Wie erschrak ich; weil ich nicht anders glaubte, als es müsse mein ehrlicher Gefhardt sein. Nach einer tiefsinnigen, schwermütigen und kurzen Überlegung fiel mir ein, was mir der Herzog versprach, falls ich ihm den Mann nennen wollte, der meinen Brief bestellt hatte. – – Ich klopfte also an die Tür und forderte den Offizier zu sprechen. Er kam an das Fenster, fragte, was ich wollte. – – – Und ich sagte: Er möchte dem Gouverneur melden, man solle mir Licht, Tinte, Papier und Feder hereingeben, so würde ich ihm allein mein ganzes Geheimnis schriftlich entdecken.

Dies geschah. Und gegen Abend wurde meine Tür geöffnet; man brachte mir Tinte, Feder, Papier und Licht, gab mir auch eine Stunde Zeit, schloss wieder zu und ging davon.

Nun setzte ich mich nieder, schrieb auf meinem Lehnstuhl und wollte den Namen Gefhardt nennen, weil ich ihn gewiss tot glaubte. Die Hand zitterte aber, und all mein Blut drang mir zum beklommenen Herzen.

Ich stand auf, trat an das Fensterloch und rief: »Mein Gott! Ist denn kein Mensch so redlich, mir den Namen des Mannes zu sagen, der sich jetzt erhängt hat, damit ich viele andere vom Unglücke erretten kann?«– –

Das Fenster war noch offen und ward erst am folgenden Tage vernagelt. Zugleich warf ich fünf Pistolen in ein Papier gewickelt hinaus und sagte: »Freund! Nimm dies Geld und errette deine Kameraden, oder geh hin, verrate mich und lade Blutschuld auf dich.«

Man hob das Papier auf; eine kurze Stille mit einigen Seufzern folgte. – – – Dann aber hörte ich eine leise Stimme: »Er hieß Schütz, von Ripps

Kompanie.« Gleich schrieb ich Schütz, anstatt Gefhardt: Obgleich ich den ersten Namen nie nennen gehört hatte und mit ihm in gar keiner Verbindung stand. Sobald meine Schrift fertig war, rief ich nach dem Leutnant. Man kam herein, empfing den Brief, nahm mir Schreibzeug und Licht weg und schloss die Türen zu.

Der Herzog hatte aber den Braten gerochen, dass ich mit mehreren müsste einverstanden sein. Es blieb also alles mit mir beim Alten, und ich erhielt weder Verhör noch Kriegsrecht.

Später habe ich folgende Umstände erfahren, die dieses fast unwahrscheinliche Rätsel entwickeln. Da ich noch in der Zitadelle saß, kam einst eine Schildwache auf den Posten vor mein Fenster, lästerte, fluchte und sagte laut: »Der Teufel hole den vermaledeiten preußischen Dienst. – Wenn nur der Trenck meine Gedanken wüsste, er sollte gewiss nicht lange in seinem verfluchten Loche sitzen.«

Gleich ließ ich mich in Unterredung ein, und diese fiel dahin aus: dass, wenn ich ihm nur Geld geben könne, um einen Kahn zu kaufen, mit dem wir über die Elbe fahren könnten, so wollte er meine Schlösser bald durchfeilen, meine Türen öffnen und mich erretten.

Ich hatte kein Geld, gab ihm aber einen brillantenen Hemdknopf, der etwa 500 fl. wert war und den man bei mir nicht gefunden, auch nicht vermutet hatte.

Er hat sich aber bei mir nicht wieder gemeldet und mich betrogen. Oft stand er nach diesem Schildwache bei mir; ich erkannte ihn an der westfälischen Aussprache, redete ihn an, erhielt aber nie Antwort. Nun muss dieser Mensch meinen Hemdknopf verkauft und etwa das Geld haben sehen lassen.– –

Wie nun der Herzog von mir wegging, hat der wachhabende Leutnant diesen Schütz angefahren und gesagt: »Du bist gewiss der Spitzbube, der des Trenck Briefe bestellt; denn du hast seit langer Zeit viel Geld verludert und Louisdore sehen lassen. Wo hast du diese hergenommen?« – –

Schütz erschrickt, hat kein gut Gewissen, argwöhnt, dass ich ihn verraten würde, weil er mich betrogen hatte; kommt eben zur Ablösung auf den Posten zu mir – nimmt sein Haarband in der ersten Betäubung und erdrosselt sich vor meiner Türe an den Palisaden.

Welch wunderbare Fügung des Schicksals in dieser Begebenheit! Es strafte den Betrüger ein ganzes Jahr nachher, da er mich hintergangen hatte, und hierdurch allein wurde der ehrliche Gefhardt gerettet.

Dreizehntes Kapitel

Man hatte indessen meine Schildwachen verdoppelt, um mir das Hilfesuchen schwerer zu machen. – – Gefhardt kam zwar wieder zu mir auf Posten, hatte aber kaum Gelegenheit, etliche Worte ohne Gefahr zu sprechen. Er dankte mir für die Verschwiegenheit, wünschte mir Glück und sagte, dass die Garnison in wenig Tagen ins Feld marschieren würde.

Wie erschrak ich bei dieser Nachricht; mein ganzer Entwurf zur Rettung war abermals vereitelt! Ich fasste aber bald frischen Mut, weil meine Minierung nicht entdeckt war und ich noch bei 500 fl. Geld, auch Vorrat von Licht, und alle Instrumente bei mir wohl versteckt hatte.

Es dauerte auch nicht acht Tage nach dieser Begebenheit, als wirklich der Siebenjährige Krieg losbrach und die Regimenter ins Feld rückten.

Der Major von Weyner kam zum letzten Mal herein und überlieferte mich dem neuen Major von der Landmiliz, namens Bruckhausen, welcher der größte Flegel und ärgste Dummkopf auf Erden war.

Nun verlor ich meine alten Majore und wachhabenden Leutnants, die mir alle ohne Ausnahme mit möglichster Achtung und Menschenliebe begegnet waren, und war ein alter Gefangener in einer neuen Welt.

Indessen wuchs mein Mut, weil ich wusste, dass sowohl Offiziere als Gemeine einer zusammengerafften Landmiliz leichter zu bestechen sind als die regulären Soldaten. Hiervon fand ich auch bald als Menschenkenner die Gründlichkeit meiner Begriffe.

Es waren nur vier Leutnants erwählt, die in Bewachung der Sternschanze abwechseln sollten. Und es dauerte nicht ein Jahr, so hatte ich drei davon mit mir im Einverständnis. Kaum aber waren die Regimenter ins Feld gerückt, so erschien der neue Kommandant General von Bork in meinem Gefängnis, in Gestalt eines gebieterisch grausamen Tyrannen.

Es war ihm vom Könige ernsthaft aufgetragen worden, mit seinem Kopfe für meine Person zu haften; dagegen erhielt er Erlaubnis, mit mir zu verfahren, wie er wolle.

Nun war der Mann ein wirklicher Dummkopf; ein Mensch mit einem gefühllosen Herzen und ein materieller Sklave seiner Order, dabei aber schüchtern, furchtsam und misstrauisch; folglich bebte sein Herz, so oft er die Sache für möglich hielt, dass ich aus seinen Fesseln entfliehen könnte. Übrigens hielt er mich wirklich für den ärgsten Bösewicht und Vaterlandsverräter, weil sein Monarch mich so grausam verurteilte und so unbegrenzt misshandeln ließ. Seine Barbarei gegen mich war demnach auf seinen Charakter und auf seine niedrige Seele gestützt.

Er trat also in mein Gefängnis, nicht als ein Offizier zu einem unglücklichen Offizier, sondern als ein Büttel zu einem Missetäter. Sofort erschienen Schmiede und legten mir ein handbreites ungeheures Eisen um den Hals, das mit einer schweren Holzkette an der Fußschelle befestigt wurde.

Außerdem wurden zwei leichte Nebenketten an dem Ringe desselben befestigt, wobei ich wie ein Bär an der Kette herumgerissen ward. Mein Fenster wurde zugemauert, bis auf ein kleines Luftloch, und endlich nahm er mir sogar mein Bett weg, gab mir kein Stroh und verließ mich unter tausend Schmähworten auf meine Kaiserin, ihre ganze Armee und auf mich selbst, wobei ich ihm aber kein Wort schuldig blieb und ihn bis zur Raserei erbitterte.

Man stelle sich nun meine Lage in den Händen eines solchen Wüterichs vor! Mein Glück, meine einzige Hoffnung war noch, dass man das in der Fußschelle ausgefeilte Eisen nicht entdeckt hatte, folglich waren alle Ketten am Fußringe unbedeutend und zugleich abgelegt. An Instrumenten sowohl als an Licht, Feuerzeug und Papier hatte ich einen guten Vorrat. Und obgleich es unmöglich war, bei doppelten Schildwachen in den Graben hinauszubrechen, so blieb mir dennoch die Aussicht übrig, dass ich noch leicht einen wachhabenden Offizier durch Geld zu fernerer Hilfe gewinnen und einen Erretter wie in Glatz finden könne.

Allgemach erhielt ich nämlich die Gelegenheit, allein mit den Offizieren zu sprechen, die sie endlich selbst suchten und auch fanden. Es waren nur drei Majore und Leutnants, die abwechselten und die Bork hierzu ausgesucht und befehligt hatte. Indessen war mein Zustand schrecklich. Mein Halseisen mit den ungeheuren Ketten hinderte mich in aller Bewegung, und losmachen durfte ich's noch nicht, bis ich nach etlichen Monaten die Stellen beobachtet hatte, wo man alles sicher glaubte und nie visitierte. Das Grausamste war, dass man mir das Bett genommen hatte. Ich saß also auf dem Boden, den Kopf an die feuchte Mauer gelehnt, und musste die Fesseln am Halseisen beständig mit einer Hand halten, weil sie mich entweder würgten oder hinten am Genick die Nerven drückten, folglich Kopfschmerzen verursachten. Da nun die Stange zwischen beiden Händen allezeit die eine hinunterhielt, wenn die andre, auf das Knie gestützt, die Halsfesseln erleichterte, so erstarrte mein Blut, und die Arme wurden so schwach, dass man sie wirklich schwinden sah. Man kann sich auch vorstellen, wie wenig ich in solcher Lage schlafen und ruhen konnte.

Endlich überwog das Ungemach meine Leibes- und Seelenkräfte, und ich verfiel in eine schwere Krankheit.

Der Tyrann Bork blieb unbeweglich und wünschte nur meinen Tod zu befördern, um der Sorge meiner Bewachung überhoben zu sein. Hier empfand ich erst, was eigentlich ein kranker Gefangener ohne Bett, ohne Erquickung, ohne Trost und Menschenhilfe ist. Die größte Seele, alle Vernunftschlüsse unterliegen da, wo der Gliederbau geschwächt wird; und mein damaliges Gefühl empört noch gegenwärtig mein Blut, wenn ich es auf diesen Blättern dem Leser schildern will.

Da ich aber einmal beschlossen hatte, mein Schicksal abzuwarten, männlich zu trotzen, auch noch immer Hoffnung zur möglichen Flucht vor mir sah, überdies wenn der Friede erfolgen würde, mich nicht ganz verlassen glaubte, so ertrug ich mehr als ein Weltweiser in meinem Falle erdulden sollte, der im Kerker Pistolen bei sich halte.

Meine Krankheit dauerte fast zwei Monate. Ich wurde so schwach, dass mir kaum Kräfte übrigblieben, um meinen Wasserkrug an den Mund zu bringen. Wer kann sich denken, was ein Mensch leidet, der ohne Bett und Stroh, in schweren Fesseln an allen Gliedern zwei Monate lang auf der Erde im feuchten Kerker sitzt, der nichts als trockenes Kommissbrot und keinen Tropfen Suppe zur Labung erhält; den kein Arzt besucht, kein Freund tröstet, und der ohne Arznei und Menschenhilfe in solchem Zustande gesund werden muss?

Hitze und Kopfschmerz und der im Eisen angeschwollene Hals brachten mich zur Raserei, und in solchen Anfällen waren Füße, Hände und Leib wund gerissen.– – Genug hiervon! Der lebendig Geräderte, der ohne Gnadenstoß auf dem Rade sterben muss, empfindet gewiss nicht, was ich zwei ganze Monate hindurch fühlen musste. Endlich erschien ein Tag, an den ich nur mit Schauer und Schrecken denken kann. Ich saß in der größten Hitze und Blutwallung, wo die Natur mit ihrer Zerstörung rang, und da ich trinken wollte, fiel mein Krug aus der Hand und zerbrach. Nun musste ich 24 Stunden warten, ehe ich wieder zu trinken erhielt. In dieser schrecklichen Lage hätte ich meinen Vater ermordet, um sein Blut zu lecken. Gerne hatte ich zuletzt meine Pistolen hervorgesucht, die Kräfte fehlten aber, mein fest verwahrtes Loch aufzubrechen. Hauptsächlich aber hielt mich mein Ehrgeiz zurück; ich wollte nicht im Kerker sterben und wie jeder Schurke oder wirkliche Missetäter begraben werden.

Als man am folgenden Tage visitierte, hat man mich wirklich tot geglaubt, weil ich die Zunge aus dem Halse lechzend herausgestreckt, ganz in Ohnmacht da lag. Man labte mich, fand Leben, und o Gott!, mit welcher Begierde verschlang ich das Wasser aus meinem Kruge!

Man füllte ihn von neuem, wünschte mir Glück, dass mich der Tod bald von meiner Qual erlösen würde, und ging wieder davon. Indessen hatte man in der Stadt so rührend von meinem Zustande gesprochen, dass sich alle Damen, auch die Stabsoffiziere der Garnison, vereinigten und den Tyrannen Bork bewogen, mir mein Bett wiederzugeben.

Wirklich ward ich von dem Tage an, da ich so bitteren Durst gelitten und so viel auf einmal trank, täglich stärker und bald wieder zu aller Menschen Erstaunen gesund.

Das Herz meiner Inspektionsoffiziere hatte ich gewonnen, und nach sechsmonatlichen schweren Leiden ging meine Hoffnungssonne auf einmal wieder für mich auf.

Ein Major vertraute dem Leutnant Sonntag die Schlüssel. Er kam allein zu mir; sprach vertraut, schüttele mir sein Herz aus, klagte über Schulden, Mangel und Not. Ich gab ihm 25 Louisdors, und hiermit war unsere Freundschaft, unser ewiges Bündnis geschlossen.

Allgemach wurden alle drei wachhabende Offiziere meine Freunde. Sie saßen stundenlang bei mir, wenn ein gewisser Major die Inspektion hatte, den ich gleichfalls ganz auf meine Seite zu ziehen wusste. Endlich kam es so weit, dass er selbst halbe Tage bei mir zubrachte. Er war arm; ich gab ihm einen Wechsel auf 2000 fl., und hiermit war die Bahn gebrochen, um neue Unternehmungen anzufangen. Geld war notwendig? Ich hatte unter die Offiziere bald alles ausgeteilt, und in meiner Kasse waren nicht mehr 100 fl.

Sofort fand ich Gelegenheit, ein gutes Projekt auszuführen.

Des Hauptmanns von K***n, der Majorsdienste tat, ältester Sohn war kassiert, brotlos, und sein Vater klagte mir seine Not; ich schickte ihn zu meiner Schwester unweit Berlin. Diese gab ihm 100 Dukaten. Er kam zurück und brachte mir die Nachricht von ihrer Freude; er hatte sie auf dem Totenbette angetroffen, und sie schrieb mir in wenigen Zeilen, dass mein Unglück und die Berliner Verräterei im Jahre 1755 ihre Armut und nunmehrige zweijährige Krankheit zuwege gebracht hätten. Sie wünschte mir Glück zur Rettung und empfahl mir ihre Kinder; sie ist aber wieder besser geworden, hat den Obersten von Pape zum zweiten Manne gewählt und starb im Jahre 1758. Ihre wahre Geschichte will ich nicht erzählen, weil sie der Asche Friedrichs keine Ehre macht und mein eigenes Herz durch neue Erinnerung an das Vergangene unversöhnlich machen könnte.

Nun kam K***n freudig mit Geld zurück. Alles wurde mit dem Vater verabredet. Ich schrieb an meine große Freundin, die Kanzlerin Bestuscheff, auch an den Thronfolger Peter nach Petersburg, empfahl den jungen Menschen bestens und bat um mögliche Hilfe für mich.

K***n reiste nach Hamburg, von da nach Petersburg, ward sogleich Hauptmann, bald darauf Major durch meine Empfehlung, handelte auch so redlich, dass ich wirklich durch einen Hamburger Kaufmann, den der alte K***n kannte und zur Korrespondenz gewählt hatte, 2000 Rubel erhielt, die mir die Kanzlerin schickte. Er selbst aber war in Petersburg für diesen Dienst reichlich beschenkt worden und hat sein Glück gemacht.

Dem ehrlichen alten K***n, der ein armer Teufel war, gab ich gleich 300 Dukaten, und er ist bis zum Grabe mein dankbarer Freund geblieben. Ebenso viel wurde allmählich unter die Offiziere ausgeteilt; und Leutnant Glotin trieb es gar so weit, dass er die Schlüssel dem Major zurückstellte, ohne meine Türen zuzuschließen, und halbe Nächte bei mir im Kerker zubrachte. Der Wache gab er von meinem Gelde zu trinken. So ging alles eine Zeitlang nach Wunsch, und der Tyrann Bork wurde betrogen.

Man steckte mir Licht zu, gab mir Bücher und Zeitungen zu lesen. Meine Tage verflossen wie Stunden, und ich schrieb, las und beschäftigte mich so gut, dass ich fast meinen Zustand vergaß.

Nur allein, wenn der dumme grobe Major Bruckhausen die Inspektion hatte, musste alles behutsam zugehen. Der andere Major, namens Z***, ward auch allgemach mein Freund. Ich gewann ihn als einen Geizhals, weil ich ihm versprach, seine Tochter nach erlangter Freiheit zu heiraten und ihm mit meiner Handschrift 10 000 fl. versicherte, falls ich im Kerker sterben sollte.

Endlich kam es so weit, dass mir der Leutnant Sonntag heimlich andere Handschellen machen ließ, die so groß waren, dass ich die Hände bequem herausziehen konnte. Dies konnte leicht geschehen, weil die Leutnants allein und kein anderer meine Eisen visitierten. Alles war dem alten ähnlich, und Bruckhausen war zu dumm, um etwas zu bemerken.

Alle übrigen Fesseln konnte ich nach Belieben ablegen. Wenn ich also meiner Gewohnheit nach Bewegungen machte, so hielt ich die Ketten in der Hand, machte damit eben das Gerassel und betrog so die aufpassenden Schildwachen.

Das Halseisen allein durfte ich nicht losmachen; es war auch viel zu kennbar angeschmiedet. Es wurde aber das obere Gelenk durchgeschnitten, so dass das nächste durchgezogen werden konnte, und auf bereits von mir gemeldete Art mit Brot vorsichtig zugeschmiert. Folglich konnte ich nach Belieben meine Fesseln alle ablegen und ruhig schlafen.

Kaltes Fleisch und Würste trug man mir gleichfalls heimlich zu; mithin war meine Lage ganz erträglich.

Nun fing ich auch an, für meine Freiheit zu arbeiten. Unter den drei Offizieren war aber leider keiner, der das Herz hatte, für mich zu tun, was Schell in Glatz tat, nämlich mit mir von der Wache fortzugehen. Das benachbarte Sachsen war in preußischer Gewalt, desto mehr Gefahr fand sich im Fliehen, und alle möglichen Vernunftschlüsse blieben bei solchen Leuten vergebens, die nichts wagen und ganz sicher gehen wollten. Der Wille war bei Glotin und Sonntag gut; aber der Erste war eine feige

Memme und der andere ein Skrupulant, der hierdurch seinen Bruder in Berlin unglücklich zu machen glaubte.

Ich hatte doppelte Schildwachen: Folglich war es unmöglich, durch mein Loch, das unter dem Fundamente seit zwei Jahren fertig war, vor den Füßen derselben auszukriechen, noch weniger die zwölf Fuß hohen Palisaden vor den Augen der Wächter zu übersteigen.

Es ward demnach folgender Plan gemacht, der zwar Herkulesarbeit erforderte, aber gewiss möglich zur Ausführung war.

Der Leutnant Sonntag hatte ausgemessen, dass von dem Orte, wo ich das Loch in meinem Boden fertig hatte, bis in den Eingang zur Galerie im Hauptwalle 37 Fuß zu durchbrechen waren. Da nun mein Gefängnis daran stieß, so konnte ich unter den Fundamenten des Walles neben dem Graben bis in denselben fortarbeiten, und da der Grund aus feinem weißen Sande bestand, so war es umso möglicher.

Sobald ich in diese Galerie gelangen konnte, war meine Freiheit gewiss. Man unterrichtete mich, wie viel Schritte ich rechts und links zu gehen hatte, um in diesem Souterrain die Türe zu finden, die in den zweiten Wall führt. Dann hätte mir der Offizier an dem zu meiner Flucht festgesetzten Tage diese Türen heimlich geöffnet. Allenfalls hätte ich Licht, Brecheisen und Bohrer bei mir gehabt, um alle Hindernisse zu heben, und dann mussten mir Vorsicht und Geld weiter forthelfen.

Die Arbeit wurde also angefangen und dauerte über sechs Monate. Kaum hatte ich das Fundament hinter mir weggebrochen und das alte Loch damit gefüllt, so fand ich, dass der Hauptwall wirklich kaum einen Fuß tiefe Fundamente hatte, was ein Hauptfehler einer so wichtigen Festung ist. Im Anfang ging das Werk vortrefflich; ich konnte in einer Nacht drei Fuß vorwärts arbeiten, solange ich Raum halte, den ausgegrabenen Sand wieder hineinzubringen.

Kaum war ich aber zehn Fuß vorwärts, so empfand ich erst die Beschwerden. Denn ehe ich anfing, musste das Loch, wo ich hinunterstieg, mit der Hand ausgeleert werden, was schon etliche Stunden Arbeit erforderte. Dann musste jede Handvoll Sand aus dem Kanal geholt werden, um auszuräumen und weiter vorwärts zu minieren. Alles lag auf einem Haufen im Gefängnis und musste auf eben die Art, wie ich's herausgebracht, alle Tage wieder hineingeschafft werden.

Auf diese Art habe ich berechnet, dass ich, da ich einmal über 20 Fuß hineingearbeitet hatte, binnen 24 Stunden gegen 1500 bis 2000 Klafter in der Erde auf dem Bauche kriechen musste, um den Sand heraus- und wieder hineinzubringen. War ich dann hiermit fertig, dann musste erst jede Ritze in meinem Fußboden genau ausgeputzt werden, dass man beim Visitieren den schneeweißen Sand nicht bemerken konnte. Dann ward erst der aufgebrochene Boden und zuletzt die Fesseln in Ordnung gebracht. Wenn ich nun auf diese Art einen Tag gearbeitet hatte, war ich so abgemattet, dass ich stets die drei folgenden ruhen musste.

Um weniger Raum zu bedürfen, war mein Kanal so enge gemacht, dass ich ganz eingezwängt kriechen musste und nicht einmal die Hand auf den Kopf bringen konnte. Überdies musste alles mit nacktem Leibe geschehen, weil man das schmutzige Hemd bemerkt hätte. Der Sand war auch ganz nass, weil man vier Fuß tief schon Wasser findet, wo der grobe rauschende Kiessand anfängt. Endlich kam ich auf den Gedanken, mir Sandsäcke zu machen, weil ich diese geschwind heraus und hereinbringen konnte. Die Offiziere steckten mir zwar Leinwand zu, die aber nicht hinlänglich war und bei etwaiger Entdeckung zu viel Aufsehen gemacht hätte, woher so viel Leinwand in meinen Kerker gekommen sei.

Ich griff also zuletzt mein Bett an, legte mich hinein, wenn Bruckhausen visitierte, als ob ich krank sei; zerschnitt Strohsack und Bettlaken und machte Sandsäcke.

Zuletzt, da ich mich dem Ausbruche näherte, war es fast nicht mehr möglich, mit der ungeheuren Arbeit fertig zu werden. Und oft saß ich in meinem Gefängnisse ermüdet auf meinem Sandhaufen, dass ich's unmöglich glaubte, alles wieder hineinzuschaffen, und wirklich beschloss, die Visitation abzuwarten, ohne mein Loch zuzumachen. Ja, ich kann versichern, dass mir in 24 Stunden nicht so viel Zeit übrigblieb, ein Stück Brot ruhig zu essen, wenn ich alles wieder in Ordnung haben wollte.

Kaum hatte ich aber eine Weile schwermütig gerastet, so munterte mich der bisher glückliche Fortgang auf, die letzten Kräfte zu wagen. Ich griff von neuem an und wurde dennoch fertig, aber öfters kaum fünf Minuten vor dem Visitieren.

Da ich nun nur noch sechs bis sieben Fuß vom Ausbruche entfernt war, ereignete sich eine wunderbare Begebenheit, die alles vereitelte.

Ich arbeitete, wie gesagt, unter den Fundamenten des Walles neben dem Graben, wo die Schildwachen standen. Alle meine Eisen konnte ich ablegen, nur das um den Hals blieb mit dem daran hängenden Haken fest und war im Arbeiten, wo ich's festband, losgegangen; sogleich hatte eine Schildwache das Klirren in der Erde, ungefähr fünfzehn Fuß weit von meinem Kerker gehört. Sie hatte den Offizier herbeigerufen; man legte das Ohr auf die Erde und hatte mich darin die Säcke hin und her schieben gehört. Am folgenden Tage ward es gemeldet; der Major, der eben mein bester Freund war, trat nebst dem Platzmajor, einem Schmied und Maurer, herein.

Ich erschrak; der Leutnant winkte mir, dass ich verraten sei. Nun ging die Visitation an, - - kurz gesagt, die Offiziere wollten nicht sehen; der Schmied und der Maurer fanden alles ganz. Hätte man mein Bett visitiert, so wäre der halbe Strohsack und das Bettlaken vermisst worden.

Der Platzmajor war dumm und hielt die Sache für unmöglich. Er hatte also draußen der Schildwache, die mich belauscht, gesagt: »Du Esel! Hast einen Maulwurf, aber nicht den Trenck in der Erde gehört. Wie wäre es möglich, dass er so weit aus seinem Kerker arbeiten könnte?« Und hiermit ging alles fort.

Jetzt war es nicht mehr Zeit zu säumen. Wäre man einmal abends zur Visitation gekommen, so hätte man mich bei der Arbeit gefunden. So klug war aber niemand binnen zehn Jahren. Denn Kommandant, Platzmajor und Bruckhausen waren kurzsichtige, elende Menschen; die andern hingegen wünschten mir alle Glück und wollten nichts sehen.

Ich hätte schon drei Tage nach diesem Vorfalle ausbrechen können; da ich aber eben an des Bruckhausen, meines einzigen Feindes Inspektionstage entfliehen wollte, um ihm einen Streich zu versetzen, so hatte dieser Schuft mehr Glück als Verstand. Er war etliche Tage krank, und K***n musste seinen Dienst verrichten.

Endlich erschien er beim Visitieren. Kaum war aber die Tür geschlossen, so griff ich zur letzten Arbeit, weil ich die letzten drei Fuß nicht mehr den Sand herausbringen durfte, sondern immer vorwärts zum Ausbruche arbeiten und denselben hinter mir durchwerfen konnte.

Man stelle sich vor, wie emsig ich wühlte.

Mein Schicksal wollte aber, dass eben die Schildwache, die mich vor etlichen Tagen in der Erde gehört hatte, wieder bei mir auf Posten stand.

Dieser, von Ehrgeiz gekitzelt, weil man ihn einen Esel geheißen und er mich dennoch gewiss gehört hatte, legt sich auf den Bauch und hört mich abermals hin und her kriechen. Er ruft die Kameraden, – sie melden es – der Major wird gerufen. Er erscheint; hört gleichfalls alles; geht jenseits der Palisaden; hört mich nahe an der Tür wühlen, wo ich mich eben in die Galerie hinausarbeiten wollte. Sofort wird diese Tür geöffnet; man geht mit Laternen hinein und lauert auf den herauskommenden Fuchs.

Als ich nun von unten her den Sand wegarbeitete und die erste Öffnung gewann, sah ich Licht, auch die Körper derer, die mich erwarteten.

Welcher Donnerschlag für mich! Ich war verraten; kroch also mit größtem Mühe durch den hintergewühlten Sand zurück und erwartete mein Schicksal mit Schrecken und Schauder; hatte aber dennoch die Geistesgegenwart, dass ich meine Pistolen, mein Geld, meine Instrumente, Papier, Licht, auch etwas Geld unter dem Fußboden verbarg, den ich jederzeit wieder durchschneiden konnte.

Mein meistes Geld war aber in verschiedenen in den Boden, auch in das Türgerüste eingebohrten und wieder gut zugeschmierten Löchern versteckt, und nichts wurde gefunden. Hin und wieder waren in den Ritzen des Bodens kleine Feilen, auch Messer verborgen.

Kaum war ich fertig, so rasselten die Türen. Man kam herein und fand den Kerker bis oben an mit Sand und Sandsäcken angefüllt. Die Handschellen aber, nebst den Stangen hatte ich in Eile angelegt, um sie glauben zu machen, dass ich mit ihnen in der Erde gearbeitet hätte. Sie waren auch dumm genug, alles zu glauben, und hierdurch gewann ich schon einen Vorteil für die Zukunft.

Niemand war geschäftiger dabei als der grobe dumme Bruckhausen. Er stellte viele Fragen; ich gab ihm keine Antwort, außer, dass ich ihm versicherte, dass vor etlichen Tagen schon der Ausbruch vollzogen wäre, wenn sein Glück ihn nicht hätte krank werden lassen. Und allein deswegen, weil ich ihm hätte den Possen spielen wollen, sei ich gegenwärtig unglücklich. – – Dies hat ihn auch wirklich so schüchtern gemacht, dass er in der Folge höflicher wurde und mich wirklich zu fürchten anfing, weil ich alles möglich zu machen wusste.

Die Nacht war da; es war unmöglich, den Sandhaufen hinauszuschaffen. – Der Leutnant und die Wache blieben also bei mir. Ich hatte große Gesellschaft, und am Morgen erschien ein Schwarm Arbeiter, die das innere Loch zuerst ausfüllten. Dann wurde es ausgemauert und die durchschnittene Bohle in des Fußbodens Oberfläche neu gemacht. Der Tyrann Bork kam gar nicht, weil er eben krank war; sonst wäre es mir viel ärger ergangen.

Am Abend desselben Tages waren die Schmiede auch schon mit ihrer Arbeit fertig. Alle Fesseln wurden schwerer gemacht als die ersten. Und anstatt der Schelle über den Fußeisen wurden diese mit Schrauben zusammengezogen und verschmiedet.

Alles Übrige blieb beim Alten. Bis zum folgenden Tage wurde noch am Fußboden gearbeitet. Ich konnte abermals nicht schlafen, so dass ich vor Müdigkeit und Schwermut zu Boden sank.

Mein größtes Unglück war, dass man mir wieder das Bett wegnahm, weil ich es zu Sandsäcken zerschnitten hatte. Ehe man nun die Türen zuschloss, visitierte mich Bruckhausen und der Platzmajor bis auf den nackten Leib. Sie hatten mich öfters gefragt – – wo ich denn alle Instrumente hergenommen hätte? – – Mein Antwort war: »Meine Herren, der Teufel ist mein bester Freund! Er bringt mir alles, was ich brauche. Wir spielen auch ganze Nächte Piket miteinander, und er bringt mir auch Licht. Sie mögen mich bewachen, wie Sie wollen, so wird er mich doch aus Ihrer Gewalt erretten.

Sie erstaunten, die andern lachten. Endlich, da sie alles auf das Genaueste durchsucht und die letzte Tür zugeschlossen hatten, rief ich: »Meine Herren! Kehren Sie zurück! Sie haben etwas Wichtiges vergessen.«

Indessen zog ich eine versteckt Feile aus dem Boden heraus und sagte bei ihrem Eintritt: »Ich habe Ihnen nur beweisen wollen, dass der Teufel mir alles bringt, was ich bedarf.« – – Man visitierte wieder – – und schloss zu. Während man an vier Schlössern arbeitete, hatte ich ein Messer und zehn Louisdor hervorgesucht, weil ich mein Geld an verschiedenen Orten versteckt halte. Das meiste lag unter dem Boden.

Ich rief sie noch einmal herein, sie kamen mit Murren und Fluchen zurück. Und nun gab ich ihnen Geld und Messer.

Ihre Verwirrung war unbegrenzt. Ich hingegen lachte und spottete nur bei allem meinem Unglück über so kurzsichtige Wächter, und bald war ich durch sie in der ganzen Stadt, besonders bei dem Pöbel, als ein Zauberer und Schwarzkünstler ausgeschrien, dem der Teufel alles zutrage.

Bald darauf kam Befehl, man sollte mir den Schlaf hindern und mich alle Viertelstunden durch meine Schildwachen anrufen und wecken lassen, womit man sogleich den Anfang machte.

Dies schien mir unerträglich, bis ich's gewohnt war und auch im Schlummer antwortete. Und diese Grausamkeit hat vier Jahre hindurch gedauert, bis endlich ein Jahr vor meiner erlangten Freiheit der großmütige Landgraf von Hessen-Kassel, als damaliger Gouverneur, ihr ein Ende machte und mir den ruhigen Schlaf wieder gönnte.

Ein Major, der mein Freund war, und der mir gern meinen Zustand erleichtern wollte, gab mir den Rat, ich solle auf das Zurufen gar nicht antworten; man könne mich dazu auf keine Art zwingen. Dieser Rat glückte – – ich vollzog ihn und schloss hierdurch die Kapitulation, dass man mir endlich mein Bett wiedergab, und unter dieser Bedingung tat ich, was man wollte, und ließ mich wecken.

Gleich nach dieser Anordnung ward der wirklich gegen mich grausame und aufgebrachte Kommandant General von Bork krank und verrückt, folglich von seinem Amte abgesetzt und Oberstleutnant von Reichmann, ein wahrer Menschenfreund, wurde an seiner Stelle Kommandant.

Vierzehntes Kapitel

Um eben diese Zeit flüchtete auch der Hof selbst aus Berlin, und Ihre Majestät die Königin, der Prinz von Preußen, die Prinzessin Amalie, der Markgraf Heinrich wählten Magdeburg zu ihrer Residenz. Nun ward auch Bruckhausen höflicher als zuvor; vermutlich, weil er bei Hofe gehört hatte, dass ich noch nicht ganz hilflos und verlassen sei und noch dereinst meine Freiheit abwarten könne.

Reichmann, der redliche neue Kommandant, konnte zwar an meinen Fesseln und an meiner wirklich schrecklichen Lage nichts ändern noch erleichtern. Er gab aber Befehl oder sah vielmehr durch die Finger, dass die Inspektionsoffiziere mir anfänglich nur zuweilen, endlich aber täglich die innern zwei Türen öffneten, um mir frische Luft, auch Tageslicht auf einige Stunden zu vergönnen. Mit der Zeit ließen sie dieselben gar den ganzen Tag offen und schlossen sie nur, wenn sie des Abends in die Stadt gingen.

Bei dieser Gelegenheit fing ich an, auf meinen zinnernen Trinkbecher mit einem ausgezogenen kleinen Brettnagel zu zeichnen, endlich Satiren zu schreiben, zuletzt gar Bilder zu gravieren, und ich brachte es in dieser Kunst so weit, dass meine gravierten Becher als Meisterstücke der Zeichnung und Erfindung teuer als Seltenheiten verkauft wurden, und der beste gelernte Graveur meine Arbeit schwerlich übertreffen wird.

Der erste Versuch war, wie leicht zu erachten, unbedeutend. Man trug aber meinen Becher in die Stadt; der Kommandant ließ ihn weiter sehen und mir einen neuen geben. Dieser neue geriet besser als der erste. Dann wollte jeder Major, der mich bewachte, einen haben; ich wurde täglich geschickter, und ein Jahr verfloss mir bei dieser Beschäftigung wie ein Monat. Zuletzt erhielt ich wegen dieser Becherarbeit die Erlaubnis Licht zu brennen, was auch bis zu meiner endlichen Befreiung unausgesetzt fortdauerte.

Laut Gouvernementsbefehl sollte zwar ein jeder Becher dieser Art demselben überbracht werden, weil ich auf denselben alles schrieb oder in Bildern hieroglyphisch darstellte, was ich von meinem Schicksale der Welt bekanntmachen wollte. Es wurde aber dieser Befehl nicht vollzogen, und die Offiziere, die mich bewachten, trieben einen Handel damit; verkauften sie auch zuletzt bis zu zwölf Dukaten, und nach meiner erlangten Freiheit ist ihr Wert so hoch gestiegen, dass man sie in verschiedenen

Ländern Europas in den Kabinetten der Seltenheiten noch gegenwärtig findet.

Einer dieser Becher geriet zu Magdeburg in die Hände des Fürsten August Lobkowitz, der damals gefangen war. Er brachte ihn nach Wien, und Seine Majestät der hochselige Kaiser hat ihn unter seinen Kabinettstücken verwahrt. Zufällig fand sich unter anderm ein Bild auf diesem Becher, das einen Weinberg mit arbeitenden Menschen vorstellte. Unter demselben war folgende Inschrift:

> *Mein Weinberg war gebaut; ich sah ihn keimen, blühen.*
> *Die Hoffnung reifer Frucht beseelte mein Bemühen.*
> *Doch ach! Ich pflanzte nur. Ein Ahab trinkt den Wein.*
> *Und mein Verhängnis will, ich soll ein Nabot sein.*

Dieses auf die biblische Geschichte von Nabot, Ahab und Jesebel und zugleich auf mein Schicksal in Wien anspielende Sinnbild hat auf die scharfsichtige, großdenkende Maria Theresia so lebhaften Eindruck gemacht, dass sie ihrem Minister sogleich Befehl gab, auf alle mögliche Art für meine Rettung zu sorgen. Vielleicht hätte sie mir auch meine mir entrissenen Güter wiedergegeben, wenn die Besitzer derselben weniger Gewalt und Kredit besessen, oder wenn sie selbst nur noch ein Jahr länger gelebt hätte! Indessen habe ich doch meiner Becherarbeit zu danken, dass man auch endlich in Wien an mich zu denken anfing und mich nicht schutzlos verließ.

Wunderbar ist aber doch die Geschichte mit diesen Bechern, denn bei Lebensstrafe war verboten, mit mir zu sprechen oder mir Tinte und Feder zu gestatten, und dennoch usurpierte oder erschlich ich allgemach die offene Erlaubnis, alles in Zinn zu schreiben, was ich der Welt von mir sagen wollte, und erschien hierdurch vor den Augen derer, die mich vorher nie kannten, in der Gestalt eines unterdrückten brauchbaren Mannes. Meine Becher erwarben mir Achtung und Freude, und dieser Erfindung habe ich größtenteils meine endlich erlangte Freiheit zu danken.

Nun muss ich aber auch noch etwas sagen, um ihren Wert zu erheben. Ich arbeitete bei Licht auf glänzendem Zinn und erfand die Kunst, den Bildern durch die Art der Striche Licht und Schatten zu geben. Durch Übung wurden zuletzt die Abteilungen von 32 Bildern so regulär, als ob sie mit dem Zirkel abgemessen wären. Die Schrift war so fein, dass sie nur mit Vergrößerungsgläsern gelesen werden konnte. Weil beide Hände an eine Stange angeschmiedet waren und ich nur eine brauchen konnte, lernte ich den Becher mit den Knien halten. Mein einziges Instrument war ein geschliffener Brettnagel, und dennoch findet man sogar auf dem Rande doppelte Zeilen Schrift.

Übrigens hätte diese Arbeit mich zuletzt zum Narren oder blind gemacht. Jedermann forderte Becher und ich saß, um gefällig zu sein, gewiss täglich achtzehn Stunden beim Gravieren. Das Licht blendete auf dem glänzenden Zinn, und die Erfindung aller Zeichnungen und Stellungen griff zugleich mehr, als man glaubte, die Denk- und Einbildungskraft an, weil ich kein Original vor mir und in meinem Leben nichts von der Zeichenkunst gelernt hatte als das, was zur Militär- und Zivilarchitektur erforderlich ist.

Nun war es aber auch wieder Zeit, an meine Freiheit zu denken und eine neue Unternehmung zu wagen. Mein Geld, das ich hin und wieder versteckt hatte, war ausgeteilt, und unter dem Fußboden, den ich erst aufbrechen musste, lagen nur noch 40 Louisdor versteckt.

Der alte Leutnant Sonntag war lungensüchtig und nahm als Invalide seinen Abschied. Diesem gab ich Reisegeld und schickte ihn nach Wien mit der besten Empfehlung, ihm so lange jährlich aus meiner Kasse 400 fl. zu geben, bis ich meine Freiheit erhielte oder er leben würde. Sein Auftrag war, bei der Monarchin eine Audienz zu suchen und Mitleid, auch Beistand für mich anhaltend zu sollizitieren. Dabei gab ich ihm eine Anweisung, 4000 fl. für mich von meinem Gelde zu empfangen und mir dieselben über Hamburg an den Kapitän von Knoblauch zu überweisen, der mir sie heimlich zugesteckt hätte. Ich empfahl ihn dem Hofrat von Kempf, der während meines Gefängnisses nebst dem Hofrat von Hüttner die Verwaltung meines Vermögens führte.

Doch ach! Niemand wünschte in Wien meine Zurückkunft. Man hatte bereits angefangen, mein Gut zu teilen, worüber man nie Rechnung ablegen wollte. Der gute Leutnant Sonntag ward also als Kundschafter oder Spion arretiert und etliche Wochen hindurch im Gefängnisse misshandelt. Endlich gab man ihm, da er nackt und bloß war, hundert elende Gulden und ließ ihn über die Grenze bringen.

Der redliche Mann, ein schmähliches Opfer seiner Treue und Redlichkeit, hat also die Monarchin nicht sprechen können, ist elend und kümmerlich zu Fuß nach Berlin gegangen, wo er sich noch ein Jahr lang heimlich bei seinem Bruder aufgehalten hat und gestorben ist.

Er schrieb sein Schicksal dem ehrlichen Knoblauch, und ich habe ihm noch durch diesen aus meinem Kerker 100 Dukaten geschickt.

Es ereignete sich aber ein Vorfall, dass ein Freund, den ich jedoch nicht nennen werde, mich durch Hilfe eines andern wachhabenden Leutnants heimlich besuchte. Durch diesen erhielt ich 600 Dukaten, und dies ist auch eben der Freund, der durch diesen Kanal noch im Jahre 1763 4000 fl. dem kaiserlichen Gesandten in Berlin Baron Ried zur Beförderung meiner Freiheit bar bezahlt hat. – Nun hatte ich wieder Geld. Um eben diese Zeit rückte die französische Armee bis auf fünf Meilen auf

Magdeburg heran. Diese wichtigste Festung, die damalige Seele der ganzen preußischen Macht, welche wenigstens 16 000 zur Besatzung fordert, hatte nicht 1500 zur Verteidigung. Die Herren Franzosen hätten demnach ohne alle Gegenwehr einmarschieren und dem ganzen Kriege ein Ende machen können. Meine Hoffnung wuchs auch bei ihrer Annäherung, weil mir die Offiziere alle Neuigkeiten hinterbrachten. – Aber wie groß war meine Bestürzung, da mir ein Major erzählte, es wären in der Nacht drei Wagen in die Stadt gekommen; diese hätte man mit Geld beladen zurückgeschickt und sogleich zogen sich die Feinde von Magdeburg zurück.

Da auch diese Hoffnung für mich fehlschlug und ich auch von meiner Freundin, der Kanzlerin in Russland, nichts mehr zu hoffen hatte, weil sie nebst ihrem Manne und dem Feldmarschall Apraxin wegen Verräterei und Einverständnis mit dem Berliner Hofe nach Sibirien verschickt und unglücklich geworden war, so verfiel ich auf ein neues fürchterliches Projekt, um mich zu retten.

Die ganze Magdeburger Garnison bestand damals aus kaum 900 Köpfen Landmiliz, die alle missvergnügt waren. Ich hatte zwei Majore und zwei Leutnants auf meiner Seite, und die Wache in der Sternschanze, wo ich saß, bestand nur aus fünfzehn Mann, die auch meistens bereit waren, meinem Winke zu folgen.

Vor dem Tore der Sternschanze war das Stadttor nur mit zwölf Mann und einem Unteroffizier besetzt, und gleich an demselben lag die Kasematte, in der 7000 Kroaten als Kriegsgefangene eingesperrt waren. Mit uns im Einverständnisse war noch ein Kriegsgefangener Hauptmann Baron K..h, der unter seinen Kameraden ein Komplott gemacht, um zur bestimmten Stunde in einem sicheren Hause unweit des Tores versammelt zu sein und meine Unternehmung zu unterstützen.

Ein anderer Freund wollte Gewehre und Patronen seiner Kompanie unter einem falschen Vorwand in seinem Quartier bereithalten, und überhaupt waren alle Vorbereitungen so getroffen, dass ich auf 400 Gewehre sicher rechnen konnte.

Dann wäre mein wachhabender Offizier zu mir hereingekommen, hätte die beiden uns etwa verdächtigen Leute zu mir auf Wache getan und ihnen befohlen, mein Bett hinauszutragen. Indessen wäre ich hinausgesprungen und hätte diese Schildwachen eingesperrt. Kleider und Waffen wären für mich bereit gewesen und vorher in mein Gefängnis getragen worden.

Dann hätten wir uns des Stadttors bemächtigt, ich aber lief in die Kasematte und rief den Kroaten als Trenck zu, das Gewehr zu ergreifen. Meine anderen Freunde brachen indessen auch los, und kurz gesagt, der ganze Anschlag war so ausgearbeitet, dass er unmöglich fehlschlagen konnte. Magdeburg, das Magazin der Armee, die königliche Schatzkammer, das Zeughaus, alles geriet in meine Gewalt, und 16 000 Mann Kriegsgefangene, die damals in der Stadt lagen, waren hinlänglich, den Besitz zu behaupten. Ich muss hier noch erinnern, dass die Garnison in den Sommermonaten deswegen so schwach war, weil die Bauern damals wegen Mangel an Arbeitern den Hauptleuten täglich einen Gulden für jeden Beurlaubten bezahlten und die Beurlaubten selbst noch gut befriedigten. Der Kommandant sah aber den Kapitänen durch die Finger.

Nun nahm ein gewisser Leutnant G... Urlaub, als ob er seine Eltern in Braunschweig besuchen wollte. Ich gab ihm Reisegeld, und er eilte nach Wien.

Dort hatte ich ihn an die Hofräte Kempf und Hünner adressiert, ihm nur einen Brief mitgegeben, worin ich 2000 Dukaten von meinem eigenen Gelde forderte und versicherte, dass ich hierdurch bald in Freiheit sei, auch mich der Festung Magdeburg bemeistern würde. Alles Übrige sollte dem Überbringer mündlich geglaubt werden.

G... kam glücklich in Wien an, man stellte an ihn tausend Fragen, besonders verschiedene nach seinem Namen. Er gibt sich zum Glück einen andern, der wirklich verraten wurde. Endlich erteilt man ihm den Rat, sich nicht in so gefährliche Unternehmungen zu mischen und sagt ihm, es sei nicht so viel Geld in meiner Kasse und fertigte ihn mit 1000 fl. ab, anstatt ihm die von mir verlangten 2000 Dukaten zu geben. Damit kehrte er zurück, erhielt aber Wind und war so vernünftig, dass er Magdeburg nicht wiedersah.

Denn kaum war er vier Wochen abwesend, so trat der damalige Gouverneur Erbprinz von Hessen-Kassel in mein Gefängnis, zeigte mir meinen Brief und Plan, den ich nach Wien geschickt hatte, vor die Augen und fragte, wer diesen Brief bestellt habe und wer die Leute wären, die mich befreien und Magdeburg verraten wollten.

Genug, ich war abermals in Wien verraten und verkauft. Die eigentliche Ursache war wohl, dass die Herren Administratoren meines Vermögens so gewirtschaftet hatten, als ob ich wirklich tot sei. Sie wollten also lieber die 2000 Dukaten schlucken als mir durch deren Auszahlung Gelegenheit verschaffen, meine Freiheit zu behaupten, und zwar auf eine Art, dass der Hof mich belohnen, mir mein entrissenes Gut wiedergeben und die Vormünder zwingen müsste, mir Rechenschaft von ihrem Haushalten abzulegen.

Nun kann man sich meine Bestürzung vorstellen, da der Gouverneur mir meinen Brief vorzeigte. Ich behielt aber alle Geistesgegenwart und leugnete geradeweg meine Handschrift, schien auch über einen so arglistigen Streich ganz erstaunt.

Der Landgraf suchte mich zu überzeugen und erzählte mir sogar den Inhalt des mündlichen Auftrags, den der Leutnant Kemnitz in Wien vorgetragen haben sollte, um Magdeburg in Feindeshand zu spielen. Hieraus erkannte ich klar den Verrat. Weil aber kein Leutnant Kemnitz in der Garnison existierte und sich mein Freund zum Glück nicht ganz in Wien aufgedeckt und diesen falschen Namen angegeben hatte, so blieb alles ein nicht zu entwickelndes Rätsel, umso mehr, da das Ganze unwahrscheinlich schien und niemand glauben wollte, dass ein Arrestant meiner Art und in meiner Lage die ganze Garnison gewinnen oder überwältigen könnte. Der gute und beste Fürst verließ meinen Kerker und schien mit meiner Ausflucht zufrieden zu sein, besonders da sein Herz keine Freude am Unglück der Menschen empfand.

Indessen erschien am folgenden Tage eine ganze Kommission in meinem Gefängnisse. Es wurde ein Tisch hereingetragen, wobei der Kommandant Herr von Reichmann selbst präsidierte. Man klagte mich als Landesverräter an. Ich beharrte darauf, meine Handschrift zu leugnen – – Beweise und Zeugen zur Konfrontation waren nicht da, und auf die Hauptfrage einer beschuldigten Verräterei antwortete ich: »Ich bin kein Übeltäter, sondern ein redlicher Patriot, der durch Verleumdung ohne Verhör noch Kriegsrecht noch legale Prozedur in diese Festung geraten ist. Der König hat mich bereits im Jahre 1746 kassiert und mein väterliches Erbteil konfisziert. Ich hatte demnach dem Naturgesetze gemäß Brot und Ehre außer meinem Vaterlands suchen müssen, auch beides in Österreich gefunden, wo ich noch wirklicher Rittmeister bin und meiner Monarchin Treue geschworen habe.«

Mein Hauptargument war dieses: »War ich in Glatz mit Recht verurteilt, so bin ich ein Bösewicht, der verdiente Fesseln brechen will – – bin ich aber unschuldig verdammt und ist mir kein Fehltritt, viel weniger ein Verbrechen erwiesen, so sind alle Folgen gerechtfertigt, durch die ich mich eigenmächtig aus Gewalt zu retten suche. Übrigens bin ich dem König von Preußen keine Treue, keine Pflicht schuldig, da er mich ungehört verdammt und mir Ehre, Brot, Vaterland und Familie durch einen Machtspruch entrissen hat.« Hiermit war das Verhör geschlossen, nichts wurde erwiesen noch aufgedeckt, und alles blieb beim Alten.

Weil man aber doch die Offiziere in Verdacht hatte, so wurden alle drei, die mich bisher bewachten, versetzt, wodurch ich meine beiden besten Freunde verlor. Es währte aber nicht lange, so hatte ich schon wieder zwei andere durch Geld gewonnen, was mir leicht fiel, weil ich den Nationalcharakter kenne und zur Landmiliz nur arme oder unzufriedene Offiziere gewählt werden konnten.

Alle Vorsicht des Gouverneurs war demnach vergebens. Und im Grunde des Herzens wünschte mir schon damals jedermann, dass ich

Mittel finden möchte, um meine Freiheit zu behaupten. Ewig werde ich auch die Großmut und Nachsicht nicht vergessen, die der edelfühlende Landgraf mir in diesem kitzligen Falle erwies. Ich habe etliche Jahre später ihm in Kassel persönlich gedankt und bei dieser Gelegenheit sehr viel von ihm selbst erfahren, was meinen Argwohn auf die Wiener Verräter bestätigte. Auch fand ich bei ihm sehr viel Gnade, Vertrauen und Achtung und wurde mit besonderer Auszeichnung empfangen. Ich werde seine jetzt im Grabe ruhenden Gebeine mit echter Dankbarkeit verehren, auch sein Andenken mit meiner Geschichte zu verewigen suchen, weil ich im Unglück an ihm einen Menschenfreund fand, denn da ich kurz nach dieser Begebenheit abermals schwer krank wurde, schickte er mir seinen Arzt und das Essen von seinem Tische; er ließ mich zwei Monate hindurch nicht von meinen Wachen wecken und mir auch das Halseisen abnehmen, wofür er wirklich einen harten Verweis vom König ertragen musste, wie er mir in der Folge mündlich versicherte, als ich ihn in Freiheit sah.

Sobald ich wieder einen wachhabenden Offizier auf meiner Seite hatte, machte ich den Plan, zu eben dem Loche wieder auszubrechen, wo der erste Anschlag misslang.

Da es mir nicht an Instrumenten fehlte, so waren Fesseln und Fußboden bald wieder durchschnitten, auch alles so gut vorgesehen, dass ich mich vor keiner Visitation zu fürchten brauchte.

Hier fand ich nun gleich mein verstecktes Geld, Pistolen und alle Bedürfnisse. Es war aber unmöglich, vorwärts zu arbeiten, ehe ich nicht einige Zentner Sand herausgeschafft hatte.

Dies geschah auf folgende Art: Ich machte zwei verschiedene Öffnungen in den Fußboden: Die eine war der falsche, die andere der wirkliche Angriff. Dann warf ich einen großen Haufen Sand in mein Gefängnis, machte aber das Loch mit aller Vorsicht wieder zu. Hierauf arbeitete ich bei der andern so laut, so unvorsichtig, dass man mich draußen unfehlbar in der Erde wühlen hören musste.

Um Mitternacht wurden plötzlich alle Türen geöffnet, und man fand mich bei der Arbeit, bei der ich selbst überfallen zu werden wünschte. – Niemand begriff, warum ich unter der Türe ausbrechen wollte, wo dreifache Schildwachen standen. Die Wache blieb bei mir im Kerker. Am Morgen aber kamen etliche Arrestanten, die den Schutt mit Karren hinausführen mussten. Das Loch wurde wieder zugemauert und mit neuen Brettern geschlossen. Meine Fesseln wurden mir wieder von Neuem angeschmiedet. Man lachte über eine unmögliche Unternehmung, nahm mir zur Strafe mein Licht und auch mein Bett weg, die mir indes nach vierzehn Tagen wiedergegeben wurden.

Das rechte Loch aber, wo ich die meiste Erde hinausgeworfen hatte, wurde niemand gewahr, und da Major und Leutnant meine Freunde waren, so wollte auch niemand bemerken, dass man dreimal mehr Sand ausführte, als die gefundene Öffnung fassen konnte. Nunmehr glaubte man aber nach einem ebenso lächerlichen als unmöglich scheinenden Unternehmen, dass es das letzte sein werde, und sogar Bruckhausen wurde im Visitieren ganz nachlässig.

Nach etlichen Wochen kam der Gouverneur nebst dem Kommandanten zu mir; anstatt aber wie Bork zu drohen und zu schmähen, sprach der Landgraf ganz gütig mit mir, versicherte mich seiner Fürbitte und Protektion bei erfolgendem Frieden, sagte mir auch, dass ich mehr Freunde habe, als ich selbst glauben könne, auch dass der Wiener Hof mich nicht verlassen habe.

Mein Vortrag, meine Erklärung erschütterte seine Seele und rührte ihn bis zu Tränen, die er vergebens verbergen wollte. In diesem Augenblicke bemeisterte sich die Freude aber meiner Sinne: Ich warf mich ihm zu Füßen, redete wie Cicero und fand einen Fürsten, der edel dachte.

Er versprach mir alle mögliche Erleichterung; ich hingegen gab ihm mein Ehrenwort, dass ich nichts mehr zur Flucht unternehmen wolle, solange er Gouverneur in Magdeburg bliebe. Die Art meines Vortrages war für ihn überzeugend, und sogleich befahl er, mir das ungeheure Halseisen abzunehmen, ließ mir das zugenagelte Fenster wieder öffnen, befahl die inwendigen Türen täglich zwei Stunden offen zu lassen, ließ mir einen kleinen eisernen Ofen in den Kerker setzen, den ich selbst von inwendig heizen konnte, gab mir auch bessere Hemden, die mir die Haut nicht wund rieben, und befahl ferner, mir ein Buch weißes Papier hereinzugeben. Auf dieses durfte ich meine Gedanken und Gedichte zum Zeitvertreib niederschreiben. Dann sollte der Platzmajor die Blätter zählen, damit ich keine missbrauchen könne; und mir wieder andere weiße, gleichfalls gezählte, zurückgeben.

Tinte aber wurde mir nicht gestattet, ich stach mir also in die Finger und ließ Blut in einen Scherben laufen; wenn es geronnen war, ließ ich's wieder in der Hand erwärmen, das fließende ablaufen und warf die fibrösen Teile weg. Auf diese Art hatte ich nicht nur gute flüssige Tinte zum Schreiben, sondern auch zugleich Farbe zum Malen.

Nun war ich also Tag und Nacht mit Bechergravieren oder Satirenschreiben beschäftigt und hatte nunmehr offene Gelegenheit, alles vorzutragen, was ich wollte, meine Talente zu entdecken, auch Mitleid und Achtung zu erwecken, besonders da ich wusste, dass meine Gedichte, Sinnbilder und Gedanken zuweilen öffentlich bei Hofe vorgelesen wurden, und Ihre Königliche Hoheit die Prinzessin Amalie und die großmütige Königin selbst Gefallen daran bezeugten.

Bald erhielt ich Aufträge, gewählte Gegenstände zu bearbeiten. Und eben der Mann, den der Monarch lebendig begraben wissen wollte, dessen Namen sogar niemand nennen sollte, hat wirklich nie mehr gelebt, noch von sich sprechen gemacht, als da er in diesem Grabe seufzte. – Kurz gesagt, man fing an, mich näher kennen zu lernen. Meine Schriften rührten und haben mir auch wirklich die Freiheit zuwege gebracht.

Ich erhielt meine Freiheit, obgleich der aufgebrachte Monarch bei verschiedenen Fürbitten allezeit geantwortet hatte: »C'est un homme dangereux; durant que j'existe, il ne verra pas le jour«, oder: »Es ist ein gefährlicher Mensch; solange ich lebe, soll er das Tageslicht nicht wiedersehen.«

Nun ereignete sich der Vorfall in Russland, dass Elisabeth starb; Peter änderte das Verbindungssystem, Katharina stieg auf den Thron und erzwang den Frieden.

Sobald ich hiervon Nachricht hatte, wollte ich mich auf alle Fälle in Sicherheit stellen. In Wien war durch den redlichen Hauptmann K***n meine Korrespondenz offen, man versprach mir Hilfe, gab mir aber zugleich zu verstehen, dass meine Güterbesitzer und Rechnungsführer das Gegenteil bearbeiteten. – Ich wagte nun noch einmal, einen Offizier zu überreden, mit mir zu entfliehen. – Umsonst! Ich fand keinen Schell mehr. Der Wille war gut, aber der Mut zur Ausführung fehlte.

Ich öffnete also mein altes Loch, wo ich bereits etwas Raum gemacht hatte, und meine Freunde halfen mir auf alle mögliche Art, etwas Sand hinauszuschaffen. Mein Geld war ziemlich geschmolzen, man versah mich mit allen erforderlichen Instrumenten, mit frischem Pulver, auch mit einem guten Degen. Alles wurde unter dem Boden versteckt, den niemand mehr visitierte, weil ich so lange ruhig gewesen war. Mein Anschlag war dieser: Ich wollte den Frieden abwarten, falls ich aber durch denselben nicht gerettet würde, dann sollte mein unterirdischer Gang bis zur Galerie im Walle fertig sein, da ich dann nur in derselben die Öffnung machen und entfliehen durfte.

Zur vollkommenen Sicherheit war Folgendes verabredet: Ein alter Leutnant von der Landmiliz hatte in der Vorstadt ein kleines Häuschen von meinem Gelde gekauft, wo ich mich allenfalls verbergen konnte. In Gummern in Sachsen, eine Stunde von Magdeburg, standen zwei gute Pferde, die ein Freund bereithielt und die ein ganzes Jahr auf mich daselbst warten mussten. Wir hatten verabredet, dass sogleich nach wirklich erfolgtem Frieden in jedem Monate, am Ersten und Fünfzehnten, mein Freund an dem Glacis vom Kloster Bergen auf und ab reiten und auf ein gewisses Signal mir zu Hilfe eilen sollte.

Nun kam es darauf an, durchzubrechen, um auf alle Fälle bereit zu sein.

Ich durchschnitt also einige obere Bretter auf eben die Art wie die ersteren, nahm allgemach die ganze doppelte untere Lage, die sechs Zoll dick war, weg, zerschnitt sie mit einem Meißel in Stücke, verbrannte diese im Ofen und füllte den hierdurch gewonnenen leeren Raum mit dem Sande aus meinem unterirdischen Kanal; so gwann ich fast den halben Weg.

Dann steckten mir meine Freunde einen Vorrat von Leinwand zu, wovon ich Sandsäcke machte, die ich geschwind ein- und ausschieben konnte; auf diese Art kam ich glücklich bis an die Galerie zum Ausbruche. Dann wurde alles geschlossen, festgemacht und so gut verwahrt, dass ich bei der genauesten Visitation nichts zu befürchten hatte, weil ich vom untern Holze überall so viel stehen ließ, dass das obere befestigt blieb. Die oben durchschnittenen Bretter waren alle doppelt festgenagelt und verursachten keinen Verdacht, besonders da die neu ankommende Garnison nicht einmal wissen konnte, ob sie ganz oder stückweise gelegt waren.

Während dieser schweren Arbeit, die mich wieder ganz entkräftet hatte, ward wirklich Friede und beim Einrücken der alten Feldregimenter verlor ich alle meine Freunde und Nothelfer auf einmal.

Nun muss ich aber, ehe ich weiter schreite, eine schreckliche Begebenheit erzählen, an die ich nicht ohne Schauder denken kann, und wovon ich ebenso oft fürchterliche Träume halte, als ich sie irgendwo erzählen musste.

Da ich unter den Fundamenten des Walles arbeitete und eben im Begriffe war, einen Sandsack herauszuziehen, stemmte ich mich mit einem Fuße gegen einen großen Stein hinter mir, so dass er herunterfiel und mir die Rückkehr versperrte.

Wie groß war mein Schrecken, da ich lebendig in der Erde begraben lag! Nach kurzem Hin- und Herdenken fing ich an, seitwärts den Sand wegzuarbeiten, um mich umwenden zu können; zum Glück hatte ich vor mir noch etlich Fuß Raum; diese füllte ich mit dem Sande, den ich unter und neben mir wegwühlte. Es wurde aber die Luft so dünn, dass ich mir tausendmal den Tod wünschte und alle Versuche machte, mir die Kehle zuzuhalten.

Endlich war weitere Arbeit unmöglich, der Durst beraubte mich meiner Sinne; so oft ich in den Sand biss, fand ich wieder etwas Luft; die Beängstigung vermag aber keine Feder auszudrücken, und meiner Rechnung nach habe ich gewiss acht Stunden in diesem fürchterlichen Zustande zugebracht. Ich wurde ohnmächtig, erholte mich wieder, arbeitete weiter; nun stand aber die Erde schon vor mir bis an die Nase gefüllt, und ich hatte keinen Raum mehr übrig, um Platz zur Wendung zu machen. – Dennoch gelang es, ich krümmte mich zusammen, und mein Loch war weit genug, um darin umzukehren.

Nun kam ich an den herabgestürzten Stein, der den ganzen Kanal ausfüllte. Hier fand ich etwas mehr Luft. Ich wühlte unter diesem Steine ein tiefes Loch aus und zog ihn in dieses herein, so dass ich darüber hinwegkriechen konnte und glücklich wieder in mein Gefängnis kam.

Es war schon heller Tag, da dies geschah, und meine Kräfte hatten mich so verlassen, dass ich mich niederlegte und außerstande glaubte, allen Schutt wieder hineinzubringen und mein Loch zuzumachen.

Kaum hatte ich aber eine halbe Stunde gerastet, so war meine Standhaftigkeit schon wieder da. Ich griff zum Werke, vollzog es glücklich, und kaum war ich fertig, so rasselten meine Schlösser zur Visitationsstunde.

Man fand mich bleich wie einen Toten; ich klagte über Kopfschmerzen, und etliche Tage lag ich an Husten und Mattigkeit so krank, dass ich glaubte, meine Lunge müsse angegriffen sein. Die Gesundheit kam aber mit den Kräften wieder, und diese Nacht war unter allen meinen erlebten schrecklichen Stunden die allerabscheulichste. –

So oft ich nach dieser Begebenheit wieder zu meiner Arbeit in die Erde kriechen musste, hängte ich mir allezeit ein Messer um den Hals, um bei einem solchen abermaligen Vorfall meine Qual zu verkürzen. Wirklich aber waren an diesem Orte, wo der Stein heruntergestürzt war, viele andere wackelnd, unter denen ich allezeit hindurchkriechen musste; und dennoch geschah es noch viele hundertmal, und nichts hielt mich zurück, um meinen Zweck zur Freiheit zu erreichen.

Da ich, wie bereits gemeldet worden, mit meinem unterirdischen Kanal bis zum Ausbruche fertig war, und der Frieden wirklich erfolgte, schrieb ich alle möglichen Briefe nach Wien an meine Freunde, besonders ein bewegliches Memorial an meine Souveränin, nahm von meinen bisherigen Wächtern, die mir nichts als Liebe und Gutes erzeigt hatten und noch vor der letzten Ablösung mir alles zusteckten, was ich bedurfte, um mir selbst zu helfen, den zärtlichsten und rührendsten Abschied; denn wirklich rückten die gewöhnlichen Feldregimenter der Magdeburger Garnison ein.

Ehe dies aber geschah, verflossen etliche Wochen, und ich erfuhr, dass General Ried vom Wiener Hofe nach Berlin als Gesandter ernannt war.

Nun kannte ich die Welt aus Erfahrung und wusste, dass dieser Herr allezeit Geld brauchte. Deshalb schrieb ich ihm einen rührenden Brief, bat ihn, mich nicht zu verlassen und mehr für mich zu tun, als vielleicht sein Auftrag von Wien fordere. Zugleich schloss ich eine Anweisung auf 6000 fl. bei, die ihm in Wien von meinem Gelde bezahlt werden sollten, und 4000 fl. hat er sogleich von einem meiner Verwandten hierzu empfangen, den ich hier nicht nennen darf.

Diesen 10 000 fl. habe ich eigentlich meine erst neun Monate nachher erfolgte Freiheit zu danken, denn die in meinen Händen befindliche Wiener Rechnung erweist, dass die 6000 fl. schon im April 1763 von meinen Administratoren auf Hofbefehl für Order des General Ried an die Staatskanzlei des Fürsten Kaunitz bar bezahlt wurden. Die anderen 4000 fl. habe ich nach meiner erlangten Freiheit meinem Freunde, der sie vorgeschossen hatte, dankbar zurückgezahlt.

Ich hatte nun, noch ehe die Garnison abzog, bereits Nachricht, dass im Hubertusburger Frieden nichts für mich geschehen war. Unser damaliger Bevollmächtigter hatte erst nach bereits ratifizierten Artikeln ganz kaltblütig meinetwegen mit dem preußischen Minister, dem gegenwärtigen Grafen von Herzberg, gesprochen, aber nichts ernsthaft betrieben noch sollizitiert. Von Berlin gab man mir aber die Versicherung, für mich ernsthaft bei dem Könige zu arbeiten; und auf dieses Versprechen konnte ich mehr bauen als auf die Wiener Protektion, die mich zehn Jahre hindurch so hilflos, so verächtlich im Unglücke verlassen hatte. Deshalb beschloss ich noch drei Monate zu warten, ob etwas erfolgen würde, dann aber erst eigenmächtig aus meinem Gefängnisse zu entfliehen.

Die Ablösung der Garnison geschah, und nun war alles neu für mich. Die Offiziere von der Wache waren alle Edelleute und schwerer zu gewinnen als die Landmiliz, und die Majore vollzogen ihre Befehle buchstäblich. Ich brauchte zwar keinen mehr zu meinen Entwürfen; mein Herz sehnte sich aber nach Freunden, an die es nun schon gewöhnt war. Auch hatte ich wieder nichts als mein Kommissbrot zur Nahrung, weil mir niemand mehr das mindeste zusteckte.

Die Zeit fing an lang zu werden. Man hatte zwar bei der Übergabe alles genau visitiert und nichts gefunden; es war aber doch möglich, dass eine klügere Untersuchung alles entdecken und meine Anschläge vernichten könnte. Ein ungefährer Zufall, den ich hier als etwas Besonderes erzählen muss, hätte dies leicht verursachen können.

Ich hatte seit zwei Jahren eine Maus so zahm gemacht, dass sie den ganzen Tag auf mir herumspielte und mir aus dem Munde fraß.

Diese wirklich kluge Maus hätte mich nun beinahe unglücklich gemacht. Sie hatte bei der Nacht an meiner Tür genagt und Kapriolen in meinem Zimmer auf einem hölzernen Teller gemacht. Die Schildwachen hörten es und riefen den Offizier; dieser hört auch und meldet weiter: Es gehe in meinem Gefängnisse nicht richtig zu. – Auf einmal wurden mit Anbruch des Tages meine Türen geöffnet, und Platzmajor, Schlosser und Maurer traten herein. Man fing an, alles auf das Genaueste zu durchsuchen – Boden, Mauern, Ketten, auch mein Leib ward visitiert; man fand aber nichts. – Endlich fragte man mich, was ich die verwichene Nacht gearbeitet und gepoltert hätte. Ich hatte die Maus selbst gehört und klagte das arme Tier an. Gleich wurde befohlen, sie abzuschaffen. Ich pfiff, und sie kam auf meine Schulter gesprungen; nun bat ich für ihr Leben: Der wachhabende Offizier nahm sie mit sich in sein Zimmer, mit dem heiligsten Versprechen, er wollte sie einer Dame schenken, wo es ihr ganz gut gehen sollte.

Als er sie dort hatte, ließ er sie im Wachzimmer laufen. Sie war aber für keinen andern Menschen zahm als für mich und hatte sich gleich versteckt.

In der Nacht hatte sie, wie die Schildwachen am folgenden Morgen meldeten, an meiner äußern Türe beständig genagt, auch waren die Merkmale sichtbar.

Zu Mittag, da man zum Visitieren hereinkam und damit beschäftigt war, lief mir auf einmal meine Maus die Beine herauf, auf die Schulter und machte allerhand Sprünge, um ihre Freude zu bezeugen.

Jedermann war erstaunt und wollte diese Maus haben; der Major nahm sie seiner Gemahlin mit. Die hatte ihr einen schönen Käfig machen lassen, worin sie aber nicht gefressen hat und nach einigen Tagen tot gefunden wurde.

Ich war wirklich wegen des Verlustes dieses geselligen Tieres einige Tage ganz unruhig. Da ich aber fand, dass sie an einem Orte, am Fußboden, wo ich den Querschnitt mit Brot und Staub verstrichen, dieses Brot so abgenagt hatte, dass meine Wächter bei der letzten scharfen Visitation wirklich mit Blindheit geschlagen waren oder nicht sehen wollten, dass das Brett durchschnitten war, so erkannte ich das notwendige Opfer meiner treuen Gesellschafterin, und meine Wächter waren beruhigt und überzeugt, dass ich nichts für meine eigenmächtige Befreiung unternommen hatte noch wagen dürfe.

Dieser Vorfall mit der Maus aber beschleunigte meinen Entschluss. Ich wollte nicht drei Monate warten.

Da ich nun bereits meine Anstalten erzählt habe, wonach ich in jedem Monat den ersten und fünfzehnten Tag festgesetzt hatte, wo die Pferde außerhalb der Festung auf mich warteten, so verstrich der 1. August allein deshalb, weil ich den redlichen Major von Pfuhl, der mir mehr Menschenliebe als die andern erzeigte und an eben diesem Tage die Inspektion in der Sternschanze hatte, nicht unglücklich machen wollte.

Es wurde aber der 15. August hierzu festgesetzt, denn länger wollte ich nicht warten.

Auf einmal ereignete sich ein Vorfall, der einer der merkwürdigsten in meiner Lebensgeschichte ist.

Der Major *du jour*, der sonst allezeit selbst mein Gefängnis aufzuschließen gewohnt war, musste eiligst in die Stadt, wo Feuerlärm geschlagen wurde, und gab dem Leutnant die Schlüssel, um bei mir zu visitieren.

Dieser kam herein, sah mich mit Mitleid an und fragte: »Aber lieber Trenck, haben Sie denn in sieben Jahren unter den Landmilizoffizieren keinen Erretter, wie den Schell in Glatz finden können?« – Meine Antwort war: »Mein Freund! Freunde solcher Art sind selten zu finden. An Willen hat es keinem gefehlt; jeder wusste, dass er durch mich glücklich werden konnte; aber keiner hatte Herz genug im Leibe, eine entschlossene Unternehmung auszuführen. Geld habe ich ihnen genug gegeben, aber wenig Hilfe von ihnen erhalten.«

»Wo nehmen Sie denn das Geld her?« – »Von Wien, mein Freund, durch geheime Korrespondenz, die sie mir beförderten, und noch gegenwärtig bin ich damit für einen Freund versehen. Kann ich Ihnen damit Dienste leisten? Mit Freuden. Und ich fordere nichts von Ihnen.« – Gleich zog ich 50 Dukaten aus einem Loche heraus, das in der Schwelle des Türgerüstes hierzu gebohrt war, und gab sie ihm. Er weigerte, nahm sie aber endlich mit Schüchternheit an; versprach, sogleich wiederzukommen; ging hinaus, hängte die Schlösser nur verblendet vor und hielt Wort. Nun erklärte er sich offenherzig, dass er ohnedies Schulden halber desertieren müsste und längst den Vorsatz gefasst hätte; könne er mir also mit forthelfen, so wäre er zu allem bereit. Ich sollte ihm nur den Plan zur Möglichkeit machen. Wir blieben fast zwei Stunden allein zusammen, das Projekt war bald gemacht, approbiert, möglich, auch zur glücklichen Ausführung sicher gefunden, besonders da ich ihm sagte, dass meine Pferde in Gummern bereitständen.

Gleich war Brüderschaft und ewige Freundschaft geschlossen. Ich gab ihm noch 50 Dukaten, und niemals mochte er so viel Geld in seiner Gewalt gehabt haben, denn alle seine Schulden, weshalb er desertieren wollte, betrugen nicht 200 Reichstaler. Da er aber von Hause gar nichts hatte, so war es unmöglich, sie von seiner Gage zu bezahlen. Unsere Abrede war mit wenig Worten diese: Er solle sich vier Schlüssel anschaffen, die denen von meiner Tür nur im äußeren Anblicke ähnlich waren. Diese sollte er am Tage, da wir unser Vorhaben ausführen wollten, verwechseln, während sie, indessen der Major bei dem gefangenen General Walrawe Zu Mittag speiste, in der Wachstube verwahrt waren.

Alsdann sollte er, sobald der Major in der Stadt wäre, seine Grenadiere teils auf einige Stunden beurlauben, teils in allerhand Aufträgen in die Stadt schicken – – den Posten am Schlagbaum einziehen, dann aber zu mir hereinkommen und meinen beiden Schildwachen befehlen, mein Bett herauszutragen.

Indem sie hiermit beschäftigt waren, wollte ich hinausspringen und diese Leute in meinen Kerker einsperren; dann setzten wir uns ungehindert auf die zur bestimmten Stunde bereitgehaltenen Pferde und galoppierten nach Gummern.

Binnen acht Tagen bei seiner zweiten Wache sollte alles bewerkstelligt werden.

Nun war kein Mensch glücklicher als ich in meinem Kerker.

Fünfzehntes Kapitel

Berauscht von Freude und Aussicht auf eine glückliche Zukunft, geriet ich auf den törichten Gedanken, die Großmut des großen Friedrich auf die Probe zu setzen. Fände ich diese nicht, schlüge dieser Anschlag fehl, dann hätte ich in allen Fällen meinen Leutnant zum gewissen Erretter.

Diesem tausendfach beweinten Plan gemäß, in den ich mich selbst verliebt hatte, und weshalb ich mit Sehnsucht den Tag erwartete, redete ich den mittags zur Visitation hereintretenden Major auf folgende Art an: »Ich weiß, Herr Major, dass der Gouverneur, der großmütige Herzog Ferdinand von Braunschweig, gegenwärtig in Magdeburg ist. (Dieses hatte mir mein Freund gesagt.) Gehen Sie sogleich zu ihm und sagen ihm: Er möchte zuvor mein Gefängnis visitieren, die Schildwachen verdoppeln lassen und dann befehlen, zu welcher Stunde am hellen Tage ich mich außer den Werken der Sternschanze auf dem Glacis bei Kloster Bergen in vollkommener Freiheit sollte sehen lassen. – Wäre ich dieses zu bewerkstelligen imstande, dann hoffte ich auf die Protektion des Herzogs, der diesen Auftritt dem König melden sollte, um ihn dadurch von meinem reinen Gewissen und allezeit rechtschaffenen Handlungen zu überzeugen.«

Der Major erstaunte, sah den Leutnant an und glaubte wirklich, ich wäre verrückt, weil ihm der Vortrag lächerlich und die Ausführung meines Anerbietens schlechterdings unmöglich schien. Ich beharrte aber ernsthaft auf meiner Bitte. Er ritt in die Stadt und kam nebst dem Kommandanten Herrn von Reichmann, dem Platzmajor Niding und dem andern Inspektionsmajor zu mir zurück mit der Antwort: »Der Herzog ließe mir sagen: Wenn ich das, wozu ich mich anheischig mache, zu bewerkstelligen imstande sei, dann versichere er mich seiner ganzen Protektion, auch der Gnade des Königs, und wolle mich sogleich von allen Fesseln befreien.«

Nun forderte ich die Bestimmung der Stunde im vollen Ernste. Noch scherzte man und hielt alles für unmöglich. Endlich hieß es, ich sollte sagen, auf was für Art, ohne es auszuführen. Es wäre genug, wenn ich die Möglichkeit erwiese. Im Weigerungsfalle würde sogleich mein ganzer Fußboden aufgebrochen werden, und man würde Tag und Nacht Wache in mein Zimmer stellen. Der Gouverneur wolle sich nur von der Möglichkeit überzeugen, aber keinen wirklichen Ausbruch gestatten.

Nach langem Kapitulieren und den heiligsten Versicherungen warf ich ihnen auf einmal alle meine Fesseln vor die Füße, öffnete mein Loch, gab ihnen mein Gewehr und alle meine Instrumente, auch zwei Schlüssel zu Ausfalltüren in den unterirdischen Galerien. Ich hieß sie in die erste, 37 Fuß weit von meinem Kerker gehen und mit dem Degen den Ausbruch sondieren, der in wenigen Minuten geschehen könnte. Dann sagte ich ihnen jeden Schritt, den ich inwendig zur Tür in jeden Wall zu gehen hätte. Beide waren seit sechs Monaten unverschlossen, zu den andern gab ich ihnen die Schlüssel. – Endlich entdeckte ich ihnen auch, dass ich an dem Glacis bei Kloster Bergen auf jeden Wink Pferde bereit habe, deren Stall zu entdecken sie aber außerstande wären.

Sie gingen hinaus, sahen, kamen wieder herein, stellten Fragen und Einwürfe, die ich so gut beantwortete als ein Ingenieur, der die Sternschanze gebaut hatte. Dann traten sie wieder hinaus, wünschten mir Glück, blieben etwa eine Stunde weg – kamen sodann wieder, sagten mir, der Herzog sei erstaunt über den erhaltenen Bericht, wünschten mir noch einmal Glück und führten mich hinaus ohne Fesseln und in das Zimmer des wachhabenden Offiziers.

Am Abend kam der Major zu uns, gab ein herrliches Souper und versicherte mich, nunmehr werde alles gut gehen. Der Herzog habe bereits nach Berlin geschrieben.

Am folgenden Tage wurde aber die Wache verstärkt; zwei Grenadiere traten in das Offizierzimmer als Schildwachen; die ganze Wache lud scharfe Patronen vor meinen Augen, und kurz gesagt: Man traf Vorkehrungen, als ob ich eine Unternehmung wie zu Glatz machen wolle; sogar die Zugbrücken wurden am hellen Tage aufgezogen.

Dann sah ich vor meinen Augen sogleich eine Menge Menschen vor meinem Kerker arbeiten und viele Wagen mit Quadersteinen hinunterfahren. – Indessen waren die wachhabenden Offiziere freundlich und liebreich gegen mich; die Tafel war gut; wir aßen zusammen, aber ein Unteroffizier und zwei Mann blieben beständig bei uns im Zimmer, folglich waren alle Unterredungen sehr behutsam. Dies dauerte vier oder fünf Tage, bis endlich mein neuer Freund, auf den ich mich ganz verließ, zu mir auf die Wache kam. Er schien der Alte zu sein, die Augenzeugen gestatteten uns wenig Unterredung. Indessen gewannen wir doch zuweilen Gelegenheit. Er war erstaunt über meine unzeitig gemachte Entdeckung, sagte mir, der Herzog wüsste gar nichts davon, und in der ganzen Garnison hieß es, man habe mich abermals beim Ausbrechen überrascht.

Hier ging mir ein Licht auf, aber leider zu spät! Ich versicherte meinen Freund, ich habe allein alles deshalb getan, weil ich mich nunmehr auf sein mir gegebenes Wort verließe. Er beteuerte, versprach alles, und nunmehr war mein Mut unbegrenzt; meine Rache aber gegen ein so niederträchtiges Verfahren des Kommandanten im Herzen beschlossen.

Binnen acht Tagen war der neue Bau meines Gefängnisses fertig; der Platzmajor erschien nebst dem Major *du jour* und man führte mich wieder in meinen Kerker zurück. Hier wurde ich nur mit einem Fuße an der Mauerkette befestigt, die aber noch einmal so schwer als die vorige war. Alle übrigen Fesseln wurden mir nicht wieder angelegt.

Der Fußboden war nunmehr mit großen Quadersteinen ausgepflastert, und folglich das Gefängnis wirklich undurchdringlich gemacht. Bloß das Geld, das in den Türgerüsten und in der Ofenröhre versteckt war, blieb gerettet; ungefähr 30 Louisdors, die ich am Leibe trug, wurden gefunden und weggenommen.

Da man mich nun wieder anschmiedete, sagte ich dem Kommandanten in erbittertem Tone: »Ist das die Folge des herzoglichen Ehrenwortes? Hab' ich solche Misshandlung für meinen Großmut verdient? Ich weiß aber schon, dass man falsch rapportiert hat. Die Wahrheit wird dennoch offenbar werden und Schurken beschämen. Nunmehr erkläre ich Ihnen aber, dass Sie den Trenck nicht mehr lange in Ihrer Gewalt haben werden. Und bauten Sie mir einen Kerker von Stahl, so sollen Sie mich nicht festhalten.« – –

Man lachte über meine Drohungen, Reichmann aber sprach mir Mut zu, hieß mich hoffen und sagte, ich würde vielleicht bald auf eine gute Art meine Freiheit erlangen.

Ich pochte hauptsächlich auf die mir allein bekannte Hilfe meines neuen Freundes und war viel mehr verwegen und drohend als niedergeschlagen und kleinmütig, was jedermann in Verwunderung setzte.

Ich muss aber auch hier dem Leser das Rätsel auflösen, warum man eigentlich so unerwartet mit mir verfuhr. Nach meiner erlangten Freiheit reiste ich nach Braunschweig und erfuhr vom Herzog selbst, dass die damals über mich bestellten Herren Majore ihm nicht die Wahrheit rapportiert, sondern, um einem Verweis wegen nachlässigen Visitierens auszuweichen, ihm gemeldet, sie hätten mich bei der Arbeit ertappt und bei genauer Untersuchung gefunden, dass ich ohne ihre Wachsamkeit gewiss entflohen wäre. Einige Zeit nachher habe der Herzog aber die Wahrheit erfahren, dem König den Vorfall gemeldet, und von dieser Zeit an habe der Monarch nur auf Gelegenheit gewartet, um mir die Freiheit wiederzugeben. Nun saß ich von neuem in meinem Kerker; mein Herz empörte sich gegen den gefühllosen Monarchen, noch mehr aber gegen den grausamen Gouverneur. Und beide waren doch hintergangen, auch unschuldig an der Ursache meiner Klagen.

Ich hoffte nun Tag und Nacht auf den ersten Eintritt meines gewissen Erretters. Wie erschrak ich aber, da an dem Tage seiner bestimmten Wache ein anderer Leutnant hereintrat ...

Noch schmeichelte ich mir, dass ungefährer Zufall ihn nur für dieses Mal zurückgehalten hätte. Allein ich wartete wohl drei Wochen vergebens: Er kam nicht wieder. Fragen durfte ich nicht; endlich erfuhr ich, dass er von den Grenadieren abgegangen sei, folglich die Sternschanze nicht mehr zu versehen hatte. – Ob ihm nun etwa sein Entschluss für mich gereut, ob er verzagt zur Ausführung war, ob die von mir ihm gegebenen 100 Dukaten ihn auf andere Gedanken gebracht und sein Glück befördert haben, alles das ist mir unbekannt und ich verlange es auch nicht zu wissen.

Jetzt fing ich erst an, über mein grausames Schicksal nachzudenken und meine Torheit, meinen unzeitigen Stolz bitterlich zu beweinen. Ich konnte fast ein halbes Jahr hindurch ungehindert und ohne alle Gefahr aus meinem Kerker entfliehen; alle möglichen Vorfälle waren behoben, und nichts stand mir entgegen. – Meine eigene Schuld, mein blindes Vertrauen auf Menschengroßmut, auf Freundeshilfe vereitelte aber alle meine Hoffnung und stürzte mich in einen Zustand, aus dem mich wirklich nichts mehr retten konnte.

Neun Jahre hindurch fand ich trotz aller Vorkehrungen, meinen Kerker undurchdringlich zu machen, noch allezeit Mittel in meiner Erfindungskraft; jetzt aber hatte ich selbst alle meine Aussicht für die Zukunft vereitelt und mich allein als die Ursache meines künftigen Leidens zu betrachten. Tausend Vorwürfe nagten nunmehr an meiner tiefgebeugten Seele, und gewiss hätte ich zu leben aufgehört, wenn mich nicht noch die Erwartung einer auswärtigen Hilfe aus Wien oder Berlin zurückgehalten hätte.

Die Stabsoffiziere merkten bald, dass ich meine ganze Heiterkeit und gewöhnliche Standhaftigkeit zu verlieren anfing. Ich wurde tiefsinnig, mürrisch und schwermütig, arbeitete auch wenig an meinen Bechern und schrieb nur Klagelieder oder verzweifelte Traueroden.

Der Friede war bereits seit neun Monaten geschlossen, und noch erfolgte nichts für mich. Eben aber, als ich mich schon wirklich ohne Rettung verloren glaubte, brach mit dem 24. Dezember mein Erlösungstag heran.

Es war gerade zur Zeit der Wachparade, als der Königliche Leutnant von der Garde, Graf Schlichen, als Kurier nach Magdeburg geritten kam und den Befehl brachte, dass ich sogleich meines Arrestes entlassen sein sollte.

Die Freude auf dem Paradeplatze, wie in der ganzen Stadt war allgemein, weil mich jedermann schätzte, bewunderte oder bedauerte.

Nun rasselten auf einmal meine Türen, und ich sah zuerst den Kommandanten, dann drängte sich ein Schwarm Menschen herein, die mich alle mit heiterem, lachendem Gesicht anblickten. Ich war verwundert, jetzt aber sagte der Erstere: »Mein lieber Trenck! Heute habe ich zum ersten Mal die Freude, Ihnen eine gute Nachricht zu bringen ... Der Herzog Ferdinand hat endlich bei dem König erreicht, dass man Ihnen Ihre Fesseln abnehmen soll – gleich trat auch der Schmied herzu und fing seine Arbeit an. »Sie werden auch ein besseres Zimmer erhalten«, fuhr er fort. – Hierauf fiel ich ihm in die Rede: »Ich bin also gewiss in Freiheit, und Sie wollen mir nur die Freude nicht auf einmal beibringen. Sagen Sie mir die trockne Wahrheit! Ich weiß mich zu mäßigen.«

»Ja,« war die Antwort, »Sie sind frei!« – Gleich umarmte er mich zuerst, und die andern folgten.

Nun fragte man mich: »Was wollen Sie für ein Kleid?« – »Meine Uniform,« erwiderte ich. – Der Schneider war schon da und nahm das Maß. »Morgen früh, Meister,« sagte Herr von Reichmann, »muss die Uniform fertig sein.« Er entschuldigte sich mit der Unmöglichkeit wegen des Heiligen Abends und Christfestes. – »Gut,« hieß es, »der Herr sitzt morgen nebst seinen Gesellen in diesem Loche, wenn das Kleid nicht fertig ist.« – Sofort war es möglich und heiligst versprochen.

Sobald der Schmied fertig war, führte man mich auf die Wache in das Offizierzimmer. Hier wünschte mir jedermann von Herzen Glück, und der Platzmajor ließ mich den gewöhnlichen Eid aller Staatsgefangenen schwören:

1. dass ich mich an niemand rächen;
2. dass ich weder die sächsischen noch preußischen Grenzen betreten;
3. noch von allem, was mir geschehen, schreiben oder sprechen, und
4. dass ich, solange der König lebe, keinem Herrn, weder im Militär noch im Zivil, dienen wolle.

Hierauf gab mir der Graf Schlieben einen Brief von dem kaiserlichen Minister in Berlin, dem General Ried, ungefähr folgenden Inhalts: »Dass es ihn herzlich freue, Gelegenheit gefunden zu haben, bei dem König meine Freiheit zu bewirken. Nun sollte ich aber alles willig und freudig tun, was der Graf Schlieben von mir fordern würde, der befehligt sei, mich nach Prag zu begleiten!«

Schlieben sagte nun: »Lieber Trenck! Ich habe Befehl, Sie diese Nacht von hier in einem verdeckten Wagen über Dresden nach Prag zu begleiten und nicht zu gestatten, dass Sie auf der Reise mit jemandem sprechen. General Ried hat mir 300 Dukaten behändigt, um alles zu bestreiten. Ich will sogleich einen Wagen kaufen. Da aber heute nicht alles fertig werden kann, so ist mit dem Herrn Kommandanten vereinbart worden, dass wir erst morgen Nacht von hier abreisen werden.«

Nachdem ich alles freudigst versprochen, blieb Graf Schlieben bei mir; die andern gingen nach einer kurzen Unterredung in die Stadt.

Nun war ich frei, ging überall spazieren in den Werken, um mich an Luft und Licht zu gewöhnen; suchte auch in meinem Kerker mein noch verstecktes Geld zusammen, das noch gegen 70 Dukaten betrug. Die ganze Wache wurde herrlich traktiert. Jedem Mann gab ich einen Dukaten, meinen Schildwachen, die eben auf dem Posten standen, als ich frei ward, jedem drei Dukaten; unter die abgelöste Wache ließ ich zehn Dukaten austeilen; dem eben wachhabenden Offizier schickte ich ein Geschenk aus Prag. Den Überrest meines Geldes behändigte ich dem Weibe meines ehrlichen Grenadiers Gefhardt. Dieser war gestorben, und sie hatte während der Zeit, da er im Felde war, einem jungen Burschen anvertraut, dass sie 1000 fl. von mir empfangen habe; dieser war mit dem von ihr erhaltenen Gelde unvorsichtig, wurde untersucht und verriet das Weib, das deshalb zwei Jahre im Zuchthause zugebracht hatte.

Der Witwe des Mannes, der sich vor meinem Kerker im Jahre 1756 erhängte, gab ich 30 Dukaten, die mir Schlieben ausfolgen ließ.

Die ganze Nacht war ich unruhig, und meine Wache fröhlich, bei der ich den größten Teil der Nacht zubrachte.

Am Morgen des Weihnachtsfestes hatte ich Besuch von allen Stabsoffizieren der Garnison; in der Stadt durfte ich aber nicht erscheinen. Bis Mittag war ich mit Stiefeln, Uniform und Degen ganz gekleidet und gefiel mir selbst im Spiegel. Mein Kopf war aber von Entwürfen, Freude und Glückwünschen so betäubt, dass ich mich auf die Vorfälle der ersten Tage wirklich nicht mehr zu besinnen weiß.

Sechzehntes Kapitel

Wer hätte mir aber wohl jemals prophezeien können, dass ich bei der Abreise von Magdeburg noch Tränen vergießen würde, was doch wirklich geschehen ist!

Es ist auch ein wunderbares Rätsel, wenn ich sagen kann, dass ich zehn Jahre lang in Magdeburg lebte, ohne jemals diese Stadt gesehen zu haben. Und dennoch ist es wahr.

Meine Gefängnishaft hatte neun ganze Jahre, fünf Monate und etliche Tage gedauert. Wenn ich nun hierzu den Arrest in Glatz von siebzehn Monaten rechne, so habe ich in allem elf Jahre, die beste Zeit, den Kern meiner Jahre, im unverdienten Kerker elend zugebracht, die mir kein Monarch auf Erden wiedergeben noch vergüten kann. Dabei ist mein Leib geschwächt worden, so dass ich in gegenwärtigem Alter die Folgen meiner überstandenen Martern erst zu empfinden anfange, wenn das Bett mein Kerker wird.

Jeder Leser wird nun glauben, dass mit dieser Epoche auch meine Drangsale ein Ende haben. Ich versichere aber auf Ehre, dass ich noch lieber auf zehn Jahre nach Magdeburg in mein Gefängnis zurückkehren, als alles das noch einmal ertragen wollte, was mir nach meiner erlangten Freiheit in Österreich widerfahren ist, wo die Kriegl und Cetto meine Referenten und Kuratoren waren.

Am 2. Januar kam ich mit dem Grafen Schlieben glücklich in Prag an. Dieser übergab mich noch an demselben Tage dem damaligen Gouverneur, dem Herzog von Zweibrücken.

Er empfing mich liebreich und gnädig, wir speisten zwei Tage nacheinander bei ihm, und ganz Prag war neugierig, mich als einen Mann zu kennen, der stark genug war, um so viel Ungemach zehn Jahre hindurch zu überstehen. Ich empfing dort 3000 fl. von meinem Gelde, schickte dem General Ried die 300 Dukaten zurück, die er dem Grafen Schlieben zu meiner Equipierung und eilfertigen Reise gegeben hatte und die er in seinem Briefe von mir verlangte, obgleich er bereits 10 000 fl. von mir in bar empfangen hatte, zahlte dem Schlieben die Rückreise nebst einem Geschenk und schaffte mir einiges Notdürftige an. Nachdem ich etliche Tage in Prag gerastet hatte, brachte eine Estafette von Wien, die ich übrigens mit 40 fl. aus meinem Beutel bezahlen musste, den Befehl an das Gouvernement, dass ich sogleich unter guter Bedeckung von Prag nach

Wien als Arrestant gebracht werden sollte. Mein Degen wurde mir wieder abgefordert, der Hauptmann Graf Wela nebst zwei kommandierten Unteroffizieren setzten sich mit mir in einen Wagen, den ich kaufen musste, und führten mich gefangen nach Wien. Ich nahm noch 1000 fl. in Prag auf, um diese Kosten zu bestreiten, und musste sogar in Wien dem Hauptmann 50 Dukaten für seine Rückreise bezahlen.

Niemand kann sich vorstellen, was mein Herz bei dieser Begegnungsart empfand. Ich sollte im Triumph als ein seinem Lohne entgegeneilender redlicher Patriot, der das Schlachtopfer seiner Treue war, nach Wien reisen und wurde wie ein Missetäter behandelt!

In Wien brachte man mich in die Kaserne als Arrestant. Dort wurde ich in das Zimmer des Leutnants von Blonket geführt, der Befehl hakte, mich an niemand schreiben, auch mit niemand sprechen zu lassen, als mit dem, der von den Hofräten Kempf oder Hüttner ein Erlaubnisbillett vorweisen könnte. Welches leicht zu lösende Rätsel! Beide waren während meiner Gefangenschaft die Administratoren meines Vermögens gewesen.

In diesem Zustande lebte ich sechs Wochen. Endlich sprach der damalige Kommandant des Poniatowsky-Regiments, der spätere Feldmarschallleutnant Graf d'Alton mit mir. Ich überzeugte ihn von meinem begründeten Argwohn, warum ich eigentlich in Wien Arrestant war. Diesem rechtschaffenen Manne allein habe ich es zu danken, dass der gottlose Plan meiner Feinde, mich auf ewig als einen verrückten Menschen in der Festung Graz einzusperren, fehlschlug. Hätten sie mich nur einmal von Wien weggebracht, so war ich sicher verloren und musste im Narrenhause verschmachten.

Der Kaiserin hatte man glauben gemacht, ich sei halb rasend und tobe und wüte beständig mit den entsetzlichsten Drohungen gegen den König von Preußen. Da nun eben die römische Königswahl vor sich gehen sollte, so wäre sicher zu befürchten, dass ich in meiner Tollkühnheit und Rachsucht etwa dem preußischen Gesandten einen Affront mache, der Folgen nach sich ziehen könnte. Übrigens habe ja auch der General Ried in Berlin dem König versprechen müssen, dass ich mich in Wien gar nicht sehen lassen und dass man mich in guter Obhut und Verwahrung halten solle. Die großdenkende Maria Theresia fühlte Mitleid und fragte, ob mir nicht zu helfen sei? Die Antwort war, man habe mich bereits verschiedene Male zur Ader gelassen, ich bliebe aber allezeit ein höchst gefährlicher Mensch, überdies sei ich ein Verschwender, weil ich binnen sechs Tagen in Prag 4000 fl. aufgenommen und durchgebracht hätte. Man müsse mir demnach Kuratoren anordnen und mich vor Ausschweifungen sicher verwahren.

Nun sprach der damalige Oberst d'Alton von mir und meinem Schicksale bei Hofe mit der Oberhofmeisterin Gräfin Paar, die eine ehrwürdige und edeldenkende Frau war.

Indessen tritt Kaiser Franz zur Gräfin ins Zimmer. Man spricht von mir. Der Monarch fragt, ob ich denn ganz verwirrt sei und gar keine hellen Augenblicke habe? d'Alton sagt: »Ew. Majestät, er ist jetzt sieben Wochen in meiner Kaserne und allezeit der vernünftigste, gelassenste Mann gewesen, den ich in meinem Leben gekannt habe. Es müssen große Intrigen hinter dem Geheimnisse verborgen liegen, da man ihn als Narren behandelt und auch bei Hofe so schildert. Ich bin Bürge dafür, dass er es nicht ist.«

Am folgenden Tage schickte der Kaiser den Grafen von Thurn, Oberhofmeister des Erzherzogs Leopold, zu mir, um mit mir zu sprechen. Hier fand ich nun gleich meinen Mann, einen rechtschaffenen, aufgeklärten Weltweisen und redlichen Deutschen. Diesem erzählte ich, wie ich während meiner Gefangenschaft zweimal in Wien verraten und verkauft worden sei. Ich bewies ihm deutlich, dass meine Administratoren mir auch noch den gegenwärtigen tödlichen Streich versetzen und mich als Narren einsperren wollten, damit sie mich lebenslang unter ihrer Kuratel halten könnten. Sein Herz, sein ganzes Vertrauen war für mich gewonnen, und bis zum Grabe ist er mein Freund geblieben. Er ging fort, versprach mir allen Schutz, kam am folgenden Tage wieder und führte mich zur Audienz zu Seiner Majestät dem Kaiser.

Hier sprach ich nun frei von der Leber weg. Die Audienz dauerte über eine Stunde, endlich wurde der Monarch so gerührt, dass er vom Stuhle ausstand und eiligst in das Nebenzimmer gehen wollte. Hier wurde ich gewahr, dass ihm die Tränen aus den Augen stürzten. Sofort geriet ich in einen wahren Enthusiasmus der Freude, umfing seine Füße und wünschte einen Rubens oder Appelles, der diese Szene zum ewigen Nachruhme des fühlenden Monarchen und eines bis in das Innerste seiner Seele gerührten ehrlichen Mannes vor dem Throne eines gefühlvollen Fürsten in wahrer Gestalt schildern könnte. Meine Feder ist zu schwach, um Ausdrücke zu finden, die mein dankbares Herz gerne mit allem Feuer hervorbringen möchte, um den Kaiser Franz in seiner damaligen Gestalt der Nachwelt verehrungswürdig zu machen. Ich wurde stumm, mein Auge, meine Tränen sprachen. Der Kaiser riss sich von mir los, und ich schlich mit erschüttertem Gefühl und mit einer Art von Wollust zur Türe hinaus, die nur der Menschenkenner und wahrhaft ehrliche Mann zu empfinden vermag.

Ich fuhr im Taumel der Freude in meine Kaserne. Am folgenden Tage erschien aber schon der Befehl, dass ich meines Arrestes entlassen sei. Ich ging nebst dem Grafen d'Alton zur Gräfin Paar, die mich zu sehen verlangte und durch ihre Vermittlung erhielt ich die erste Audienz im Kabinett bei meiner Monarchin.

Unbeschreiblich ist die liebreiche Art, mit der mich diese empfing. Wie wurde ich bedauert, wie gnädig meine Standhaftigkeit und Treue gepriesen!

Wahr, wirklich wahrhaft ist man auf solche Art mit mir verfahren. Wahr bleibt es ewig, dass die beste Monarchin an mir groß und edel zu handeln verhindert wurde. Wahr ist es auch, dass man mich allein deshalb keiner Achtung würdig glaubte und willkürlich misshandeln ließ, weil ich keine Messe hören wollte und meine Güterbesitzer unter dem Schutze der Jesuiten standen.

Ich sage hier nicht, was ich damals in meinem empörten Herzen beschloss. Meine Eigenliebe versicherte mir aber, dass ich in allen Ländern Europas mit meinem arbeitsamen Kopfe, mit meinen erlernten Wissenschaften, durch Tugend und treue Erzählung meines Schicksals Brot und Ehre erwerben könnte. Ich hatte damals keine Kinder, folglich war mir aller Verlust und das Überbleibsel meines Vermögens gleichgültig.

Mit Recht missvergnügt, entschloss ich mich demnach, schon damals Österreich auf ewig zu fliehen.

Schon war ich im Begriff, mein Glück jenseits der Grenzen zu suchen, als ich in eine schwere Krankheit fiel, die mich beinahe ins Grab gerissen hätte. Die Kaiserin erfuhr meinen Zustand und schickte mir ihre Hofärzte und sogar einen barmherzigen Bruder als Krankenwärter, die ich aber am Ende alle aus meinem eigenen Beutel bezahlen musste.

Als ich wieder genesen war, erhielt ich, ohne es zu begehren, vom Hofkriegsrat das Dekret als Oberstwachtmeister.

Merkwürdig ist in meinem Majorspatente folgender Ausdruck: »Se. Majestät hätten in Betreff meiner, ungeachtet der langwierigen Gefangenschaft, bezeugten rühmlichsten Treue und unverfälschten Diensteifers, dann in Erwägung meiner besonderen Talente und guten Eigenschaften, mir den Charakter eines kaiserlichen Majors zu erteilen gnädigst geruht.«

Sollte man bei solchen Ausdrücken nicht für mich den Generalscharakter oder die Rückgabe meiner slawonischen Güter erwarten?

Und was folgte – – –? Der Titel eines Invalidenmajors, nachdem ich bereits vor fünfzehn Jahren als Rittmeister gedient hatte.

Meine Schuld war es gewiss nicht, dass ich in Danzig von dem kaiserlichen Residenten Abramson, in Berlin von dem kaiserlichen Gesandtschaftssekretär Weingarten und in Wien zweimal von solchen Menschen verraten, verkauft und unglücklich gemacht wurde, denen daran gelegen war, mich arm und dem Staate untätig zu machen. Dieses Patent war also keine Gnade für einen Trenck, besonders da ich nunmehr seit dreiundzwanzig Jahren noch kein anderes erhalten habe und noch immer der Herr Major geheißen werde.

Überhaupt war das damals auch keine Belohnung für mich, zu einer Zeit, wo viele junge Offiziere das Majorspatent um etliche tausend Gulden kaufen konnten. Hätte man vielmehr meine Rechnungsführer gezwungen, mir nur 30 000 fl. von dem mir entrissenen Gelde zurückzugeben, so hätte ich davon den Oberstentitel kaufen können und unsere großen Generäle wären jetzt meine Kameraden. Ich aber hätte von meiner Generalsgage rechtschaffene Kinder für den Staat erzogen, wäre nicht so barbarisch schikaniert worden und würde noch heute nicht unter die Invaliden der Monarchie gerechnet werden, die doch vieler Invaliden meiner Gattung bedarf. Der Eigennutz meiner Feinde forderte aber, dass ich untätig bleiben sollte, und dies war genug, mich zu entfernen.

Ich wurde gesund und suchte Audienz – fand sie aber nicht mehr.

Ich präsentierte mich dann bei dem Fürsten Kaunitz. Dieser Herr, der mich nie gekannt hatte, betrachtete mich von seiner Höhe als ein kriechendes Insekt unter dem Schwarm anderer Insekten. Ich hob meinen Kopf empor, sah nicht rückwärts und ging mit Stolz zur Tür hinaus. Unter dem Tore hielt jemand die Hand auf und gratulierte mir zur Audienz.

Ich ging zum Feldmarschall Daun; dieser redete mich mit den merkwürdigen Worten an: »Mein lieber Trenck, wenn Sie nicht kaufen können, so wird es unmöglich sein, Sie jetzt in der Wirklichkeit bei der Armee anzustellen. Sie sind auch zu alt, um unser schweres Exerzitium noch zu lernen.«

Wohl gemerkt: Ich war damals 37 Jahre alt! Meine Antwort war kurz diese: »Ew. Exzellenz irren sich in meiner Person, ich bin nicht hergekommen, um angestellt zu werden, denn als Major bin ich nicht willens zu dienen; zum Kaufen aber haben mir meine Kuratoren das Geld genommen, und wenn ich auch Millionen hätte, so wollte ich ewig keine Titel kaufen.« Auch hier ging ich mit Achselzucken zur Tür hinaus.

Nun wandte ich mich an die Monarchin. Sie ließ mir zwar während meiner schweren Krankheit meine Rittmeistergage für die zehn Jahre meiner Gefangenschaft als eine besondere Gnade auszahlen, welche gegen 8000 fl. betrug, und bestätigte mir auch diese Gage als eine ewige Pension. Ich werde aber in der Folge beweisen, dass ich nunmehr seit dreiundzwanzig Jahren nicht einen Groschen von dieser Pension genossen habe: Kuratels, Schikanen, erzwungene Reisen nach Wien und Gerichtskosten, Agenten und Advokaten haben mir alles entrissen. Und von den 8000 fl. verlor ich gleich gegen 3000, die mir während meiner Krankheit gestohlen wurden. Die Krankheit selbst fraß viel weg, weil die mir geschickten Hofärzte dreifach bezahlt werden mussten, und das Übrige erforderte meine Equipierung und durchaus neue Einrichtung. Dabei hatte ich noch über 8000 fl. zu bezahlen, die mir Freunde im Magdeburger Unglücke vorgeschossen hatten, wovon General Ried in Berlin 4000 fl. empfing.

Meiner Schwester Kinder, die meinetwegen unglücklich geworden, habe ich nicht verlassen und ihnen bis jetzt nicht einmal das zurückzahlen können, was mir ihre Mutter im Unglück bar zugesteckt hatte.

Und dennoch hießen mich Schurken in Berlin »einen Verschwender, einen Mann, der mit nichts zufrieden ist!«

Übrigens betrug auch die zehnjährige Gage bei weitem nicht so viel, als ich allein dem kaiserlichen Minister für die Beförderung meiner Freiheit bar bezahlt hatte. Und dennoch hieß es bisher überall, Ihre Majestät die Kaiserin hätte mich aus Magdeburg gerettet. Nein, positiv nein, denn der Friede war schon seit neun Monaten, ohne an mich im Ernste zu denken, geschlossen, und bei der lauen Erinnerung an meine Person hatte der König bereits zweimal meine Freiheit abgeschlagen.

Die wahre Geschichte ist eigentlich diese, wie sie mir Seine Königliche Hoheit der Prinz Heinrich, der Herzog Ferdinand von Braunschweig und hauptsächlich der Staatsminister Graf von Herzberg mündlich erzählten und versicherten, nämlich: General Ried hatte bereits seit sechs Monaten 10 000 fl. von mir in der Tasche und dachte vielleicht nicht mehr an mich. An meinem Galatage aber, am 21. Dezember, war der König in vorzüglich fröhlicher Gemütsverfassung. Ihre Majestät die Königin, die Prinzessin Amalie und der jetzt regierende Monarch redeten den kaiserlichen Minister an, jetzt sei es Zeit, für den Trenck zu sprechen. Sogleich suchte er Gelegenheit, fand sie, und der König sagte ja. Dieses Ja verursachte wirklich in der ganzen Gesellschaft eine so allgemeine Freude, dass sie dem König selbst missfiel. Das Übrige, das am meisten hierzu beigetragen hat, mag der bescheidene Leser aus meiner Geschichte erraten oder sich wichtige Verbindungen vorstellen.

Ich habe zwar viel gesagt, die Bescheidenheit heißt mich aber das Wesentliche verschweigen. Denn dass man in Wien mich niemals im Ernste zurückhaben wollte, beweist die Prozedur mit mir nach meiner Rückkunft nun gar zu sichtbar. Meine eigenen Kunstgriffe, meine Berliner Freunde und mein bares Geld allein haben mich aus Magdeburg befreit, und vielleicht hat der König selbst die großen Personen gereizt, um den General Ried an seine Pflicht zu erinnern und ihm Gelegenheit zu geben, auch endlich an mir edel und gerecht zu handeln.

Nach einiger Zeit erhielt ich eine Audienz. Die Monarchin betrachtete mich mit gnädigen Blicken und redete mich mit folgenden Worten an: »Trenck, ich will Ihm zeigen, dass ich Wort halte. Ich habe für Sein Glück gesorgt, ich will Ihm eine reiche, sehr vernünftige Frau geben.«

»Gnädigste Souveränin«, war meine Antwort, »ich kann mich nicht entschließen zu heiraten, und wenn es ja geschehen sollte, so habe ich bereits gewählt!« – »Wie? Hat Er schon eine Frau?« – »Nein, Ew. Majestät, noch nicht.« – »Ist Er versprochen?« – »Ja, Ew. Majestät!« – »Das hat nichts zu bedeuten, ich will alles ausmachen und habe Ihm die reiche Witwe des Herrn N. N. bestimmt, die mit meiner Wahl zufrieden ist. Ein gescheites Weib, und sie hat 50 000 fl. Einkünfte. Er braucht eben eine solche Frau, um ruhig zu leben.« Ich erschrak, der liebenswürdige Gegenstand war eine alte dreiundsechzigjährige Betschwester, ein Weib, das ich genau kannte, das vom höchsten Grade des Geizes besessen und dabei dumm und zänkisch war. Ich erschrak und antwortete: »Ich muss Ew. Majestät die Wahrheit sagen: Diese möchte ich nicht, und wenn sie alle Schätze auf Erden besäße. Ich will nicht unglücklich, sondern glücklich sein.« Hiermit hatte die Audienz ein Ende. Die erzürnte Monarchin, die es wirklich nur gut meinte, sagte mir mit einer gewissen Verachtung: »Sein Eigensinn verursacht all Sein Unglück, folg er Seinem Kopf, ich wünsch Ihm Glück.« Hiermit war ich abgefertigt und sah mein Urteil für ewig gefällt.

Wenn ich jemals durch ein altes Weib mein Glück hätte machen wollen, so konnte es schon im Jahre 1750 in Holland mit drei Millionen geschehen. Es war also dieses Anerbieten ein trauriger Ersatz für meine slawonischen Güter und die erlittenen anderweitigen Verluste und Drangsale. Noch weit unmöglicher war ein solcher Entschluss, da ich in Aachen wirklich verliebt war und da mich Vernunft, eigenes Wohl, Geschmack, Schönheit und ein edler Charakter dahin zogen, um im Ehestande glücklich zu sein.

Feldmarschall Laudon hat viel dazu beigetragen. Er kannte mein Herz und meine feurigen Entschließungen. Er wusste, dass ich eine heimliche Rache im Busen trug und leicht in neue Verwicklungen geraten könnte. Er riet mir – und Professor Gellert, mein Freund, den ich in Leipzig besuchte und befragte, riet es mir auch, dass ich meinen, zu großen Unternehmungen fähigen Leidenschaften durch einen vernünftigen Ehestand ein Gebiss anlegen, mir allein Ruhe suchen und mich von allen Geschäften der großen Welt entfernen sollte. Ich folgte diesem Rate, der mit meinen Wünschen übereinstimmte, und verehelichte mich in Aachen mit der jüngsten Tochter des ehemaligen regierenden Bürgermeisters de Broe zu Dievenbendt. Er war bereits tot und hatte ehedem von eigenen Mitteln in Brüssel gelebt, wo auch meine Frau geboren und erzogen worden ist.

Er stammte aus einem alten adligen Geschlechte in der Grafschaft Artois in Flandern, und seine bei Aachen begüterten Vorfahren hatten, ich weiß nicht aus welchen Ursachen, das reichsritterliche Diplom von Wien erhalten. Die Mutter meiner Frau war eine Schwester des Vizekanzlers in Düsseldorf, Baron Robertz, Herrn zu Roland.

Meine Frau ist mit mir im größten Teile Europas bekannt und hat überall den rühmlichsten Beifall erworben. Sie war dabei jung und schön, tugendsam und redlich. Sie hat mir elf Kinder geboren, wovon noch acht leben, auch alle selbst gestillt und rühmlich erzogen.

Bei meinem letzten kurzen Aufenthalte in Wien wagte ich einen neuen Schritt: Ich suchte eine Audienz bei Kaiser Josef, sprach von meinem Schicksale, besonders von den gründlichen Kenntnissen, die ich mir von den Mängeln seiner Staaten erworben hatte; fand Aufmerksamkeit und einen Monarchen, der sich unterrichten wollte, um sein Volk glücklich zu machen, und erhielt Befehl, ihm meine Gedanken schriftlich aufzusetzen. Dies geschah in neunzehn ganzen Bogen trocken deutsch, worin ich jedem Gegenstande in Zivil, Militär und ökonomischen Fache seinen ungeschmückten Rahmen gab.

Alles wurde gnädig aufgenommen, blieb aber bisher für mich ohne Wirkung, ich aber eilte damals nach Aachen.

Im ersten Jahre begegnete mir daselbst nichts Besonderes. Ich lebte ruhig, und da mein Haus ein Sammelplatz aller großen und umgangswürdigen Fremden war, die um die Bäder zu brauchen dahin reisen, so fing ich an, bekannter in der großen Welt zu werden und machte mir überall Freunde der edelsten und erhabensten Gattung, besuchte auch den Professor Gellert in Leipzig, zeigte ihm meine Manuskripte und fragte ihn um Rat, in welchem Fache ich mit Beifall in der gelehrten Welt aufzutreten wagen dürfe. Er wählte besonders meine Fabeln und Erzählungen, tadelte aber die übertriebene, höchst gefährliche Freimütigkeit in meinen Staatsvorschriften.

Ich bin ihm nicht gefolgt und habe deshalb viele Verdrießlichkeiten erdulden müssen.

Nun gebar mir im Dezember 1766 meine Frau den ersten Sohn. Hier nahm ich Gelegenheit und schrieb folgenden Brief nach Wien an den jungen Monarchen, der im Auszuge also lautete:

»Ich habe hier in Aachen mit Ew. Majestät Vorwissen eine Frau genommen, und heute hat sie mir einen Sohn geboren, dem ich in der Taufe den Namen Josef gegeben habe. Der hiesige kaiserliche Kämmerer und Oberst Baron Ripperda vertrat Ew. Majestät Stelle. Es ist geschehen, ohne Dero gnädigste Bewilligung hierzu erbeten zu haben. Meine Eigenliebe schmeichelt mir aber, dass ich dieselbe von einem Monarchen erwarten darf, der mein Herz und Schicksal kennt, und von dem ich durch mein Betragen eine günstigere Zukunft, Lohn, Schutz und Achtung zu erwarten habe.

Gnädigster Herr!, den ich als künftigen Schutzgott meines Schicksalserben verehre! Erfreuen mich Ew. Majestät mit der huldreichen Aufnahme dieses neuen

Weltbürgers und lassen mir zugleich bemerken, ob ich meine patriotischen Schriften und Staatspflichten noch ferner Dero scharfsichtigen Beurteilung vorlegen darf? Meine Wiener Feinde werden mir zwar täglich gefährlicher, ich stütze mich aber auf Dero Gerechtigkeit und bin in allen möglichen Vorfällen des Glückes
Ew. kaiserlicher Majestät alleruntertänigster treuer Patriot Trenck.«

Auf diesen Brief erhielt ich nun folgende Antwort, die ich aus erheblichen Ursachen hier bekannt mache, weil sie eigenhändig geschrieben war und in meinen Händen ist.

»Lieber Oberwachtmeister Baron Trenck!
Ich nehme in Gnaden auf, dass Sie, obwohl ohne mich vorher darum zu fragen, Ihrem Sohne den Namen Josef beigelegt, auch den Obersten Ripperda gewählt haben, um bei der Taufe meine Stelle zu vertreten. Zu meinem Merkmal meiner Ihnen künftig zuwenden wollenden besten Gesinnung mache ich Ihnen hiermit zu wissen, dass ich Ihre Gage künftig nicht in Wien, sondern in Brüssel zu beziehen aus erheblichen Ursachen angewiesen habe.
Ihre patriotischen und mir wohlgefälligen Schriften können Sie fortsetzen und mir einschicken, weil ich die Wahrheit allezeit gerne lese, lieber wird es mir aber sein, wenn ich sie in natürlicher Gestalt als in satirischer Einkleidung lesen kann. Ich bin Ihr Josef.«

Bald hernach erhielt ich Befehl, mit Seiner Majestät Kabinettsekretär Baron Röder in Korrespondenz zu bleiben. Was nun seitdem geschehen ist und geschrieben wurde, bleibt für diese Blätter ein Geheimnis. Genug hier gesagt, dass mein bester Wille, dem Staate wirksam und ohne allen Eigennutz zu dienen, bei allen Vorfällen abermals vereitelt wurde, weil aufgeklärte redliche Köpfe meiner Gattung zu hell sehen, zu trocken vortragen, zu stolz auf eigenem innerm Wert bestehen, folglich den Gnadenweg verfehlen.

Siebzehntes Kapitel

Meine Kenntnisse erweiterten sich indessen täglich, und nirgends hat ein Mann meiner Gattung bessere Gelegenheit dazu als in Aachen und Spa, wo eigentlich der Zusammenfluss aller Nationen ist. Morgens sprach ich in meinem Hause mit einem Lord von der Oppositionspartei und nachmittags mit einem Königsfreunde und Parlamentsredner, dann mit einem ganz unparteiischen klugen Mann aus eben diesem Land. Folglich konnte niemand besser die Wahrheit entwickeln als ich. –

Man fing allgemach an, mich als einen Staatskenner zu suchen und bei dieser Gelegenheit fand ich selbst die beste Aufklärung. Ich unternahm einen Handel mit ungarischem Wein in England, Frankreich, Holland und im Reiche. Hierdurch hatte ich Gelegenheit, alle Jahre große Reisen zu machen, und da sich meine persönlichen Bekanntschaften täglich durch die Zusammenkünfte in Aachen und Spa erweiterten, wo ich Gelegenheit hatte, den Fremden in meinem Hause Höflichkeit zu erzeigen, so fand ich auch in allen Ländern, wo ich hinkam, Freunde und Förderer meiner Absichten.

Meine Wiener Einkünfte blieben dort fast gänzlich für Prozesse, Kuratoren und Agenten zurück, das Übrige vernichteten die erzwungenen Wiener Reisen, wohin ich dreimal durch den Hofkriegsrat mit schweren Kosten persönlich zu erscheinen gezwungen wurde und niemals das mindeste für mich erreichen konnte.

Man schilderte mich endlich als einen gefährlichen Missvergnügten, der nicht mehr in den Erblanden leben wollte. Und hierdurch hatten meine Feinde offenes Feld, mir zu schaden. Ich blieb aber in allen Fällen und trotz aller Verfolgungen ein ehrlicher Mann in allen Ländern, wo ich lebte, und wusste mir meine Hausnotdurft ohne Niederträchtigkeit noch Hofgnaden zu verschaffen. Und wo ich hinkam, war jeder begierig, mich zu kennen. In Wien allein blieb ich ungesucht, ungenannt, ungebraucht.

Die Engländer suchten mich besonders in Aachen wegen der Jagdlust und kamen aus London mit Hunden und Jagdpferden, um mit mir Wölfe und Wildschweine zu jagen, die in ihrem Vaterlande nicht zu finden sind. Dagegen brachte ich öfters ganze Sommer auf ihren Landgütern, auch in Schottland und Irland zu und lernte die Nation und diesen ganzen Staat gründlich kennen.

Der Kurfürst von der Pfalz halte mir ein Jagdrevier in Jülich gegeben, und der immediate Reichsgraf von Merode-Westerloo überließ mir seine Jagd und sein Schloss willkürlich zu meinem Vergnügen, wo ich alles im Überfluss hatte. Der Schutz dieser Jagdgerechtigkeit, die mir nunmehr Pflicht war, verursachte mir zugleich große Verdrießlichkeiten. Das Beste dabei war, dass man dort nicht viele Jagdprozesse führt, sondern ein jeder sein Recht mit dem Gewehr in der Faust beweist. Und eben das war meine Sache.

Bei dieser Gelegenheit muss ich meinem Leser auch eine besondere Geschichte erzählen, die mich in der ganzen Gegend als einen Erzzauberer berühmt machte, der sich kugelfest, auch Nebel und Witterung machen konnte. Der Vorfall war dieser.

Ich geriet in Streit mit dem kurpfälzischen Präsidenten Baron von Blankart wegen eines kleinen Jagdbezirks. Das Recht war ganz auf meiner Seite. Ich schrieb ihm also, dass ich am Tage, den ich dazu bestimmt, früh um zehn Uhr auf dem strittigen Platz erscheinen und meine Pistolen und Degen mitbringen würde, hoffte also, ihn daselbst persönlich zu finden, um mir Satisfaktion für die ehrwidrige Art seines Angriffs zu verschaffen.

Ich erschien zu bestimmter Stunde nebst zwei Jägern und zwei Freunden in der Gegend, fand aber mit Erstaunen den strittigen Platz von mehr als 200 bewaffneten Bauern besetzt.

Was war zu tun? Ich schickte einen Jäger hinüber und ließ der feindlichen Armee bedeuten, wenn sie nicht Platz machte, so würde ich Feuer geben. Es war im August, der Tag war hell und schön; in eben dem Augenblicke verfinsterte sich aber zufällig die Luft, ein dicker, undurchdringlicher Nebel brach herein. Und mein Jäger kam mit der Nachricht zurück, dass alles in der größten Bestürzung davongelaufen sei, sobald er seine Botschaft zu eben der Zeit gemeldet, da just der Nebel hereinbrach.

Ich benutzte diesen Augenblick, rückte heran, fand niemand, ließ feuern und marschierte bis auf das Schloss meines Gegners, wo ich das Jagdhorn zum Triumph auf seinem Hofe blasen ließ. Man fing an, in der Entfernung gleichfalls zu feuern, der Nebel hinderte aber, dass jemand gesehen werden konnte.

Mit dieser Genugtuung ging ich nach Hause, wo bereits die falsche Nachricht eingelaufen war und meine Frau erschreckt hatte, dass ich nebst einer Menge Verwundeter nach der Stadt geführt würde. Es war aber niemand ein Haar beschädigt.

Nun aber lief das Gerücht schon im ganzen Lande, dass ich ein Zauberer sei und mich durch Nebel unsichtbar gemacht hätte; 200 Augenzeugen schworen darauf. Gleich predigten alle Mönche in Aachen, Jülich und Köln von öffentlicher Kanzel diese Geschichten, lästerten, schimpften und warnten das Volk vor dem Erzhexenmeister und Lutheraner Trenck.

Diesen Vorfall benutzte ich bei einer anderen Gelegenheit, die ich selbst wohlbedächtig veranstaltete.

Ich ging in den ungeheuren Waldungen der Grafschaft Montjoye auf die Wolfsjagd und lud Bauern und Bürger hierzu ein. Wir machten am ersten Tage einige kleine Triebe, gegen Abend aber ging ich mit einem Schwarme von mehr als vierzig Schützen in die einsame Kohlenbrennerhütte schlafen; Wein und Branntwein war in Vorrat da.

Abends sagte ich: »Kinder, ein jeder muss jetzt sein Gewehr ausziehen oder ausschießen und frisch laden, damit morgen kein Gewehr auf einen Wolf versagt und sich niemand entschuldigen kann.« Dies geschah, und alle Flinten und Büchsen wurden in eine Nebenkammer gesetzt, dann wurde getanzt, gefressen und gesoffen. Indessen schlichen meine Jäger in die Kammer und zogen alles Blei aus den Röhren; luden frisch, aber blind und manchem doppelte Ladung, um ihm eine gute Ohrfeige zu geben. Einige kennbare Kugeln oder gehacktes Blei steckte ich in meine Tasche.

Am Morgen folgte mir der ganze Schwarm auf die Jagd, unterwegs fingen einige von denen, die mein Geheimnis wussten, an, von meinen Hexereien, von Nebel und Festmachen mit den Bauern zu sprechen. Ich wandte mich um und fragte: »Was schwätzt ihr da?« – Mein Jäger antwortete: »Niemand will glauben, dass Euer Gnaden Kugeln auffangen können.« – Ich lächelte und rief einem zu: »So probiere und schieß auf mich.« Er wollte nicht, mein Jäger riss ihm das Gewehr aus der Hand und schoss. Ich parierte mit der Hand und rief: »Wer probieren will, der schieße, aber einer nach dem andern.« – Gleich ging das Feuer los. Ich machte allerhand Wendungen dabei und ließ sie alle schießen. Wohl zu bemerken, dass ich vollkommen sicher war, weil meine Leute im Hinausgehen wohl beachteten, dass niemand etwas an der vermeinten Ladung verändern konnte. Einige bekamen von der heimlich angebrachten doppelten Ladung solche Stöße, dass sie mit Schrecken zu Boden fielen und den Zauberer erstaunt betrachteten. Nun trat ich vor und hielt in der Sand einige kennbare Kugeln und gehacktes Blei mit den Worten: »Sucht heraus, was einem jeden zugehört.«

Hier stand ich unbewegt, einer nach dem andern nahm sein Gewehr über die Achsel und schlich nach Hause. Ich behielt nur wenige bei mir und machte mit ihnen eine glückliche Jagd.

Am Sonntag predigten schon die Mönche in Aachen und im ganzen Lande von meiner Schwarzkünstlerei, und alle Augenzeugen dieser Begebenheit schwören noch heute, dass sie auf mich geschossen haben, dass ich ihr Blei mit der Hand auffing und ihnen zurückgab.

So wird die dumme Welt betrogen. Und eben hierdurch schwört jedermann in der Gegend von Aachen, Jülich, Maastricht und Köln, dass sich der Trenck festmachen und Kugeln parieren kann. Dieses Vorurteil hat mir in der Folge wohl zehnmal mein Leben gerettet, da mich alle Pfaffen von der Kanzel in einem Lande vogelfrei erklärten, das von Straßenräubern wimmelte, und wo in einem Jahre 160 Menschen lebendig gerädert, gevierteilt und verbrannt wurden, und wo man für einen Dukaten einen Menschen in die andere Welt expedieren lassen kann.

Nun folgt in diesem Zusammenhange die wunderbarste Geschichte, wie ich in einer solchen Gegend, in einer Stadt, wo 23 Klöster, Kirchen und Domkapitel herrschen, wo das Volk den Mönch wie einen Gott verehrt, dennoch etliche Jahre hindurch mein Leben wunderbar erhalten habe.

»Der mazedonische Held« hatte schon die ganze Pfafferei gegen mich empört. Ich schrieb im Jahre 1772 in Aachen die Wochenschrift: »Der Menschenfreund«, in der ich ungescheut dem Aberglauben die Larve vom Gesicht riss. Damals war es wirklich Verwegenheit, und so predigten auf einmal der Erzpriester und neun andere Pfaffen an einem Sonntage mit Nennung meines Namens, dass ich ein Zauberer und Freigeist sei, den jedermann Gott und der Kirche zu Ehren ermorden darf. Der Jesuit Pater Zünder erklärte mich gar für vogelfrei. Und es wurde der Tag bestimmt, wo vor meinem Hause meine Schriften verbrannt, mein Haus geschleift und alle Einwohner desselben vertilgt werden sollten.

Meiner Frau wurden Briefe zugesteckt, sie sollte sich mit den Kindern flüchten und in Sicherheit bringen. Dies geschah mit Furcht und Schrecken. Ich aber blieb nebst zwei Jägern und 84 geladenen Flinten, die ich auf die Galerie vor dem Fenster hinaussetzte, damit niemand an meiner ernsthaften Verteidigung zweifeln könne. Ich wohnte dem Rathause gegenüber. Der Tag des bestimmten Angriffs rückte heran, und Pater Zünder mit meinen Schriften in der Hand nebst allen Studenten der Stadt waren bereit zum Angriffe.

Die anderen Mönche hatten den Pöbel und die Zünfte aufgewiegelt, der Generalsturm sollte beginnen – weil ich mich aber an der mit Gewehren gespickten Galerie sehen ließ, hatte niemand das Herz, sich auf dem Markte zu zeigen.

So verging Tag und Nacht – und nichts geschah.

Am Morgen brach zufällig Feuer in der Stadt aus; anstatt mich zu fürchten, eilte ich mit meinen zwei Jägern, aber heimlich wohl bewaffnet zu Hilfe – machte ein Spalier mit Wassereimern, und alles war mir gehorsam. Auf der andern Seite tat Pater Zünder mit seinen Studenten dasselbe. Ich näherte mich ihm allgemach und schlug ihm mit einem ledernen Wassereimer auf die geweihten Ohren, als ob es zufällig geschehen wäre, und niemand wagte, mich anzugreifen. Ich ging mitten durch den Schwarm, ohne die mindeste Scheu zu zeigen; alles nahm den Hut ab, lachte und sagte: »Guten Tag, Herr Trenck!« – So denkt, so handelt der Pöbel, da, wo er sich nicht gefürchtet sieht. Das Volk in Aachen ist fanatisch dumm, aber zu feig, um jemanden zu ermorden, der noch freie Hände zur Gegenwehr hat.

Nach dieser Begebenheit war alles ruhig. Unweit Heerlen, da ich nach Maastricht ritt, pfiff mir eine Kugel im Hohlwege an den Ohren vorbei, unfehlbar war sie von Pfaffen abgedrückt.

Bei Kloster Schwarzenbruck, wo ich auf der Jagd war, lauerten aber drei Dominikaner auf mich hinter einer Hecke; der Platz war mir von einem ihrer Kollegen, der öfters mit mir auf die Jagd ging, verraten worden. Ich war mit meiner Doppelflinte auf meiner Hut; kam nahe heran, wurde sie gewahr und rief ihnen mit schrecklichem Tone zu: »Schießt, Schurken! Aber schießt ihr mich tot, so soll euch der Teufel das Licht halten!« – Sie liefen vor Schreck alle drei davon: Einer schoss und streifte mir den Hut nahe am Kopfe; ich schoss und einer stürzte zu Boden. Sie trugen ihn weg – er war tödlich verwundet, ist aber wieder geheilt worden und gleich darauf mit einer Kuhmagd durchgegangen.

Mit Gift konnten sie mir nicht beikommen: Ich aß nirgends als zu Hause. Im Jahre 1774 wurde ich aber auf dem Wege nach Spa im Limburgischen von acht Straßenräubern angegriffen. Es war Regenwetter, meine Flinte steckte im Futteral, und um das Gefäß meines türkischen Säbels war zufällig die Schnur gezogen, so dass ich ihn in Eile nicht ziehen konnte und mich mit der Scheide schützen musste. Ich sprang aus dem Wagen, schlug vor mir alles mit tödlichen Streichen nieder; mein treuer Jäger aber schützte mich von hinten – so machte ich mir Platz, sprang in den Wagen und eilte davon. Kurz darauf wurde einer von diesen Kerlen gehenkt und sagte aus, ihr Beichtvater habe ihnen ewigen Ablass versprochen, wenn sie mich totschlügen. Erschießen könne mich niemand, weil mich der Teufel festmache.

Bei meiner Monarchin war nun auch nichts mehr für mich zu hoffen, da der Beichtvater mich bereits als einen Erzketzer geschildert hatte. – Nicht genug! Ganz Wien wurde durch Blendwerk überzeugt, ich sei ein unruhiger Kopf und ein höchst gefährlicher Mann im Staate. Indessen konnte niemand hindern, dass mir meine Schriften viel Geld eintrugen und in ganz Deutschland mit großem Beifall verbreitet wurden. Die Aachener Zeitung stieg im ersten Jahr so weit, dass für das zweite Jahr gegen viertausend Exemplare bestellt wurden, und für jedes hatte ich einen Dukaten reinen Gewinnst.

Ich kannte die meisten Höfe und Staatsverbindungen und stand mit den größten Männern in Korrespondenz; folglich konnte ich, anstatt geschehene Dinge anzukündigen, die künftigen voraussagen; dabei war mein Vortrag angenehm und in Staatssachen allezeit zweideutig, so dass die Folgen meist auf meine Vorspiegelung gedeutet werden konnten. Meine Souveränin schrieb an den Reichsoberpostmeister und bat ihn, dass er die so gefährliche »Aachener Zeitung« in allen seinen Postämtern verbieten sollte. Ich erhielt Wind davon und hörte mit dem neuen Jahre selbst auf, schrieb aber indessen ein kleines Traktat über die Teilung Polens, das Beifall fand, mir aber auch neue Feinde auf den Hals lud.

Achtzehntes Kapitel

Vom Jahre 1774 bis 1777 brachte ich meine Zeit meist mit Reisen in allen englischen und französischen Provinzen zu und wurde durch meine Schriften so bekannt, dass ich mich in London und Paris hätte für Geld sehen lassen können.

Herr Franklin, der amerikanische Minister, wurde mein Busenfreund, und sowohl er als der Kriegsminister Graf Saint-Germain und der Staatsminister Vergennes, machten mir die vorteilhaftesten Vorschläge, nach Amerika zu reisen. Frau und Kinder hielten mich allein ab. Ich hätte aber sicher ihr Glück besser in einem anderen Weltteile als in Europa gemacht.

Auch der Landgraf von Hessen-Anhalt, mein besonders gnädiger Herr, der als Erbprinz zur Zeit meiner Gefangenschaft Gouverneur in Magdeburg war und mir so viel Gutes bezeugt hatte, trug mir an, ein Kommando unter seinen Truppen in Amerika anzunehmen, ich gab aber zur Antwort: »Gnädiger Herr, mein Blut wallt in meinen Adern nur für die Freiheit. Nie werde ich helfen, Sklaven zu machen; ich würde also mit Dero braven Grenadieren sicher die Partei der Amerikaner ergreifen.«

Indessen hatte ich immer meinen Weinhandel mit so gutem Erfolge fortgesetzt, dass ich bereits in London, Paris, Brüssel, im Haag und in Hamburg meine Magazine und gegen 40 000 fl. gewonnen und die vorteilhafte Aussicht für mich in England zu hoffen hatte.

Ein einziger unglücklicher Tag warf aber auf einmal alle meine Arbeit über den Haufen. Denn auch als Kaufmann suchte das Glück an mir seine Tücke auszuüben.

Ich war persönlich in London und wurde durch einen Betrüger so schändlich berückt, dass ich auf einmal 18 000 Guineen auf eine Art verlor, deren treue Erzählung wenig Ehre machen würde.

Übrigens brachte ich meine Zeit in Aachen und Spa, die mir von den großen Reisen übrig blieb, nie müßig zu. Und da ich in meiner Wochenschrift »Der Menschenfreund« auch die Spieler- und Spitzbubengesellschaft ernsthaft angriff, die dort alle Fremden und Einwohner mit bischöflicher und magistratlicher Erlaubnis auf die schändlichste Art plündert, da ich auch die fremden großen Herren kannte, die nach Spa kommen, um mit diesen Beutelschneidern vereinigt den Raub zu teilen, so geriet ich in neue Gefahr, von einem dieser Verwegenen ermordet zu werden, denen nichts mehr übrig bleibt, sobald ihr wahrer Charakter öffentlich aufgedeckt ist.

Manchen jungen Menschen, manchen braven Mann, der in Spa seine Gesundheit suchte, warnte ich vor dem Spiel, hielt ihn zurück, lehrte ihn alle Betrüger persönlich kennen und meiden. Dieses war der Spielergesellschaft so nachteilig, dass der Bischof von Lüttich selbst, der vierzig Prozent vom ganzen Gewinn genießt, dagegen aber die Schelme protegiert, mir 5000 Louisdors jährliche Pension proponieren ließ, wenn ich von Spa wegbleiben wollte, und drei Prozent vom ganzen Gewinne, wenn ich so wie der Oberst N...t, ein Adjutant und Werber für die Spieltische, mitmachen wollte.

Man kann urteilen, was ich antwortete. Und eben deshalb wollte mich die heilige Kirche exkommunizieren.

Nun war ich müde in Unruhe zu leben, verließ das undankbare Aachen und reiste nach Wien, um mir in Österreich ein Landgut zu kaufen und dort mit gänzlicher Entfernung von allen Welthändeln die Ruhe des Weisen zu genießen, meine Talente aber allein der Landwirtschaft zu widmen, und kaufte für mein Geld die Herrschaften Zwerbach und Grabeneck nebst dem Amte Knoking und den freien Sinzenhof in der Gegend bei Mölk in Österreich für 51 000 fl., die samt übrigen Kosten der Lehen- und Landmannschaftstaxen auf 60 000 fl. zu stehen kamen.

Das ganze Gut war total ruiniert, und mein Fleiß, meine Industrie und mein Geld sollten den Wert heben.

Im Mai 1780 reiste ich wieder nach Aachen. Meine Schwiegermutter starb daselbst im Juli, und Ende September erschien ich in Wien nebst meiner Frau zum ersten Mal mit allen meinen Kindern.

Sie machte der Oberhofmeisterin ihre Aufwartung und erhielt Audienz bei der Monarchin. Nun hatte sie das Glück, ihren ganzen Beifall und ihre Gnade zu erhalten, und niemand würde es mir glauben, wenn ich schreiben wollte, was sie ihr in ihrer Audienz gesagt und für Versicherungen ihrer Huld gegeben hat. Sie stellte sie selbst den Erzherzoginnen als ein Muster rechtschaffener Weiber vor und befahl der Oberhofmeisterin, sie überall bekannt zu machen.

Sie fügte noch hinzu: »– Sie hat gar nicht mit Ihrem Manne in meine Länder kommen wollen. Jetzt will ich Ihr aber beweisen, dass Sie hier vergnügter als in Aachen leben kann –« und so weiter. Am folgenden Tage schickte sie den Herrn von Pistrich zu mir in das Haus mit einem Dekret, wo sie ihr eine Pension von 400 fl. zusicherte, und ließ ihr dabei sagen, sie würde schon mehr tun. Meine Frau hatte für mich um eine Audienz gebeten. Gleich war sie bewilligt und gleich erhielt ich sie. In dieser sagte sie mir: »Er hat dreimal bei mir sein Glück in den Händen gehabt und allezeit von sich gestoßen.« Diese Audienz dauerte lange. Sie sprach als Mutter und verlangte meine Kinder zu sehen, mit dem Beisatze: »Von einer so rechtschaffenen Mutter müssen gewiss auch gute Kinder erzogen werden.« Nun kam die Rede auf meine Schriften. Hier sagte sie: »Was könnte Er mit seiner Feder für Gutes in meinen Ländern stiften, wenn Er für die Religion schreiben wollte.« Kurz gesagt, ich konnte mir nunmehr für eine glückliche Zukunft alle Hoffnung machen, blieb noch einige Zeit in Wien, wo meiner Frau mehr Ehre und Achtung widerfuhr, als vielleicht je einer fremden Dame widerfahren ist.

Wir reisten bald nach Zwerbach auf meine gekaufte Herrschaft und lebten ruhig. Da wir aber eben nach Wien reisen wollten, um bei Hofe um einigen Ersatz meines ehemaligen Güterverlustes zu sollizitieren und der Monarchin Gnade zu benützen, starb die große Theresia, und alle unsere Hoffnung war wieder vereitelt.

Schrecklich ist aber wirklich mein Schicksal, denn 31 Jahre hindurch sollizitierte ich vergebens um mein Recht, weil die Monarchin von bösen oder eigennützigen Menschen hintergangen und gegen mich als einen Erzketzer eingenommen war. Im 32. glückte es meiner Frau, sie vom Gegenteil zu überzeugen; sie stand im Begriffe, mir alles zu ersetzen, auch meine Kinder glücklich zu machen und stirbt, ohne das mindeste vollzogen zu haben. Glück! Wie spielst du mit uns Menschen! Beinahe sollte ich an die Prädestination glauben; doch nein, ich selbst fehlte in der Art, bei Hofe Recht zu suchen. Ich wollte dieses erst dann als eine Gnade erkennen, wenn es mir wirklich widerführe. Und da ich meinen Irrtum erkannte, war es schon zu spät, um verjährte Rechte geltend zu machen. Gegenwärtig weiß ich erst aus trauriger Erfahrung, dass Monarchen lieber begnadigen als belohnen. Meine Frau hatte ihre Pension, welche die Monarchin allein in Betrachtung unserer erlittenen Drangsale und wegen unserer zahlreichen Kinder gab, nicht mehr als neun Monate genossen.

Der neue Monarch Josef II[8]., vermischte sie mit anderen, vielleicht unwürdigen, die dem Staate zur Last fielen, und nahm sie ihr weg.

Es blieb mir nun nichts übrig, als mich in meinem Iwerbach zu begraben und in der Landwirtschaft meine Notdurft zu suchen.

Nun war ich kaum bei meiner Landwirtschaft, so zeigte mir das Glück auch hier seine Tücke, denn binnen zwei Jahren habe ich zweimal totalen Hagelschlag, ein Jahr Misswachs und sieben Überschwemmungen, Schafunfall, auch alle möglichen Widerwärtigkeiten erlitten.

Die Herrschaft war ganz in Verfall geraten, ich musste gleich reinigen, das Schloss bewohnbar herstellen, drei Maierhöfe instand setzen, neues Vieh, auch alle Wirtschaftsgeräte anschaffen. Hierdurch wurde ich arm,

---

[8] 1780–1790.

besonders da durch reichshofrätliche Prozedur meiner Frau Geld in Aachen und Köln verloren ging.

Die unglücklichen Bauern konnten nicht zahlen, ich sollte vorschießen und das ausständige Kontributionale wuchs samt dem Pönale heran. Ich habe nebst meinen Söhnen eigenhändig mitgearbeitet, und meine gute Frau, die in der großen Welt zu leben gewohnt war, die sich ganz mir und ihrer Mutterpflicht aufopferte, behalf sich nebst acht Kindern ohne Magd. Kurz gesagt, wir lebten arm und wirklich kümmerlich, so dass wir mit eigenen Händen unser tägliches Brot verdienen mussten, und hätte der Monarch, der alle Winkel seines Staates durchsuchte, sein Auge auch ungefähr nach Zwerbach gewandt, er würde den Wohnsitz der Tugend, Arbeitsamkeit und Bürgerpflichten gesehen haben und ich hätte gewiss nicht so bitter gelitten.

Endlich musste ich auch das Bürgerrecht mit barem Geld kaufen, um Herr und Landmann zu werden. Ich ließ meinen Stammbaum aus Preußen kommen, wo die Trencks seit 400 Jahren unter die alten Familien gehören. Und obgleich die Trencks auch schon in Ungarn seit hundert Jahren Herrschaften besitzen und mir das Indigenat mit vollem Recht gebührt, wurde dennoch mein Agent gerichtlich verhalten, das Ritterdiplom für mich anzustreben, und ich musste dafür 2000 fl. mit scharfer Exekutionsdrohung bar bezahlen. So ist man mit mir in Wien verfahren. Das war der Lohn meiner treuen Arbeit, den ich ewig nicht vergessen werde.

Nun ist aber alles abgeschüttelt, das Übel ist überstanden, und ich habe Ruhe, seitdem die Herren Referenten, die mich drückten, den Besen in der Hand tragen.[9]

---

[9] Hofrat Kriegl und Regierungsrat Cetto von Cronstorff, die beide Trencks Kuratoren waren, wurden wegen schwerer Verfehlungen im Amt zu lebenslänglicher Zuchthausstrafe und Gassenkehren verurteilt.

Neunzehntes Kapitel

Am 22. August 1786 lief endlich die Nachricht ein, dass der große Friedrich die Welt verlassen habe, und der gegenwärtig regierende Monarch[10], der größte unter allen Menschenfreunden, der Augenzeuge meines Schicksals im Vaterlande war, schickte mir sogleich einen Kabinettspass, um mit sicherem Geleite nach Berlin zu reisen.

Kaum war ich in Berlin angekommen, so empfing mich der weltbekannte große Staatsmann und Minister Graf von Herzberg, dessen Beifall und Achtung ich mir, wie der Leser weiß, längst bei persönlicher Bekanntschaft in Aachen erworben hatte, mit aller nur möglichen Güte.

In seinem Hause widerfuhr mir alle mögliche Ehre. Beim Gastmahle, dem ich beiwohnte, war ich in Gesellschaft der gelehrtesten Männer der Akademie, wo ich alle die kennen lernte, welche Wissenschaften in preußischen Staaten gemeinnützig und ihrer Bestimmung Ehre machen, und nichts schmeichelte meiner Eigenliebe lebhafter, als dass sie mich ihrer Freundschaft würdig fanden. Etliche Tage nach meiner Ankunft wurde ich am Courtage durch den Oberkammerherrn Fürst Sacken dem Monarchen vorgestellt, weil es in Berlin nicht Brauch ist, dass ein Fremder von dem Minister seines Hofes, dem er dient, vorgestellt wird. Ich erschien also in kaiserlicher Uniform als ein geborener preußischer Vasall bei Hofe.

Der König empfing mich mit sichtbarer Huld, und aller Augen waren auf mich gerichtet. Jeder, ohne Ausnahme, bot mir die Hand, hieß mich willkommen im Vaterlande, und dieser Auftritt war ebenso rührend für mich als merkwürdig für die auswärtigen Minister, die mit Bewunderung fragten, wer denn wohl der österreichische Offizier sei, den man in Berlin so liebreich und mit sichtbaren Merkmalen der Freude empfange. Der gütige Monarch selbst zeigte ein edles Wohlgefallen, da er mich von Glückwünschern umringt sah. Sobald ich bei Hofe vorgestellt war, beobachtete ich das gewöhnliche Zeremoniell, und der kaiserliche Gesandte Fürst Reuß führte mich bei allen auswärtigen und einheimischen Ministern und in allen Häusern ein, wo man Visite zu machen pflegt. Ich wurde bei den königlichen Prinzen, bei der regierenden und verwitweten Königin, in allen Palästen der königlichen Familie mit solcher Gnade und

---

[10] Friedrich Wilhelm II., der Neffe Friedrichs des Großen.

Achtung aufgenommen, die mir eine ewige Achtung und Dankbarkeit und Ehrfurcht einflößt und ewig unvergesslich bleiben wird. Se. Königliche Hoheit der Prinz Heinrich, der weltbekannte große Bruder des großen Friedrich, ließ mich zur Privataudienz rufen, unterhielt sich lange mit mir, und ich genoss die Ehre seines warmen Mitleids für das Vergangene und die Versicherung seiner Protektion für die Zukunft, wurde zum Privatkonzerte eingeladen und soupierte bei Hofe.

Nach einigen Tagen, als ich dem Monarchen vorgestellt worden und bei der regierenden Königin soupiert hatte, wo mir der König mit besonderer Auszeichnung begegnete, bat ich um eine Privataudienz und erhielt am 12. Februar abends folgenden Brief:

»Ihren Brief vom 9. dieses Monats habe ich erhalten, und es ist mir lieb, Ihnen antworten zu können, dass, wenn Sie morgen Nachmittag um fünf Uhr zu mir kommen wollen, ich das Vergnügen haben werde, Sie zu sehen und zu sprechen. Unterdessen behalte Gott Sie in seinem heiligen und würdigen Schutze. Friedrich Wilhelm.
P. S. Nachdem ich diesen Brief schon unterzeichnet hatte, finde ich's bequemer für mich, Sie auf morgen früh um neun Uhr zu mir zu bestellen. Sie dürfen also nur um diese bestimmte Stunde in der sogenannten Marmorkammer sich einfinden.«

Man urteile nun, mit welcher Begierde ich diese Stunde erwartete. Ich fand diesen wahrhaften Titus ganz allein, und die Unterredung dauerte länger als eine Stunde.

Er hatte bereits meine ganze Lebensgeschichte selbst gelesen. Er war selbst als Prinz von Preußen in Magdeburg Augenzeuge aller meiner Martern und meiner Unternehmungen zur Flucht. Er erinnerte sich mancher Vorfälle und hatte auch schon die noch lebenden Augenzeugen gesprochen, welche die reine Wahrheit meiner Erzählung und mein unschuldiges Leben bestätigten. Ewig werde ich an diese glückliche Stunde denken. Sie verfloss aber auch. Er verließ mich mit Merkmalen seiner für mich entschiedenen Achtung und Huld. Mein Auge sah zurück, mein Herz blieb aber in der Marmorkammer bei einem Fürsten, der edler Empfindungen fähig ist, und meine Wünsche für seine Wohlfahrt waren unbegrenzt.

Nun rückte aber die Zeit heran, dass ich Berlin verlassen musste, um meine Reise ins Vaterland nach Preußen anzutreten. Am Vorabend dieser Abreise genoss ich noch das Glück, über zwei Stunden bei Ihrer Königlichen Hoheit der Prinzessin Amalie, Schwester des großen Friedrich, zuzubringen. Diese wirklich große Frau, die wegen ihrer Scharfsicht allein die Ehre genoss, Friedrichs ganze Liebe und sein unbegrenztes Vertrauen zu besitzen, die mich in allen Drangsalen meines Lebens schützte und mich mit Wohltaten überhäufte, die auch im Grunde das meiste zu meiner Befreiung beigetragen hatte und mich während meines jetzigen Aufenthalts in Berlin nicht als fremden Offizier, sondern als einen alten Patrioten und Freund aufnahm und auszeichnete, befahl mir, ich sollte sogleich an meine Frau schreiben und ihr auftragen, dass sie nebst ihren beiden ältesten Töchtern im Juni nach Berlin kommen sollte. Sie versprach mir die Versorgung dieser Töchter und im Testament an meine Frau zu denken.

Beim Abschied fragte sie mich sogar mit den liebreichsten Merkmalen einer gefühlvollen Seele, ob ich zu meinen gegenwärtigen Reisen auch mit Geld versehen sei? Meine Antwort war: »Ja. Ich bedarf jetzt nichts, empfehle aber meine Kinder.« Dieser mit sichtbarer Empfindung vorgebrachte Ausdruck erschütterte sie. Die edle Fürstin gab mir Zeichen, dass sie mich verstände, und nahm mich bei der Hand mit den Worten: »Kommen Sie bald zurück, Freund! Ich will Sie gern bald wiedersehen!« Hiermit eilte ich fort. Vielleicht fühlte ich eine gewisse Ahnung, dass mich noch etliche Tage in Berlin hätten zurückhalten sollen, wo ich unfehlbar große Vorteile für meine Kinder durch meine Gegenwart erlangt hätte. Mein böser Genius trieb mich aber fort, und fünf Tage nach meiner Abreise wurde diese edle Fürstin vom Tode überrascht, folglich mein ganzer Plan, die Hauptabsicht meiner Reise, vereitelt.

Ist dieses nicht ein neues Merkmal, dass mein Schicksal in seinen Tücken gegen mich bis zum Grabe fortwüten will? Man lese nur meine Geschichte mit Aufmerksamkeit. Es erhebt mich bis zum höchsten Gipfel der wahrscheinlichsten Aussicht in eine glückliche Zukunft, und wenn ich glaubte, nun sei es Zeit, den Anker zu werfen und im Hafen der Ruhe zu genießen, dann schleudert mich ein neuer, unerwarteter Sturm in das Meer der Sorgen zurück.

Ich reise am 22. März von Berlin nach Königsberg, wo mich mein Bruder mit Sehnsucht erwartete. Man kann sich denken, wie lebhaft die brüderliche Umarmung nach einer zweiundzwanzigjährigen Abwesenheit aus dem Vaterlande war. Von vier Geschwistern, die ich hinterließ, fand ich noch diesen, der im Wohlstande auf seinen Gütern lebt und Menschenpflichten erfüllt, dessen Kinder aber im Grabe liegen. Mit vollkommener Herzensberuhigung lebte ich mit ihm und seiner würdigen Frau vierzehn Tage in Königsberg, dann aber noch sechs Wochen auf seinen Gütern. Diese Tage gehören unter die glücklichsten meines Lebens – täglich umringt von Blutsfreunden, Enkeln und Urenkeln aus der Nachbarschaft, mit Vettern und Verwandten, die mich alle bewillkommneten, genoss ich eine Zufriedenheit in meiner Seele, die nur der Edle nach besiegten Stürmen im Hafen der Weisen empfindet.

Man ist wirklich nirgends besser als zu Hause bei gewissen Jahren, wenn man zuvor die Menschen in fremden Ländern so wie ich kennenlernte und in ihrem Umgange echte Freundschaft suchen wollte. Hier erfuhr ich nun erst gründlich, was während meiner Abwesenheit vorgegangen war. Der Zorn des großen Friedrich hatte sich auf alle meine Geschwister verbreitet. Mein älterer Bruder nach mir war im Jahre 1746, als ich unglücklich wurde, Standartenjunker bei dem Kiewschen Kürassierregimente. Er diente sechs Jahre, wohnte drei Bataillen bei, doch weil er Trenck hieß, blieb er im Avancement zurück. Endlich müde des Wartens, nahm er den Abschied, heiratete und lebte auf seinem Gute Meicken.

Er selbst war nach dem allgemeinen Zeugnisse ein Mann, der dem Staate gewiss gute Dienste in seinem gewählten Fache geleistet hätte, aber er war mein Bruder, deshalb allein wollte der König nichts von ihm wissen. Mein jüngster Bruder hatte sich auf Wissenschaften verlegt, wurde vom Minister zu einer Zivilcharge als ein besonderer Mann vorgeschlagen, der König schrieb aber auf den Bericht: »Es ist kein Trenck zu etwas nutz.«

So hatte meine ganze Familie durch meine unschuldige Verdammnis leiden müssen. Nun war für mich in Preußen nichts mehr zu tun. Da ich aber Gelegenheit hatte, als ein ehrlicher deutscher Patriot zu handeln, ungeachtet mir binnen 43 Jahren weder Gerechtigkeit, noch Gnade, noch Lohn in Wien widerfahren war, so machte ich einen Entwurf, um beide Höfe miteinander zu verbinden, da ich weiß, dass ohne gesicherte Eintracht derselben, beide Völker und ganz Deutschland keine dauerhafte Ruhe zu erwarten haben. Fürst Reuß, der kaiserliche Gesandte, wünschte die Erfüllung von Herzen, und meine Schritte waren so glücklich, dass durch eine Zusammenkunft zwischen ihm und dem Minister Grafen Herzberg, die ich veranstaltete, die Präliminarien in Ordnung gebracht und wirklich nach Wien geschickt wurden. Man erhielt aber keine Antwort.

Nun eilte ich nach Wien, wurde zum Kaiser berufen und sprach so, wie ich in dergleichen Fällen zu sprechen gewohnt bin. Und was erfolgte? Nichts für den Staat, nichts für mich. Ich zuckte mit den Achseln und blieb bei Hof unsichtbar. Josef war damals der Meinung, dass er mit 300000 Mann seiner unüberwindlichen Krieger Berlin erobern könnte, und ich zuckte mit den Achseln, da er es mir sagte.

Ich eilte demnach nach Zwerbach und blieb bis zum November 1788 in den Armen der Meinen ruhig, aber nie sorgenlos, da acht Kinder, die man selbst unterrichtet, und Söhne, die im Offiziersstande Zulage brauchen, immer einem redlichen Vater Beschäftigung geben, der noch an alten Lücken zu flicken hat, die mir meine feinen Wiener Kuratoren,

Agenten und Advokaten verursacht hatten. Im November reiste ich abermals nach Berlin, um dort neue Versuche zu machen.

Hier fand ich in einem Jahre so viele Veränderungen, so viel gegeneinander kreuzende Kabalen, so viele Ursachen, die mich abhielten, etwas zu unternehmen, dass ich meinen Vorsatz auf günstigere Zeiten verschob. Indessen fand ich noch eben den gnädigen König für mich, der mir alles, was ich in der damaligen Lage zu bitten für gut fand, sogleich bewilligte. Ebendieselbe Achtung fand ich bei Hofe und im Ministerium.

Von Berlin reiste ich nach Dresden. Dort erzeigte mir der erste Minister, Graf Marcolini, die Distinktion und in Sachsen seltene Höflichkeit, dass er mich selbst im Gasthofe abholte, an den Hof führte und dem kurfürstlichen Hause vorstellte. Ich muss gestehen, dass man mir überhaupt alle mögliche Ehre in Dresden erwies. Der Markt, wo ich wohnte, war beständig mit Menschen gefüllt, und wohin ich mich wandte, folgte mir das Volk mit lautem Zujauchzen.

Von da besuchte ich den alten ehrwürdigen Greis, General Grafen Solms, auf dem Königstein. Er wusste meine Ankunft und war im Regenwetter bis zum Fuße des ungeheuren Felsens mir entgegen heruntergestiegen. Hier empfand ich bei seiner redlichen Umarmung die angenehmen Augenblicke, die zwei Menschenfreunde edler Art im ersten Anblicke auf ewig vereint. Seliger Tag, der mich auch diese Freude erleben ließ, wo ich die Freundschaft des Edelsten unter den Soldaten, den Greis, den alles liebt und verehrt, gewann! Kann ich ihn in der Welt noch wiedersehen, dann reise ich gewiss noch einmal auf den Königstein. Dieser ungeheure Felsen ist keine Festung, die der Feind erobern muss, um Sachsen zu besitzen. Er leidet nur eine kleine Garnison, und diese kann gar keine Ausfälle machen, er dient also nur dazu, das Archiv und die Staatsgefangenen zu verwahren. Der Königstein ist die Bastille der Sachsen, wo schon mancher brave Mann im Kerker verschmachtet ist.

Man sprengte zur Zeit, da ich dort war, den Felsen, um ihn zu kasemattieren, und hatte ein Loch gefunden, das sechzig Klafter tief in denselben gebohrt war. Unten fand man ein Bett, worin das Gerippe eines Unglücklichen ruhte, und daneben lagen die Überbleibsel eines Hundes ... Schrecklicher Anblick für ein Menschenherz!

Zwanzigstes Kapitel

Ich fuhr mit beklommenem Herzen nach Dresden zurück, sah noch von weitem den Felsen mit Wehmut an und freute mich, dass ich dort weder Arrestant noch Kommandant war. Meine Absicht war, gerade nach Wien zurückzureisen. Ich hatte aber bereits in Berlin so viel davon gehört, dass man mich in Paris halb vergötterte, dass jedermann in Frankreich meine Geschichte gelesen habe, dass sogar alle neuesten Moden à la Trenck getragen wurden, dass man mich fast täglich auf den Pariser Theatern mit ungeheuerem Volkszulaufe in rührenden Schauspielen dem Volke als einen Märtyrer fürstlicher Eigenmacht vorstellte und mich sogar in Lebensgröße in einer fürchterlichen Figur für Geld öffentlich sehen ließ. Eben dies bekräftigte mir ein Freund in Dresden und riet mir, dass ich auch in Frankreich meine Lorbeeren einernten solle. Ich fasste also kurz den Entschluss und eilte dahin. In Frankfurt, wo ich so oft in meinem Leben unbeobachtet durchgereist war, wurde ich dieses Mal ganz anders angesehen und mit Jubel empfangen, weil man indessen meine Lebensgeschichte mit Gefühl gelesen hatte.

Man gab mir Feste und Bälle. Die ganze Stadt war rege, und man erwies mir so viel Liebe und Achtung, dass ich die dort genossene Freude ewig nicht vergessen werde und den gutherzigen Einwohnern daselbst den redlichsten Dank opfere. Nun eilte ich nach Straßburg, wo mir auf dem Wege in allen Städten die gleiche Ehre widerfuhr.

In Straßburg sah ich aber zugleich, dass ich unter ein gefühlvolles Volk eingetreten war. Der Zulauf war allgemein, um mich zu sehen. Man überströmte mich mit Höflichkeit. Es wurden mir zu Ehren Bälle und Feste veranstaltet. Alle Schönheiten der Stadt erschienen in vollem Glanze, sie umringten mich, und jeder Tänzer gab mir die seinige in die Arme. Kurz gesagt, kein Mensch auf Erden ist jemals in einer so volkreichen Stadt besser bewillkommnet, liebreicher behandelt und ehrwürdiger aufgenommen worden als ich.

Der Gouverneur der Stadt, Graf Flachsland, lud mich ein, mit ihm in die Komödie zu fahren. Man hatte das Stück »*Le Baron de Trenck*« angekündigt, aber die Polizei verbot es auf mein Begehren, um dem Tumult vorzubeugen, weil mich das Volk erdrückt hätte.

Wir fuhren nun nebst den ersten Damen in das französische Theater. Kaum trat ich in die Loge, so empfing man mich im Orchester mit Pauken und Trompeten und das Parterre mit lärmendem Händeklatschen und Zurufen: »Vive le Baron de Trenck!« Ich musste mich nun dem Volke zeigen und danken.

Nach einer Stunde fuhren wir in das deutsche Theater, dort widerfuhr mir dieselbe Ehre. Die Nacht hindurch war Ball, die schönsten Damen und Mädchen machten mir die charmantesten Impromptus. Bei dem Souper sang man Arien, die mir zu Ehren gemacht waren, und ich kann mit Wahrheit sagen, dass mein Glück wirklich beneidenswürdig war und ich das Magdeburger zehnjährige Gefängnis nicht mehr bereute, weil es mir eigentlich die Bahn zu meiner gegenwärtigen Freude gebrochen hat. Ich blieb acht Tage bei so edlen Freunden und reiste mit wirklich schwerem Herzen als ein Verliebter von dem mir ewig unvergesslichen Straßburg, wo ich mich wirklich im türkischen Himmel glaubte, da so viel göttlich schöne Damen und Mädchen mich alle mit heiteren Blicken anlächelten und jede Miene sagte, dass sie mir neue Jugend wünschten. Wohl dem Manne, der sie noch so wie ich im grauen Haare empfinden kann! Ja, ich fühlte wirklich in dieser prächtigen Stadt, dass ein solcher Tag, den ich daselbst genoss, wohl wert ist, sich nicht nur das Leben zu wünschen, sondern auch wirklich großes Unglück zu ertragen, um einen solchen Preis zu erwarten.

Nun kam ich in Paris in der Mitte des Februar an, wo ich in meinem Leben zu verschiedenen Zeiten schon fünfmal gewesen war, aber nie beobachtet wurde.

Hier gab man mir nun gleich den Rat, mich nicht auf öffentlichen Plätzen sehen zu lassen, um nicht vom vorwitzigen Volk umringt und überall gehindert zu werden. Die ganze Stadt hatte mich bei Herrn Curtius gesehen, bedauert und bewundert, der mich im Palais Royal in Lebensgröße und in meinen Fesseln neben dem König Friedrich für Geld sehen ließ. Man hatte zwei Theaterstücke, »*Der Baron Trenck*« betitelt, verfertigt, die seit drei Monaten fast täglich dem Volke vorgespielt werden mussten und wovon das eine besonders geeignet war, um den Aufruhrgeist gegen die königliche Eigenmacht zu erhitzen, weil es jeden Zuschauer zuerst zum Mitleid, dann aber zur Rache bewog, auch wirklich so gespielt wurde, dass es die Herzen dahin zu lenken vermochte, wohin man sie in jenem kritischen Zeitpunkt zu führen wünschte.

Kaum war ich drei Tage in Paris, so wusste es schon die ganze Stadt, und ich erhielt Visiten und Einladungen von allen Großen des Landes; sogar Damen erschienen, die die Neugier reizte, mich zu sehen. So war ich innerhalb sechs Tagen schon überall bekannt und die ganzen sechs Monate hindurch ein wirklich gequälter Mensch und auf vier Wochen im Voraus engagiert. Jedes Mittagsmahl war ein Fest. In den meisten Häusern war das Dessert mir zu Ehren mit Anspielungen auf mein Gefängnis und Schicksal mit Triumphbogen und Lorbeerkränzen eingerichtet. Die Damen sangen Arien, die mir zu Ehren komponiert waren und präsentierten mir den Lorbeerzweig; zuweilen waren die Szenen so rührend, dass die ganze Gesellschaft Tränen aus den Augen rollen ließ. Ich selbst weinte bei der ersten Empfindung gefühlvoller Freude und Dankbarkeit mit, und das Ende war eine allgemeine Umarmung mit Ausdrücken, wo wirklich nicht befriedigter Vorwitz, sondern das Herz sprach.

Die ersten zwei Monate durfte ich mich im Palais Royal gar nicht sehen lassen. Endlich gewöhnte man sich an mich, und ich brachte viele Stunden im Palais Royal zu, wo zu dieser Zeit die ganze Revolution geschmiedet wurde. Da ich nun das ganze Zutrauen der Nation gewonnen hatte, so war es mir auch leicht, alles zu entdecken, was ich wissen wollte. Besonders mischte ich mich in die Versammlung der holländischen und brabantischen Patrioten. Diese hielten ihre geheimen Zusammenkünfte, deliberierten und schickten alle zwei Monate ihre vertrauten Deputierten nach Brüssel und Amsterdam, und da sie am meisten an der Pariser noch heimlich gärenden Revolution interessiert waren und kein Geld scheuten, um Versailles genau zu beobachten, so war dies die beste Gelegenheit für mich, um meine Neugierde zu befriedigen. Zuweilen hielt ich mich etliche Tage in Versailles auf, wo ich meine Zeit im größten Vertrauen mit der eigentlichen Hofpartei sehr angenehm zubrachte, zugleich aber die klügsten Mitglieder in den ebendaselbst versammelten Generalstaaten zum Umgang wählte und ihre Freundschaft zu gewinnen wusste. Hierdurch habe ich nun alles gründlich zu entdecken Gelegenheit gehabt und konnte auch fast den genauen Tag des wirklichen Ausbruches voraussehen und bestimmen.

Ich wurde vom kaiserlichen Gesandten Grafen Mercy bei Hofe vorgestellt. Hier muss ich doch etwas sagen, was denen lächerlich scheinen wird, die die französische Hofetikette noch nicht kennen. Der König darf mit keinem Fremden, der ihm von einem Gesandten durch seinen Minister vorgestellt wird, ein Wort sprechen. Auch ist es fast unmöglich, bei ihm eine Privataudienz zu erhalten. Dieses ist vermutlich ein alter Ministerialkunstgriff, damit er niemals höre, was er wissen soll. Nun hatte man seit etlichen Monaten überall nur vom Trenck gesprochen, und jemand, dem man glauben kann, hatte mir versichert, dass Ludwig XVI., der in seinem Leben kein Buch gelesen hat, sich dennoch meine Geschichte hatte vorlesen lassen, auch wirklich zu meinem Vorteil gerührt, mich persönlich zu sehen verlangte. Da ich ihm nun vorgestellt wurde, blieb er volle zwei Minuten unbeweglich vor mir stehen, betrachtete mich von oben bis unten, lächelte mich freundlich an und ging bis an die Türe zurück, kehrte auf der Stelle wieder um, trat dicht vor mich hin, betrachtete mich eine Weile wie vorhin, lächelte wieder, gab mir mit einer kleinen

Bewegung des Kopfes seinen Beifall zu erkennen und ging davon, nachdem er sich bei der Tür noch einmal nach mir umgesehen hatte.

Endlich, nachdem ich in Paris alles gesehen hatte, was ich sehen wollte, und meine Familienumstände mich nach Hause riefen, ging ich auf das Rathaus zu Herrn de Lafayette und dem Maire Bailly, die damals allein Gewalt, Pässe zu geben, hatten, weil in der allgemeinen Gärung die auswärtigen Ministerrechte weder geachtet, noch geduldet wurden. Beide Häupter der bewaffneten Bürgerschaft waren meine Freunde, und beide baten mich inständig, meine Reise zu verschieben, weil mir niemand gutstehen könnte, dass ich nicht fünfzigmal unterwegs von den bewaffneten Bürgern und Bauern belästigt und angehalten würde, da eben der Zeitpunkt war, wo die Aristokraten und Häupter der besiegten Partei heimlich aus dem Lande flüchteten. Ich bestand aber auf mein Begehren, und man ging in die Ratsstube, um mich zu expedieren. Beide Herren brachten mir den Pass nun mit besonderer Höflichkeit heraus, und Lafayette sagte mir, er bäte mich inständigst, gar kein Gewehr mitzunehmen, weil jetzt kein Reisender Waffen bei sich führen dürfe. Ich sah ihn hierauf mit Verachtung und entschiedenen Merkmalen gereizter Beleidigung an und antwortete: »Herr General, ich bin Offizier einer fremden Macht, und wer dem Trenck seinen Degen abfordert, der stirbt von seiner Faust.« – »Erhitzen Sie sich nicht, Freund!«, erwiderte er. »Aber wenn tausend zugleich kommen und ihn fordern?!« – »Dann stirbt der, welcher mir der Nächste ist und alle die, welche mich nicht überwältigen können.« – Man sah mich mit Verwunderung an, nahm den Pass zurück, ließ mich einige Minuten allein und brachte mir einen anderen, worin mir keine Waffen verboten waren. Man hatte noch dazu wegen besonderer Achtung die Zahl meiner Bedienten oder Mitreisenden nicht bestimmt. Ich hätte also ganz leicht noch jemanden von der Hofpartei mit mir aus dem Lande durchhelfen können. Dieses wäre aber in keinem Falle geschehen, weil ich die, die mich mit Freundschaft überströmten, auf keine Art beleidigen wollte.

Bei meiner Rückkunft nach Wien war aller Vorwitz gespannt, um von mir die Erzählung der Französischen Revolution zu hören. Ich entfernte mich aber von allen Gesellschaften. Und da der Monarch eben schwer krank lag, so erfuhr er durch den Oberstallmeister Fürsten Dietrichstein von mir, was er wissen wollte, auch ohne mich vielleicht nicht wissen konnte. Diesem Herrn allein vertraute ich alle meine Geheimnisse ohne Rückhalt an. Ich verehrte ihn, weil ich seinen Charakter kannte, und da er den Monarchen täglich sah und von der Leber zu sprechen gewohnt war, so bin ich versichert, dass er die Wahrheit vorgetragen hat.

Einundzwanzigstes Kapitel

Dreiundvierzig Jahre habe ich in Österreich aufgeopfert und mich und mein Haus durch meine Kopf- und Federarbeit ernähren müssen. Undank ist mein Lohn und Verachtung meine Rache!

Unter Josefs Zepter war meine Lage höchst gefährlich, und die Rolle, die ich spielte, forderte einen Meister. Genug, ich habe viel für ihn getan und gearbeitet, er aber tat nichts für mich, versprach viel und betrog mich. Er starb. Ich hatte keine Ursache, ihn zu beweinen. Leopold[11], trat die Regierung an, und nun folgte eine ganz neue Epoche für meine Lebensgeschichte, die noch nie so glänzend, so günstig schien, niemals mich so großen Unternehmungen und Gefahren aussetzte, nie grausamer für mich endigte als diese neue Szene.

Kaum hatte der Kaiser Leopold den Thron bestiegen, so eilte ich zu ihm. Bei dem ersten Eintritt nahm er mich bei der Hand und sagte: »Mein lieber Trenck, es freut mich, dass ich Sie noch am Leben finde. Ihre Geschichte habe ich mit Gefühl durchgelesen, und es ist eine Schande für Wien, dass sie bekannt gemacht wurde.«

Ich sprach nur, was ein Mann meiner Gattung bei solch günstiger Gelegenheit sprechen soll. Noch nie hatte ich dergleichen offenherzige Ausdrücke, solche Merkmale eines edlen Gefühles aus dem Munde eines Monarchen gehört ... Meine ganze Seele erwachte aus ihrem bereits durch Grundsätze gebildeten Fürstenhasse, bis zum Enthusiasmus erhob sich meine Liebe, mein Vertrauen für Leopold, die Aussicht für mein Recht schien glänzend, und ich entschloss mich, meine letzten Tage ganz für ihn zu leben.

Im ersten Taumel dieses Gefühles schrieb ich ein kleines Gedicht, das seinen Beifall fand.

Nun ging ich wenigstens zwei- und dreimal in der Woche zu ihm, ohne jemals abgewiesen zu werden. Sah und fand Vertrauen und Achtung, wurde auch in den wichtigsten Gegenständen befragt und erhielt so viele Aufträge zu verschiedenen schriftlichen Ausarbeitungen, dass ich manche Nacht für ihn schrieb und am folgenden Tage schon fertig übergab, was er erst nach vierzehn Tagen erwartete. Mein Diensteifer gefiel, und er versprach mir alles, was ein redlicher, bisher in Untätigkeit

---

[11] Leopold II., der Bruder Josefs II., war nur zwei Jahre Deutscher Kaiser (1790-1792).

erhaltener und beleidigter Mann von einem gerechten und scharfsichtigen, auch wohltätigen Monarchen erwarten kann.

Alle unsere Staatsblutegel und der ganze Hof- und Justizhummelschwarm, die arbeitsame Bienen zu verdrängen gewohnt sind, spitzten nun die Ohren und erwarteten üble Folgen für sich, wenn ein Mann meiner Gattung offen Zutritt bei einem guten Monarchen findet. Hier ging nun schon das Kabalieren an, weil man den Trenck so oft bei Hofe sah. Alles vereinigte sich, um mich zu beobachten und mir überall Fallgruben zu legen.

Bei einer Unterredung mit dem Monarchen über die damalige Lage seiner Staaten, wo alles in Gärung war, sagte er mir: »Trenck! Ich weiß, dass Sie viele Freunde in Ungarn haben, dass Sie alle Unzufriedenen kennen, weil Sie selbst Ursache haben, missvergnügt zu sein. Wie wäre es, wenn Sie bei dem jetzt beginnenden Landtage nach Ofen reisen würden und dort für meine besten Absichten arbeiteten und schrieben?«

Gleich war ich freudig bereit dazu, bat mir aber die Erlaubnis aus, alle meine Manuskripte, ehe sie im Druck erschienen, Seiner Majestät zur Beurteilung vorzulegen, weil ich die Wahrheit trocken vorzutragen gewohnt war und sicher falsche Ausleger zu erwarten hatte. Dies wurde mir mit der huldreichsten Versicherung erlaubt.

Nun brach ich mit einer öffentlichen Schrift, *»Bilanz«* betitelt, hervor, die das ganze priesterliche Wespennest erschütterte und sicher ganz zerstört hätte, wenn der Monarch mir freie Hände hätte lassen wollen.

Die Pfaffen spien Gift und Galle, aber fruchtlos, der tödliche Streich war angebracht, und die, welche bisher in Ungarn als Halbgötter verehrt wurden und alle Stimmen im Landhause nach ihrer Willkür lenkten, sahen sich nunmehr verspottet und entkräftet. Die Protestanten hoben den Kopf empor, sprachen in ernsthaftem Tone und fanden wenig Widerspruch. Ich selbst hatte Gift und Dolch in jedem Augenblicke zu fürchten, ging aber aller Gefahr trotzig entgegen, erhielt viele anonyme Briefe mit der Warnung, in gewisse Häuser einiger Magnaten nicht zu gehen, wo ich Gift zu erwarten hätte, wenn ich zum Essen eingeladen würde.

Auch auf der Schiffbrücke, wo ich alle Abende ausdrücklich spazieren ging, um zu zeigen, dass ich mich vor nichts fürchtete, waren Meuchelmörder bestellt, um mich in die Donau zu werfen. Dann hätte man ausgesprengt, ich hätte mich selbst aus Reue oder Verzweiflung ersäuft. Niemand hatte aber das Herz zum Angriffe. Ich aber war immer gut bewaffnet, und mein Hinterhalt war auch bestellt.

Ich predigte Frieden, Geduld und Ruhe, nahm aber die Post und eilte nach Wien, um nähere Verhaltungsbefehle vom Monarchen einzuholen.

Sogleich erhielt ich Privataudienz, und das erste Wort war: »Trenck, Sie sind schon bei mir angeklagt, aber ich bin nicht böse auf Sie. Sie machen es nur zu grob und werfen mit Prügeln unter die Sperlinge. Sie sind in größter Gefahr ... Man will absolut, ich soll Sie aus Ungarn zurückrufen, und ich kann Sie öffentlich nicht schützen.«

Ich fragte: »Sind Ew. Majestät unzufrieden mit meinen ungarischen Schriften und meinem Betragen?« – »Nein, im Gegenteil«, war die Antwort, »ich bin Ihnen Verbindlichkeit schuldig, aber schützen kann ich Sie nicht ...«

»In diesem Falle fürchte ich nichts für mich«, erwiderte ich, »und ich will freudig zurück ...« – »Nur mäßiger und behutsamer!«, waren seine letzten Worte.

Nun eilte ich nach Ofen und schrieb in allem dreizehn Broschüren in diesem Landtage.

Endlich erschien 1790, am 17. November, der Krönungstag in Preßburg. Ich war gleichfalls dort, und alle Ungarn sahen mich noch am Tage vor der Krönung zur Privataudienz bei dem Monarchen eintreten. Sie konnten also sehen, dass ich wegen meiner Schriften und meines Betragens nicht in Ungnade war. An diesem Tage gab ich auch ein Krönungsgedicht heraus, um zu zeigen, wie ich für Leopold arbeitete, und hieraus kann man auf meine anderen Schriften in Ungarn schließen.

Nun verließ ich Ungarn und kehrte nach Wien zurück, arbeitete noch verschiedene Schriften für den Monarchen aus, besaß sein Zutrauen, und er versprach, mir bei dem nächsten Landtage und bei Austeilung der Kronenfiskalitäten im Banat eine Vergütung alles dessen, was das Aerar in barem Gelde vom Verkaufe der Trenckschen Güter wirklich genossen hatte. Dieses betrug freilich nicht 200 000 fl. Ich wäre aber gerne damit zufrieden gewesen und hatte Ursache, wenigstens hierauf bereits sichere Rechnung zu machen. Ich lebte einige Zeit ruhig im Schoße meiner Familie in Iwerbach, obgleich ich nur gar zu deutlich bemerkte, dass die Fanatiker in den Wiener Gerichtsstellen mich unausgesetzt als einen Erzketzer verfolgten und auf alle Gelegenheit lauerten, mir tödliche Streiche zu versetzen, mich auch vom Hofe zu entfernen, damit ich die Gelegenheit verlöre, dem Monarchen ihre Ränke aufzudecken. Sogar im Staatsrate wurde man aufmerksam, wo der Egoismus ebenso wie in allen Dikasterien gegen solche Männer wacht, die so wie ich sehen, auch so wie ich vor dem Throne handeln und sprechen. Man kannte auch die schwache Seite Leopolds und benutzte alle Gelegenheit.

Der kluge Kaiser kannte zwar mein Herz, meine Gesinnungen für ihn und hatte alle meine Schriften gelesen und heimlich gutgeheißen, sah sich aber genötigt, der Statthalterei und dem mächtigen Klerus nachzugeben.

Ich forderte daraufhin meinen Abschied, wobei ich zugleich auf meine Militärpension von 900 fl. feierlichst verzichtete und erklärte, dass ich den Rest meiner Tage ganz unabhängig nach Willkür inner- oder außerhalb der österreichischen Staaten zubringen wolle, ohne dass ich hierzu Erlaubnis bedürfe oder irgendeiner Militärobrigkeit Gehorsam schuldig wäre.

Man hatte hierüber berichtet, und ich erhielt folgendes Dekret vom Wiener Generalkommando, wohin ich mich als an die erste Stelle gewendet hatte:

»Seine Majestät haben dem Herrn Major Baron Trenck auf sein Ansuchen die Quittierung der bisher bekleideten Majorscharge ohne Ausstellung des sonst gewöhnlichen Quittierungsreverses bewilligt und die bisher genossene Pension von 900 fl. auf 1500 fl. zu vermehren und selbige seiner Frau und seinen Kindern ad personam geben zu lassen genehmigt, dass sie solche in Seiner Majestät Landen genießen.«

Kann man wohl einen rühmlicheren Abschied erhalten? Und zeugte dieses nicht, dass der großmütige Monarch gnädig und gerecht über mich dachte? Als ich meinen Abschied forderte und stolz auf die Pension verzichtete, vermehrte er diese und gab sie meinen Kindern. Das ist also ein offenbarer Beweis, dass er mir wohlwollte, in der Lage aber, worin er sich befand, noch nichts öffentlich für mich tun konnte, ohne die ungarische Geistlichkeit zu beleidigen, die er noch sehr zu schonen Ursache hatte. Man mutmaßte ohnedies, dass ich bei dem Landtage unmöglich so viel zu schreiben gewagt haben würde, wenn ich nicht den Rücken heimlich frei gehabt hätte, denn auf so häufige Klagen und ungeschickte Berichte hätte ja der Monarch mir nur Schweigen befehlen oder mich nach Wien berufen können, da aber dieses bis zum Ende des Landtages nicht geschah, so zweifelte niemand an politischer Nachsicht des Hofes, und man beurteilte mich als Leopolds Werkzeug, um seinen Zweck zu erreichen. Er durfte mich also noch nicht öffentlich schützen oder belohnen, und obgleich er mir heiligst versprochen hatte, wenigstens das zu vergüten, was der Staat bei Verkauf der Trenckschen Güter wirklich eingezogen hatte, und mir sodann die Freiheit gab, die jetzigen Besitzer den ungarischen Landesgesetzen gemäß anzugreifen, obgleich er mir versicherte, dass ich bei Austeilung der königlichen Fiskalitätgüter im Banat ein Äquivalent für das Verlorene erhalten sollte, so blieb er dennoch unentschieden und verschob die Erfüllung, bis ihm ein schleuniger Tod die herrschende Macht entriss. So hat mein widriges Schicksal in allen Unternehmungen mit mir gespielt.

Die Literatur ist jetzt mein Steckenpferd, auf dem der österreichische und preußische Belisar vielleicht noch ganz Europa, ausgenommen solche Länder, wo man Ketzern meiner Gattung mit dem Scheiterhaufen drohen kann, durchgaloppieren wird, bis ich einen vor Ministerialränken und Priesterrache gesicherten Raum finde, wo meine donnernde Wahrheitsstimme für den Widerhall unbegrenzte Dunstkreise durchdringt und die gekrönte Wahrheit in Stille für meine Feder zurückkehrt, wenn ihr die strenge Zensur mit ihrem Polizeikorporal und ehernen Fesseln vergebens nachgesetzt hat.

Gott, der mich bisher bei tausend Gefahren die Rolle eines ehrlichen Mannes und echten Wahrheitsmärtyrers spielen ließ, beschütze und stärke mich auch in der letzten Szene meines Trauerspieles und lasse meine Kräfte nicht sinken, wo mir der Widerstand unübersteiglich wird.

Euch Menschenfreunden aber, die ihr meine Schriften mit Gefühl leset, euch empfehle ich meine Kinder, wenn ich im Kampfe unterliege. Vom Nachruf empfinde ich für mich nichts mehr im Grabe, mein Kopf ist grau, und ich hätte Ursache, jeder aufgehenden Sonne zu fluchen, die so viele mächtige Schurken beleuchtet. Oh, schiene sie heute auch das letzte Mal für mich! Mein forschendes Auge ist längst müde, die Menschen und alle Weltbegebenheiten zu sehen, und der wünscht Ruhe im Schatten des Grabes, der des Schicksals Sonnenglut so rastlos empfunden hat wie ich.